楊勝博 著

幻想蔓延

戰後臺灣科幻小說的空間敘事

目次

第一章　緒論

第一節　臺灣科幻小說的發展與社會變遷的關聯

林燿德〈臺灣當代科幻文學〉（1993）一文指出，臺灣「近十餘年來，科幻作家往往以非常嚴肅的創作態度和對於純文學的標準來描繪科幻時空，形成了和美式科幻追索通俗市場完全相反的模式」[1]。觀察臺灣科幻文學的發展，科幻小說的受到重視和文學獎與報紙副刊有相當大的關係，1976年到1980年間，張系國於《聯合報》引介一系列外國科幻小說，同時也自行撰寫中文科幻小說，一時蔚為風潮。

1981年黃凡中篇小說《零》獲得聯合報小說獎首獎，而後時報文學獎更將科幻小說獨立授獎，舉辦兩年後更名為**「張系國科幻小說獎」**（1986-1989共四屆），主流文學作家如張大春、林燿德、黃凡、西西、平路、賀景濱等人均曾參加過該獎項，而主要評審中如臺灣作家張系國、香港大學教授王建元均以評鑑主流文學的態度，評審科幻小說獎的作品，因此我們可以發現科幻小說的產量雖然不多，但是卻具有相當高的文學水準與藝術價值。

但是在過去，臺灣科幻小說並沒有被文學評論界的廣泛肯定，文學評論與文學史幾乎沒有將臺灣科幻小說列入討論的範圍之內。目前關於臺灣科幻小說的相關論述，多半是探究作家與其

1　林燿德，〈臺灣當代科幻文學（下）〉，《幼獅文藝》476期（1993.8），頁46。

作品之間的關聯性、論述科幻文學場域內部發展與外部聯繫，或是以特定文本與特定議題進行討論的論文，對於臺灣科幻小說進行全面性考察的論文較為稀少。

根據筆者的瞭解，目前已知試圖建構臺灣科幻小說發展脈絡的論文，期刊部份有林燿德〈臺灣當代科幻文學〉（1993）、張錦忠〈黃凡與未來：兼註臺灣科幻小說〉（1994）、林建光〈政治、反政治、後現代：論八〇年代臺灣科幻小說〉（2003）、〈主導文化與洪淩、紀大偉的科幻小說〉（2006）等篇，而碩士論文部份，則有傅吉毅的碩士論文〈臺灣科幻小說的文化考察（1968-2001）〉（2002，修訂後於2008年出版，臺北：秀威資訊）。另外，王國安的博士論文〈後現代小說的發展——從黃凡、平路、張大春與林燿德做文本觀察〉（2009），雖然不是以科幻小說作為論述主軸，但是也指出了臺灣科幻在1980年代就已經有「從現代到後現代」的發展轉向，對筆者的研究也十分有助益。

筆者根據這些論文的論述，對於整個臺灣科幻小說發展脈絡的論述，可以歸納出兩個主要的趨勢，也就是從國族認同政治到性別情慾政治[2]的轉變，第二個是從現代到後現代的創作轉向。這樣的轉變和臺灣當代文學的發展也有所關聯。1980年代到1990年代，是臺灣政治、社會與文化各方面突飛猛進的時代，許多西方文藝理論、後現代思潮都在此時引進臺灣，這些思潮導致作家開始質疑歷史大敘述，以創作試圖顛覆原先的權利關係。而在1990年代，臺灣真正開始進入後現代社會，原先的價值體系與判斷受到質疑，而性別論述中的男性權威、異性戀霸權也成為被顛覆的對象，而各種不同的文類、文化都在後現代的脈絡裡被

[2] 林建光，〈主導文化與洪淩、紀大偉的科幻小說〉，《中外文學》35卷3期（2006.8），頁104-105。

拼貼、挪用，產生1990年代的多元發展。

然而，上述這些臺灣科幻研究，不論是從作家的科幻創作觀、或是科幻小說的場域發展、科幻小說和主流文學之間的關係、科幻小說的美學政治，甚至以後人類理論對科幻作品進行文本分析等等，其實比較少去談論讓科幻小說作家所建構的「科幻空間」本身，而是關注場域、文化、政治、身體（後人類）、情慾等藉由科幻小說所表達出來的議題。但是，如果進一步思索這個問題，我們可以發現其實並不需要藉由科幻小說，一樣可以表達同樣的議題，那麼如此一來，科幻小說的獨特性究竟何在？

根據加拿大科幻評論家蘇恩文（Darko Suvin）的說法，科幻小說是具有抽離（estrangement）——科技與時空的落差——與認知（cognition）——反省並批判現實——雙重特性的文類[3]。他也認為，科幻小說比寫實主義作品更能積極地反省與批判現實，進一步想像現有秩序之外的他種秩序，同時也能解構真實與虛構的對立關係，透過本身的抽離特質凸顯現實社會秩序的虛構性[4]。而他提出科幻小說最大的特色，在於「新奇」（novum）的敘事霸權[5]。這種新奇感往往建立一個和現實具有不同歷史時間的「替代的現實」（alternate reality）上，並在「替代的現實」中實現和現實世界「不同的人類關係和社會文化規範」。而「新奇」讓科幻小說有一種「回饋擺蕩」（feedback oscillation）的存在模式，從「作者和隱含讀者的現實規範」（現實世界）擺蕩到「以敘事方式實現的新奇」，再從「新奇」擺蕩回作者想要凸顯的「現實」，讀者藉此得以新的視角重新省視當下的「現

[3] 蘇恩文（Darko Suvin）著，蕭立君譯，〈科幻專號導論〉，《中外文學》22卷12期（1994.5），頁19。
[4] 林建光，〈主導文化與洪淩、紀大偉的科幻小說〉，頁92。
[5] 蘇恩文（Darko Suvin）著，單德興譯，〈科幻與創新〉，《中外文學》22卷12期（1994.5），頁28-33。

實」[6]。這正是科幻小說的特別之處。

然而，筆者必須進一步追問，科幻小說的這種「新奇」要如何實踐？若根據上述蘇恩文的說法，科幻小說的「新奇」很大一部份，應該是藉由小說中呈現的世界觀——或者說作家創造的與現實空間不同的幻想空間——來實踐的。而科幻小說所具備的「新奇」或「陌生」感，多半都來自於科幻小說中的場景設定，並透過小說中建構的未來情境，批判或反思當下的社會問題。

以臺灣的科幻小說脈絡而言，我們可以發現，或許因為科幻小說提供的幻想「空間」，讓許多臺灣作家，得以跳脫出現實世界的框架，創造出一個獨特的世界觀，藉以呈現他所要表達的各樣議題，表現他們的社會關懷，同時也拓展了臺灣文學的書寫形式。而臺灣重要的科幻小說作品，多半確實具有「疏離」與「認知」的雙重特質，同時藉由科幻小說的這種特性，以及科幻小說所提供的幻想空間，反應了臺灣社會變遷過程中，國族認同的轉折、消費文化的深化、性別意識的覺醒等等不同議題，與因此若以蘇恩文對科幻小說的定義，觀察臺灣科幻小說的空間敘事，是相當合適的。

此外，過去的研究者較少著墨的，是臺灣科幻小說與現實社會脈絡的連結（或者說有但是並非論述重點）。因此，本書的研究目的除了以科幻小說中的空間作為研究的切入點，更試圖探討為何在1980年代許多主流作家投入科幻小說的創作，產生一股科幻熱潮？而臺灣的主流作家又如何藉由科幻小說的形式，反映臺灣社會的各種問題，舉凡國族認同、國家內部與外部的各種問題，資本主義帶來的危害與弊端，女性自覺與性別認同的多重面向等各種不同主題，使得臺灣的科幻小說和社會現實有了緊

[6] 蘇恩文，〈科幻與創新〉，頁28-33。

密的聯繫？

因此，在第二章中，筆者將從自1976年起，張系國在聯合報副刊翻譯引介的外國科幻小說，以及他個人所創作的華語科幻小說開始談起。筆者發現，張系國所選譯的多是文學性、思辯性或社會批判力較高的作品[7]，並未引進單純的冒險娛樂故事（後收錄在張系國選譯《海的死亡》[8]一書中），這也讓文學界有機會重新認識科幻小說的價值與意義。此外，筆者也會以張系國的華語科幻作品為例，說明他如何初步完成科幻小說本土化的具體實踐（雖然當時他認為的本土化是以「中國風味」為主），進而影響了之後許多主流作家的科幻創作形式（後來的作家有了臺灣認同的轉向），形成臺灣科幻小說的創作基調。

除此之外，筆者更發現，臺灣科幻小說不同創作主題的產生，和臺灣的歷史與社會變遷都密切相關。早在在1970年代末、1980年代初，西方科幻小說和臺灣的「國族」議題相結合。由於1970年代臺灣遭遇一連串的外交挫敗（臺美斷交、中美建交、臺灣退出聯合國等等），政府代表中國與統治的正當性受到質疑，在1980到1990年代人民也對於兩岸戰爭爆發產生恐懼，戰後出生的新世代作家因為受現代教育，形成一股批判的力量，對於政治敏感並以嘲諷態度觀看與批判政治，不少科幻作品都反映了作家對於國族神話的不信任與懷疑，而科幻小說的「國族」空間敘事，正是在這種情形下產生的。

同時，1980年代也是臺灣逐漸走向標準資本主義社會的年

7 按：筆者將張系國翻譯的作品分為兩種類型：一、藉由科幻小說針對歷史與社會現實進行批判的作品，如諷刺卡債問題的美國薛克雷（Robert Sheckley，1928-2005）的〈無中生有〉（"Something for Nothing"，1954）等五篇作品；二、針對時間、死亡、存在等形上問題進行思考，具有哲學思考意味的科幻作品，如阿根廷波赫士（Jorge Luis Borges，1899-1986）的〈環墟〉（*Circular Ruins*，1940）等六篇作品。詳細內容請見本書第二章。

8 張系國選譯，《海的死亡》（臺北：純文學出版社，1978）。

代，跨國企業與連鎖餐飲業進駐臺灣，消費商品管制的放寬，讓名牌商品進入百貨公司，改變臺灣社會的消費文化，也引起了商品拜物的風潮、人的物化與異化、文化符碼化與商品化的問題，以及追求利潤所導致的環境污染問題、全球化的矛盾。以及1980年代的社會亂象，都促使「日常」主題的科幻小說的誕生。作家透過科幻空間來對日常生活中的荒謬現實進行反思與批判，並且思考資本主義所帶來的弊端與社會問題，此一取向在過去也經常被研究者所忽略。

1990年代，在女權運動的熱潮中，激進的女性主義者提倡情慾解放，同性戀者的情慾也因此有了較為自由的空間，不再是一種禁忌。而1980年代乃至於更早的科幻小說之中，除了女性自覺的議題被忽視之外，也往往比非科幻作品更具異性戀中心主義的色彩，因此到了性別論述較為自由的1990年代，在情慾解放、酷兒文學與「後人類」思潮的影響下，作家將性別、情慾與身體等不同思考與科幻小說結合，思索性別認同與身體情慾的不同面向，在作品中融合其他元素，比方說吸血鬼傳說、網路空間、虛擬實境等不同元素，進而創造出全新的空間作為展演的舞台，產生「後人類」的空間敘事主題。

從以上的說明，我們可以知道臺灣科幻小說的發展，的確和臺灣的社會文化背景密切相關，而這也是臺灣科幻發展過程中的主要方向，而透過對於「國族」、「日常」與「後人類」三大不同主題的科幻小說的分析論述，或能建構一個不同於前行研究者的臺灣科幻小說發展脈絡，為之後的研究者提供一個科幻研究的基礎。除此之外，我們可以發現科幻小說的「空間」，不論在哪一種創作偏向中，都是相當重要的關鍵，像是「國族」一章中的未來中國或未來臺灣，或是「日常生活」一章中的未來資本主義社會的批判思考，還是「後人類」一章中未來性別認同的各種面向，都是藉由科幻小說提供的科幻空間，獲得一般小說所做不到的特殊效果。

我們可以說，唯有經由科幻小說中的幻想空間，這些對於國族未來、日常生活與性別認同等議題進一步的討論與思索才能藉由小說情節具體呈現，而透過以上三大主題的分析論述，以及對於作品與臺灣社會文化變遷的緊密連結，或許能讓我們發現科幻小說對於開創臺灣文學創作形式的貢獻，進而得以重新認識臺灣科幻小說的價值與意義，而這也是本書最重要的研究目的。

第二節　本書研究方法、取材範圍與科幻小說的特殊性

本書主要運用文本分析的方式，分析臺灣科幻小說敘事中的空間呈現，以及這些空間敘事與臺灣社會、歷史與文化背景之間的關聯。而之所以科幻小說中的空間呈現作為研究對象，是因為筆者認為科幻小說最大的特色「新奇」，是藉由和現實世界不同的空間所建構的，但是臺灣科幻小說的幻想空間，並非單純的憑空幻想，而是與現實生活中所發生的事情密切相關。正如前文所提及的，「國族」主題的產生，起因於臺灣1970年代以來的一連串政治挫折，與具有批判意識的知識份子作家的產生；「日常」主題，則是面對社會的資本主義化，消費文化的影響，以及環境污染與各種社會亂象進行批判與反思的作品；「後人類」主題則是因為性別意識的抬頭，讓被壓抑的性別思索有了不同的表現形式。

而對於本書較具有啟發性的理論，是劉禾「跨語境實踐」（translingual practice）與「翻譯的現代性」（translated modernity）兩種概念[9]，以及可以處理空間與文學之間的連結與意義的「文化地理學」（Cultural Geography）。劉禾的「跨語際實踐」概念，提供了一個在東亞文化脈絡化，觀看不同文化主體如何透過翻譯，將西方現代性移植到自身脈絡之中的方法；而劉禾對於「翻譯的現代性」的獨特定義，強調這種現代性有著本地文化的干預，是藉由翻譯再生成的現代性，因而在不同文化中，會產生不同的現代性的意義或形式。因此對討論科幻小說如何引介進入臺灣的過程，有著相當大的助益，這也是本書第二章要處理的核心議題。

文化地理學起源於16世紀的民族誌，文化地理學的演變和社會科學、人文科學的演變密切相關，更涉及了人類社會與文化的變動，文化地理學關注空間被人類運用的方式，以及人群在空間中的分佈，以及這些條件如何幫助延續當地文化等等[10]。而文化地理學所能處理的對象，包含了從國家、帝國與國族、商品與消費、電影與音樂、文學地景等各種與人類文化相關的不同議題。透過文化地理學所提供的概念，以及如「家園」（home）[11]、「地方」（place）[12]等重要概念，啟發筆者如何去處理現實歷史

[9] 劉禾著，宋偉杰等譯，《跨語際實踐：文學、民族與被譯介的現代性（中國：1900-1937）（修訂譯本）》（北京：生活‧讀書‧新知三聯書店，2008）。

[10] Mike Crang著，王志弘、余佳玲、方淑惠譯，《文化地理學》（臺北：巨流，2006），頁10-15。

[11] 按：「家園」是旅行或冒險故事的起點，許多故事都遵照這個模式進行情節的鋪陳，英雄離開家園、歷經磨難終究成功回到家鄉，雖然這個家園明顯有著性別化地理的建構（男主外、女主內），男性的英雄人物能夠離開——作為依附與安穩的住所——家園，進入男性的冒險世界（但女性還是得留在家中）。由此又延伸出女性主義地理學者對家園概念的批評，因為提供家園「安穩」功能的責任全都落在女性身上，同時對於女性而言，家園未必是安穩的住所，因為被限制在家庭空間中的女性，無法參與公共事務，同時也處在一個依附父親、丈夫的被隔離的附屬地位。Mike Crang著，王志弘、余佳玲、方叔惠譯，《文化地理學》（臺北：巨流圖書，2006），頁63-64；Linda McDowell著，徐苔玲、王志弘譯，《性別、認同與地方》（臺北：群學出版社，2006），頁103-104。

[12] 按：「地方」（place）一詞是為了區分空間和人類之間的密切程度而被提出的，可以說是和人類關係較為親密的空間。當人類在空間中活動，賦予此空間意義與價值，並且以某種方式依附其上（命名是一種讓空間成為地方的方法），空間就逐漸轉變成為地方。此外，從地方概念可以延伸出「地方感」（sense of place）概念，這個概念基本

背景和科幻小說的幻想空間之間的關聯，說明臺灣科幻小說如何藉由科幻小說所提供的「替代的現實」，讓讀者能夠重新檢視現實世界中的各種問題，產生「回饋擺蕩」的效果。除了文本分析之外，筆者也會配合各章主題（國族認同與懷疑論述、日常生活與資本主義、後人類與性別情慾），導入相關的理論與概念進行輔助說明，讓本書的論述分析更加完整妥善。

本書所設定的取材範圍，是戰後符合「疏離」與「認知」特質，並具有明顯的空間敘事的臺灣科幻小說作品。由於作品數量頗多，因此若要面面俱到，每一篇作品都要討論到的話，將無法緊扣本文的論述主軸，而所謂的臺灣科幻小說的空間敘事將會相當渙散，因此必須為本書的研究對象訂出範圍，以下將說明之。

過去，臺灣文壇對於科幻小說的討論，多半聚焦在其「科學」或「幻想」孰輕孰重[13]，但這種討論容易忽略科幻小說本身所具有特質，也就是透過陌生疏離的未來空間，以凸顯某些哲學議題與現實問題的特殊功能，因此臺灣科幻小說界對於科幻的定義，基本上和本文的論點並沒有多大交集，在本書中除了談論臺灣科幻小說發展過程中會略為提及之外，並不作為本書的論述基礎。

上就是，人類對於地方有情感上與主觀上的依附，通常強烈的地方感，往往來自於曾經與當下生活的地方，類似威廉斯（Raymond Williams）提出的「情感結構」（structure of feeling）概念，就是一個時代的文化，是一種在特定時代和地點對當代生活特質的感受，只是在這裡人的情感結構是和地方做連結，因而形成地方感。參考：Tim Cresswell著，徐苔玲、王志弘譯，《地方：記憶、想像與認同》（臺北：群學出版社，2006），頁5-19、103-104。

13 按：前行研究中，陳玉燕整理了十二位（含張系國）作家、學者對於科幻小說的定義，包括黃海、張孟媛、葉李華、金濤、張啟疆、林耀德、黃凡、呂應鐘、楊萬運、戴維揚、洪凌，以及張系國。其中，林耀德認為科幻就是科學與幻想的結合，也是科學與文學的一道橋樑；黃凡認為科幻小說的「科學」和「幻想」應該各占一半；張啟疆認為科幻應該既有科學知識，又有幻想的軟體成份；戴維揚認為「科學」佔四分之一，「幻想」佔四分之三；金濤認為科幻是「科學＋幻想＋小說」；而張系國則是更為重視「幻想」的部分。參考：陳玉燕，〈科學、文學與人生——張系國科幻小說研究〉（彰化：國立彰化師範大學中文所碩士學位論文，2004），頁22-28。

根據蘇恩文的說法，科幻是融合了時空的疏離（estrangement）與歷史的認知（cognition）雙重特質的文類。科幻中的「幻」，並非意欲脫離現實的空洞幻想，而是具有歷史、社會認知的一種書寫形式。因此，科幻小說並不需要設想一個比現實「更現實」的世界，而是要建立一個和現實具有不同歷史時間的「替代的現實」，並在「替代的現實」中實現和現實世界「不同的人類關係和社會文化規範」。他也認為科幻敘事和其他類型敘事的顯著差異在於「新奇」——這種「新奇」具有一定的認知邏輯——的敘事霸權[14]。此外，蘇恩文認為科幻文本中有一個特殊的存在模式。

> 〔這個〕特定的存在模式則是一種回饋擺蕩（feedback oscillation），時而由作者和隱含讀者的現實規範擺向以敘事方式實現的新奇，以便瞭解情節－事件，時而由那些新穎擺回作者的現實，以便從所獲得的新角度重看此一現實。[15]

因此，科幻小說和現實主義小說一樣能反映現實，更能積極的介入與批判現實，藉由探討現有秩序外的秩序，思考現實秩序的虛構性[16]。因此，科幻作家可以透過「科幻」這個文類所提供的「時空疏離」特質去表現作者對於「歷史的認知」，去碰觸國家與國家、國家與世界之間的權力運作關係，甚至可以試圖藉由小說瓦解權力不平等的種種社會現實，創造出值得深入思考的科幻文本。

根據目前可以掌握的資料，臺灣最早在日治時期就有科幻小

14 蘇恩文，〈科幻與創新〉，頁28-33。
15 蘇恩文，〈科幻與創新〉，頁33。
16 林建光，〈「空」談臺灣科幻〉，《中外文學》35卷3期（2006.8），頁11-16。

說的創作，比方鄭坤五〈火星界探險奇聞〉[17]，戰後也有以日文書寫的科幻小說葉步月《長生不老》[18]出版。但是在二戰結束後，臺灣的科幻小說基本上並未延續先前的科幻傳統，在整個科幻小說的發展脈絡中，戰前戰後並不連貫（不管是在語言還是題材、風格上），因此在上述的科幻小說作品，本書並不會列入討論。

戰後臺灣目前已知最早的幾篇華語科幻小說，是張曉風〈潘渡娜〉（1968）與張系國〈超人列傳〉（1968）[19]、黃海〈航向無涯的旅程〉（1968），但當時並未引起文學界的廣泛討論與注意。1976年起，張系國在聯合報連載一系列科幻小說作品（後收錄於1980年出版的《星雲組曲》），從對於傳宗接代的迷思（〈望子成龍〉（1978））、對權力鬥爭的描繪（〈銅像城〉（1980）的銅像）、對兩岸局勢的未來想像（〈歸〉（1980）裡面的中華聯邦），以及對歷史與時間的浪漫想像（〈傾城之戀〉（1977））等等。

從張系國《星雲組曲》一書中所收錄的作品來看，臺灣科幻小說的「疏離」與「認知」特質才比較明顯展現，同時也讓臺灣科幻小說因此有了進一步的發展。在《星雲組曲》中，張系國藉

17 按：鄭坤五〈火星界探險奇聞〉並未公開發表，僅存手稿。根據黃美娥的考察，此篇作品應作於日治時代無誤。主要原因有三：一、作品中除2015年之外，並未出現晚於1920的時代，斟酌其文句語境，完成時間離1920年代應該不遠；二、其作品手稿用紙，和大正八年時他專為《九曲堂詩集》所特別印製，印有「九曲堂詩集」字樣的稿紙相同，創作時間應相距不遠；三、鄭坤五在日治時代的作品中以「支那」稱中國的部份，在戰後全部修改為「中國」，然而本作品仍使用「支那」一詞，應創作於日治時期。參考：黃美娥，〈關乎「科學」的想像：鄭坤五〈火星界探險奇聞〉中火星相關敘事的通俗文化／文學意涵〉，李勤岸、陳龍廷主編，《臺灣文學的大河：歷史．土地與新文化》（高雄：春暉出版社，2009），頁388-392。

18 按：葉步月的日文科幻小說《長生不老》於1946年11月，由臺灣藝術社出版。參考：傅吉毅，《臺灣科幻小說的文化考察》（臺北：秀威資訊，2008），頁7。

19 按：黃海〈臺灣科幻發展史〉（1980）一文中，依照張系國回信中的創作年份為準，說明〈超人列傳〉發表於《純文學》雜誌1969年3月號，但黃海事後考察發現，〈超人列傳〉應是發表於1968年10月號的《純文學》雜誌上，因此在其論文〈科幻小說何處去？〉中特別說明修正之。參考：黃海，〈科幻小說何處去？〉，葉李華編，《科幻研究學術論文集》（新竹：國立交通大學出版社，2004），頁16。

由科幻小說中的未來空間，得以將一些現實中的事件與文化傳統放在一個「疏離」的時空之中，我們得以「認知」到歷史、政治與文化傳統中的盲點，進而重新認識我們所身處的現實。而在張系國的創作實踐與戮力提倡之下，許多主流文學作家也紛紛創作科幻小說，1980年代科幻小說一時蔚為風潮，並且蓬勃發展。

前文提及，筆者認為臺灣科幻小說的空間敘事可以分為三大議題，分別是「國族」、「日常生活」與「後人類」，因此筆者將以此三大議題的分類作為取材的準則之一，並且蘇恩文對科幻小說做的定義為準，也就是能夠該作品的科幻敘事具有「疏離」和「認知」雙重特質。除此之外，更必須具有明顯的空間敘事意圖。只有滿足以上三種條件的科幻小說，才會列入本書的討論範圍之內。這樣的科幻小說的創作理念基本上與純文學／嚴肅文學是相通的，「都有一種類似於現代科學與哲學的成熟的處理方式，並且對這種處理方式沒有抱持預設的時空視野」[20]。而若是該篇作品並沒有符合上述條件，僅是將科幻元素作為冒險故事的裝飾品，卻無法讓讀者「認知」當下現實中的荒謬或者對生命的思考的話，筆者將不會將之納入本書的研究範圍。

此一選擇標準，也和臺灣科幻小說的發展過程有關。首先，臺灣科幻小說的頭號推動者張系國，本身是著名的文學作家。他本身的科幻創作與科幻翻譯，除了在原有的文學傳統中，引介新的文學形式之外，同時也完成了將科幻在地化的具體實踐，也因此吸引了許多文學作家加入。

1980年代以降，幾位主要的科幻小說創作者，如黃凡、張大春、林燿德、平路、洪凌、紀大偉等人本身也都是在主流文學界中具有影響力的人物。正如陳思和的觀察，「自八〇年代以後，

[20] 蘇恩文，〈科幻與創新〉，頁21。

台灣科幻小說不斷向新文學的人文傳統靠攏，離通俗文類日愈遠去，這種變化藉著新世代作家對科幻愈來愈多的加入而變得舉世矚目」[21]，並提及1980年代的新生代小說家，基本上延續了張系國對於科幻的期許進行創作，將科幻成份視為「藝術想像力的出發點」，並藉此進行創作，實驗新的表現手法，這也使得科幻小說得以進入文學視野之中，並豐富了臺灣文學的內容[22]。

此外，也有不少主流文學作家偶有科幻創作，比方李昂、袁瓊瓊、駱以軍、郝譽翔、張惠菁[23]等作家。還有最近幾年吳明益、伊格言等作家的作品，也都能見到科幻想像在作品中的重要作用。

因此，筆者認為採取以蘇恩文的科幻定義為基礎的選擇標準，能夠較為涵蓋臺灣科幻小說的發展。此外，觀察科幻小說的發展過程，到了1990年代中期，臺灣科幻小說的空間敘事三大議題——「國族」、「日常生活」與「後人類」——就已然成型，即使2001年交大科幻研究中心開始舉辦倪匡科幻獎，其中選出的科幻小說作品，也多半也不脫離這三個議題的範疇，因此筆者試著以這三大議題為主軸，以建構一個臺灣科幻小說的大致輪廓。

第三節　臺灣科幻研究相關專書與論文簡要評述

一、科幻研究專書

目前臺灣已經出版的的科幻專書，有吳岩、呂應鐘著《科

21 陳思和，〈創意與可讀性——試論臺灣當代科幻與通俗文類的關係〉，收於林燿德等編，《流行天下：當代臺灣通俗文學論》（臺北：時報出版社，1992），頁281-282。
22 陳思和，〈創意與可讀性——試論臺灣當代科幻與通俗文類的關係〉，頁284。
23 按：如李昂〈三心二意的人〉（1983）、袁瓊瓊〈朋友〉（1984）、駱以軍〈降生十二星座〉（1993）、郝譽翔〈二三〇〇，洪荒〉（1997）、張惠菁〈玻璃城〉（2000）等。

幻文學概論》（2001）、葉李華編《科幻研究學術論文集》（2004）、陳瑞麟《科幻世界的哲學凝視》（2006）、黃海《臺灣科幻文學薪火錄（1956～2005）》（2007）、傅吉毅《臺灣科幻小說的文化考察（1968-2001）》（2008）等書，以下將分別討論。

（一）呂應鐘、吳岩《科幻文學概論》（2001）

首先，《科幻文學概論》一書，主要分為總覽篇、觀念篇、主題篇、寫作篇，書末並收錄多篇談論科幻的短文。從整本書的架構來看，「總覽篇」說明了臺灣50年來的科幻小說發展（從1950年代到2000年），以十年為一期，條列當時的重要科幻作品，包含當時上映的電影與發行的科幻小說作品，以及科普作品；「觀念篇」則是從科幻的定義（狹義和廣義）、類型、藝術價值、實用價值以及科幻的教學推廣等方面進行論述，試圖提昇科幻小說的文化定位；「主題篇」的重點則放在說明西方科幻小說發展脈絡、科幻觀念的起源，以及科幻小說中出現的各種科技與外星人異文明設定，試圖讓讀者了解科幻的起源；「寫作篇」則是從情節、人物等寫作技巧下手，試圖教導讀者如何開始創作科幻小說。

從序言可以看出作者對於科幻的期許來自於「結合科學與人文」，同時也將焦點放在科幻小說的教育意義與具有藝術價值兩件事上。然而，此書的架構基本上是屬於「介紹」的「概論」性質，從外部對於科幻小說的元素、脈絡、發展歷史等進行介紹，並未對個別的科幻小說進行分析論述，無法實際了解作品的內容與藝術價值。但此書的年表與重要大事紀，也提供了一個可供參考的系統脈絡，並了解過去的臺灣科幻小說史觀。

（二）葉李華編《科幻研究學術論文集》（2004）

《科幻研究學術論文集》是2003年由交大科幻研究中心舉辦的「2003科幻研究學術會議」的會議論文集，從科幻電影與哲學的關係、科幻小說與身體變異、人的演化、火星人幻想、機器人的發展史、晚清科幻小說的時代議題與現代性、張系國科幻小說中的資訊理論運用、臺灣科幻小說的未來展望、張系國科幻小說和大學教育間的關係、臺灣女性科幻作家、洪凌的科幻小說等等，其中涉及臺灣本身科幻小說發展部份較少，總共12篇文章中只有5篇關於臺灣科幻，而這5篇中涉及文本分析的討論則是只有2篇，一篇關於洪凌作品中的監控與暴力，一篇談論臺灣女作家與科幻。

從此書的序言以及所收錄論文來看，此研討會最重要的目標，是在於凸顯科幻的實用價值與教育意義，至於科幻的文學價值並非其重點。但這也表示還有值得挖掘的研究方向，也讓本研究得以借助深入分析文本的方式，從文本出發去理解臺灣科幻小說的發展脈絡。

（三）陳瑞麟《科幻世界的哲學凝視》（2006）

此書所分析的對象主要是美國科幻小說與電影，小說部份像是艾西莫夫（Issac Asimov, 1920-1992）的《正子人》（*The Positronic Man,* 1993，與席維伯格（Robert Silverberg, 1935- ）合著，於艾西莫夫去世後出版）談人性、《基地》（*Foundation,* 1951）談歷史哲學、克拉克（Arthur C. Clarke, 1917-2008）的《童年末日》（*Childhood's End,* 1953）談宇宙與上帝的存在問題，電影部份則用《駭客任務》（*The Matrix,* 1999）談論「真

實」的本質、《魔鬼總動員》（*Total Recall*, 1990）、《強殖入侵》（*Impostor*, 2001）談人格與自我認同的議題、《千鈞一髮》（*Gattaca*, 1997）談基因工程的倫理學問題等等。其中和本書相關的是本書的最後一章，〈窺視科幻世界〉，作者對於「科幻」本身與其他專有名詞進行了定義，並稍微整理了科幻創作的幾個類型，分析科幻與奇幻的不同。

此書獨到之處在於作者以哲學觀點閱讀科幻小說，並且認為（一）科幻與哲學有相通的邏輯；（二）科幻主題往往可以用以成為嚴肅的哲學議題；（三）哲學本身就有「科幻思維」傳統；（四）優秀科幻作品具有哲學性與討論價值[24]。雖然列舉的例子多是歐美科幻小說或電影作品，但是也啟發筆者對於科幻小說背後哲學構思的關注，幫助筆者在閱讀科幻小說時，找出臺灣科幻小說的三大主題，重新理解臺灣科幻小說有相當的幫助。

（四）黃海《臺灣科幻文學薪火錄（1956～2005）》（2007）

黃海的《臺灣科幻文學薪火錄》則是試圖建構一個比較完整的臺灣科幻小說發展歷史，提供更深入的科幻創作教學以及對臺灣科幻小說的未來展望。此書最重要的部份在於「臺灣科幻文學源流」一章，作者羅列臺灣科幻小說作品，並將臺灣科幻小說的發展採線性史觀主要分為七期，並認為臺灣科幻是不斷進步與發展，但是這和實際狀況有所出入。比方，2001年倪匡文學獎開辦之後科幻界看似又動了起來，但事實上，獲獎的小說作品在題材上或是創作觀念上，並沒有超越之前的作品太多，這也是作者的線性進步史觀無法解釋的盲點。

雖然此書有這些問題存在，但黃海是戰後臺灣最早投入中文

[24] 陳瑞麟，《科幻世界的哲學凝視》（臺北：三民書局，2006），頁228。

科幻創作的作家之一（其他兩位是張曉風、張系國），書中也記錄了他個人的創作經驗，以及提供許多可供佐證的資料，在論文撰寫過程中頗有幫助。

（五）傅吉毅《臺灣科幻小說的文化考察（1968-2001）》（2008）

此書為作者據2002年的碩士論文修改而成。本書以「歷史論」、「方向論」與「機制論」三個方向，談論臺灣科幻小說的發展歷史、創作的主題轉向，以及文學獎、出版社雜誌對於科幻小說發展的影響。其中，「方向論」一章提及幾個重點，就是作者認為科幻小說的發展有「從西化到中化」、「由通俗而雅正」與「自國族至性別」三個主要取向。

根據筆者的觀察，「自國族至性別」的發展脈絡大致上符合臺灣科幻小說的實際發展情形，但是另外兩個方向就有些問題。比方1990年代的科幻小說風格類似翻譯小說，有明顯日本漫畫、美國電影的影子，因此「從西化到中化」似乎並非絕對；而臺灣的科幻小說，幾乎一開始就採取偏主流文學的創作方向，而1990年代的科幻反而有更多通俗特質在其中，因此「由通俗而雅正」的取向也有待商榷。

此外，傅吉毅此書所著重的部份，是以科幻文學「場域」的概念，從外部進行文化考察，幾乎不對作品進行文本分析，因此並未發覺上述問題。雖然如此，作者廣泛收集了科幻研究的相關資料，以及作家與評論者的各類相關論述文字，因此仍是科幻研究的重要參考書目之一。

二、期刊、研討會與學位論文

（一）概述

1990年張系國創辦《幻象》雜誌，到1993年停刊為止共有八期。第三、第四、第五、第六和第七期都有規劃主題，並有相關的科幻評論文章，但是主題多半以歐美科幻（艾西莫夫專輯、菲利普・狄克專輯、艾西莫夫紀念特輯、未來女人等）與日本科幻動畫為主，以及科幻獎（第一屆世界華人科幻藝術獎）專輯（分為科幻小說獎與科幻漫畫獎兩輯），論及臺灣在地科幻創作的論文可以說是付之闕如（也許小說獎評審紀錄可以算是相關評論）。在偏向科普教育的雜誌中，1983年，《大眾科學》有「從科學和哲學的角度探討科幻」專輯，其中有黃炳煌（黃海）的〈臺灣科幻小說初期發展概述〉一文；1998年，《科學月刊》有「科學與科幻」專輯，然而專輯重點在於科學與科幻想像之間的關聯、以及科幻電影中所呈現的科學幻想等等，並非偏重於臺灣科幻小說的論述。

在文藝雜誌中，《幼獅文藝》從1993年9月開始刊出黃海、張系國、平路與洪凌的數篇科幻小說，以及10月的「科幻文學應有的人文關懷」、11月的「科幻出擊」專輯，到1994年1月舉辦科幻小說獎，似乎嘗試改善這樣的情況。從1994年1月開始，《幼獅文藝》在雜誌上鼓吹科幻小說的重要，3月號刊出科幻小說獎得獎作品與評審短評，4月號刊出完整的決審會會議記錄。2000年4月，《誠品好讀》推出「新世紀預言書」專輯，從類型演變、科幻的吸引力、華文科幻網站的介紹，以及科幻小說在臺灣的出版狀況等等，但出版的部份談論的是科幻翻譯小說的出版，並非在地科幻創作的出版情形。

以上是專業科幻雜誌與文藝雜誌上的狀況，那麼在學術圈的狀況又是如何呢？1993年、1994年中國青年寫作協會和中國時報合辦「當代臺灣政治文學研討會」、「當代臺灣都市文學研討會」，雖然研討會並非以科幻研究作為主軸，但是其中亦有三篇關於臺灣科幻小說的論述，分別是林燿德〈小說迷宮中的政治迴路——「八〇年代臺灣政治小說」的內涵與相關課題〉、洪凌、紀大偉〈當代臺灣科幻小說的都會冷酷異境〉與王建元〈當代臺灣科幻小說中的都市空間〉三篇，甚為珍貴。

另外，1994年、1998年《中外文學》有兩次以科幻為該期專題，然而主要以英美科幻小說與電影為主，論及臺灣科幻小說的僅有一篇。1994年「科幻專號」刊載了14篇論文，11篇為翻譯論文，3篇為中文論文，其中蘇恩文的〈科幻與創新〉一文提出科幻的定義，與科幻小說應該具有的特色，對於科幻小說研究而言是相當重要的論述。而此專題中的3篇中文論文僅有張錦忠〈黃凡與未來：兼註臺灣科幻小說〉一篇是談論臺灣科幻小說，其餘兩篇則是關於好萊塢科幻電影的評論。1998年的「科幻・網路」專號則有5篇論文，但是五篇論文中卻沒有一篇關於臺灣科幻小說的討論。而在此之後直到2000年，針對臺灣本土科幻作品的學術研究幾乎停擺。

因此，筆者認為，在2000年以前臺灣的科學刊物、科幻圈與文學評論界對於科幻小說的論述多半集中在外國科幻小說與電影上，對於臺灣本地的科幻創作，則是多半忽略不談，可以看出看似蓬勃發展的臺灣在地科幻小說，實際上被文學評論界忽視的狀況。而在臺灣科幻研究的貧瘠狀況，似乎在2000年之後有了轉機，多篇重要論文更能清楚論述臺灣科幻的發展脈絡，此外也有以性別與情慾政治為主軸的多篇論文，評論者的目光總算從外國科幻電影與小說轉回臺灣的科幻作品。

（二）期刊與研討會論文

以主題分，關於科幻小說的期刊與研討會論文，筆者將之大致分為（一）臺灣科幻發展整體脈絡的相關論述；（二）臺灣科幻小說中的性別情慾的相關論述；（三）臺灣科幻小說中科幻空間的相關論述。

首先，是關於臺灣科幻發展的整體脈絡論述的相關論述：2003年，《中外文學》刊出林建光〈政治、反政治、後現代：論臺灣八〇年代科幻小說〉一文。該文將1980年代分為兩個部份論述，第一部份是黃海、張系國與葉言都，作者認為他們所代表的是「政治」科幻小說，黃海與張系國的科幻作品反應了他們對於失落原鄉「中國」的懷舊之情，葉言都的科幻小說則是反應了當時臺海兩岸對峙的政治情境；第二部份是黃凡、張大春與平路，作者認為黃凡的科幻小說作品是屬於「反政治」的，表達出作者對於政治的高度不信任，而張大春的科幻小說則強調了現代人對事物的不確定，以及主體建構過程中的暴力與排他性；平路的科幻小說的一條路線是對臺灣的未來進行思考，另一條路線則是對於人本主義和主體完整性的解構與質疑。作者透過這兩個部份，結合了臺灣1980年代逐漸邁向後現代的社會情境，點出臺灣科幻小說發展逐漸走向後現代思維的一個脈絡。

2006年，《中外文學》再刊出林建光〈主導文化與洪凌、紀大偉的科幻小說〉一文，作者指出1990年代科幻小說的創作者，不再像1980年代科幻作家一樣試圖擠進主流文壇之中，而是直接參與了主導文化的塑造工作，作者也點出，即使掌握主導權的科幻作家實際上只有洪凌、紀大偉兩位，但他們的影響力甚至比1980年代的幾位作家的科幻創作來得更大。而後，作者從1990年代女性論述、性別認同思潮的興起，與情慾文學被社會接受的文化條件，分析這兩位作者得以參與主導文化的原因。並點出1980年代到1990年代的科幻小說發展，展現了從「國家認同政治」到「性別情慾政治」的取向，並認為因為洪凌、紀大偉的影響，讓科幻受到評論界壓抑與排擠得說法將站不住腳。

第二，是臺灣科幻小說中的性別情慾的相關論述：劉人鵬〈在「經典」與「人類」的旁邊——1994幼獅科幻文學獎酷兒科幻小說美麗新世界〉（2002），主要關注於幼獅科幻文學獎的三篇關於性別論述的小說作品，分別是張啟疆〈老大姐注視你〉、洪凌〈記憶的故事〉、紀大偉〈他的眼底你的掌心即將綻放一朵紅玫瑰〉，劉人鵬以後人類的角度觀看這三篇作品，並藉以討論這些小說在婦女運動或同志運動之外，所開展出的不同性別論述。

劉人鵬、白瑞梅的〈「別人的失敗就是我的快樂」政治：「真相」、「暴力」、「監控」與洪凌科幻小說〉（2004），認為洪凌小說中的暴力書寫，是對社會監控的一種反抗，這種監控反應了某種既定價值觀，違反這類價值觀的事物都將被隔離在外。洪凌將監控本身情慾化、並導入酷兒與其他次文化，透過跨越界線結合不同脈絡的事物，產生了與僵化的價值觀對抗的機會。

紀大偉〈色情烏托邦：「科幻」，「臺灣」，「同性戀」〉（2006），從三個不同的概念拆解「臺灣同性戀科幻」。首先，他認為「臺灣」、「同性戀」與「科幻」都有著對分類的焦慮、對烏托邦的期待，而以此三種概念為名的小說，都隱含了某種分類框架，並導致對文類框架的默認，因此他舉出具有曖昧性、在界線游移的作品，試圖挖掘出更具開放性的思考。

洪凌〈幻異之城・宇宙之眼・魍魎生體：分析數部臺灣科幻小說的幻象地景與異端肉身〉（2006）從科幻小說中末日地景，談論在臺灣科幻小說中現形的異端肉身，如何以肉身對抗大歷史架構，以班雅明的「啟示錄時間觀」看〈二三〇〇，洪荒〉、〈傾城之戀〉、用拉岡精神分析看〈雙星浮沈錄〉與《時間龍》、從跨性別理論與人－機－動物論述，分析《不見天日的向日葵》中跨性別肉身基進的身體美學。

雖然上述這些論文的重點，都不在於科幻空間本身，僅作為論述的相關背景。然而筆者認為，若非藉由科幻小說所提供的科幻空間，這些性別與情慾問題將因此不復存在；也就是說，因著科幻疏離與認知的雙重特質，得以讓這三篇小說得以遠離現實又可以看見現實的荒謬。因此若從空間研究的視角觀看這些科幻文本，勢必有所發現，並且能夠確實的指出科幻小說的獨有特質。

第三，是臺灣科幻小說中的空間敘事的相關論述：這部份的論文明顯較為稀少。目前僅有王建元〈當代臺灣科幻小說中的都市空間〉（1995）、洪凌、紀大偉〈當代臺灣科幻小說的冷酷異境〉（1995）、沈乃慧〈島嶼的憂鬱夢境——評析平路的後現代臺灣意象〉（2006）等篇。

王建元的論文，可以說是第一篇談論臺灣科幻小說空間呈現的相關論述。作者將科幻小說中的空間視為一種都市空間，並進一步比較臺灣與歐美科幻小說中的空間運用差異，但是稍嫌可惜之處，是作者在論述完1980年代以前臺灣科幻小說的生產脈絡和其社會情境，點出當時臺灣科幻的特色之後，未能延續前半段文章的比較架構，說明臺灣科幻小說的獨到特色。雖然如此，但是作者試圖探索科幻小說的空間運用，看臺灣科幻如何藉由建構小說中的都市空間，呈現科技、資訊與都市／虛擬空間新思維等等，仍相當值得參考。

第二篇洪凌、紀大偉合寫的文章，重要之處在於指出了臺灣科幻小說發展中出現的落差，也就是「現代」與「後現代」的落差。以後現代理論在臺灣風行之前，科幻作家仍以對於大敘事（總體觀點）難以忘懷，表現出對於歷史的崇高敬意，但在後現代理論勃發之後，小敘事（個體觀點）創作脈絡不斷發酵，從懷疑論的書寫，到投入情慾之中澈底忽視與顛覆大敘事的創作。

第三篇，沈乃慧的論文則主要以後現代視角，關注平路小說中的臺灣意象，從失落的臺灣記憶（〈驚夢曲〉、〈島嶼的名字〉）、世界臺灣化的狂想（〈臺灣奇蹟〉）、臺海關係的未來預言（〈虛擬臺灣〉）等方面進行論述。在此文中，沈乃慧認為只有〈驚夢曲〉、〈島嶼的名字〉具有科幻色彩，卻又對所謂科幻色彩含糊其詞，也未能深入討論〈島嶼的名字〉一篇。雖然如此，本篇論文也讓筆者在分析平路的作品時，有可對話的研究成果及可深入探索的研究基礎。

（三）學位論文

在1998年以前，以科幻小說為主題的學位論文可以說是幾乎沒有，而從1998年開始到2009年，科幻碩論數量突然大增，臺灣科幻研究看似蓬勃發展，然而事實上卻有著研究上的侷限。這些論文中，很大一部份皆以張系國、黃海與少兒科幻為研究對象，研究方法往往陷入「作家論」的窠臼，或是偏重在他們作品的教學意義（不論是科學還是文學），甚至以敘述技巧作為研究主題，對於作品本身的分析也僅止於主題與使用元素的分類整理，對於瞭解臺灣科幻小說的發展並沒有提供新的知識。

此外，還有數篇不同於上述脈絡的科幻碩士論文。包括一篇談論晚清科幻現代性、一篇關於倪匡衛斯理系列小說、一篇關於洪凌的酷兒科幻、一篇是橫跨30年的科幻文化考察，以及一篇關於80年代的科幻文化脈絡等論文。筆者在閱讀後發現，對於科幻小說做整體考察的學位論文相對稀少，僅有中正中文所林健群碩論〈晚清科幻小說研究（1904-1911）〉（1998）、東海中文所陳愫儀碩論〈少年科幻版圖初探——1948年以來臺灣地區出版之中長篇少年科幻小說研究〉（1999）、中央中文所傅吉毅碩論〈臺灣科幻小說的文化考察（1968-2001）〉（2002）、臺南大學語教所詹秋華的〈臺灣少年科幻小說的文化考察——以一九六八年以來臺灣地區出版之少年科幻小說為例〉（2004）、文化中文所陳鵬文〈八〇年代臺灣科幻小說研究〉（2004）等五篇屬之。

其中林健群的論文主要以中國晚清科幻小說為主，另兩篇則是以少年科幻小說為研究對象，這三篇和本書的論述範圍較無關，和本書密切相關的，當屬傅吉毅的論文，論文重要貢獻已於專書部份詳述（本書於2008年修訂後出版），故在此不再贅述。另外，陳鵬文的論文針對科幻思潮、文學獎、出版社、文化社會條件等面向論述，但是除了整理、介紹傅吉毅並未論及的倪匡作品之外，整體而言並未超出傅吉毅論文的研究框架，是較為可惜之處。

除了上述論文之外，還有一些研究主流文學作家的論文，亦有提及該作家的科幻創作，包含關於張系國、黃凡、張大春、平路、林燿德、宋澤萊等人的論述，但是多半僅是聊備一格，並非論述的重點所在，因此也無法因此觀看臺灣科幻發展的全貌。其中王國安的博士論文《臺灣後現代小說的發展—從黃凡、平路、張大春與林燿德做文本觀察》（2008）一篇，整理出科幻的「反科學」、「反理性」、「反烏托邦」、「反寫實」特質，並分析了四位作家的科幻作品，認為他們是採取以「邊緣」挑戰「主流」的精神創作科幻小說，並掌握到了科幻具有批判現實的能力，因此才有多篇科幻作品問世，對本研究的發想有所助益。

本書章節安排

第一章　緒論

第一節　臺灣科幻小說的發展與社會變遷的關聯

第二節　本書研究方法、取材範圍與科幻小說的特殊性

第三節　臺灣科幻研究相關專書與論文簡要評述

本書章節安排

本章主要在於敘述本書的研究動機與目的，在於透過以「空間」作為切入點，觀看臺灣科幻小說和現實社會文化之間的密切關聯，進而使得讀者能夠理解科幻小說的意義與價值；研究範圍則是界定本書的取材標準與斷代；文獻回顧部份，對前人研究進行整理並加以評述，以瞭解在科幻小說研究領域中，前人論述中的優缺點，以及所沒有論及或深入挖掘的相關議題，最後說明本書的章節安排。

第二章　文類挪移與空間翻譯

第一節　科幻文類的跨國輸入

第二節　科幻空間的在地實踐

本章小結

本章是作為談論臺灣科幻小說敘事空間的前提，試圖建構本書的論述基礎。臺灣科幻小說發展到1980年代才受到注目，筆者認為這和透過張系國的翻譯引介與創作實踐，讓臺灣主流作家看見科幻小說帶來的新表達形式有關，並在多位臺灣作家的創作實踐下，使得科幻小說能夠凸顯與批判臺灣現實的思潮與社會問題，同時也跨越了通俗文學與嚴肅文學的界線。因此本章重點在於解決兩個問題：一、張系國採取了何種翻譯策略，並藉此改變了臺灣文壇對於科幻小說的刻板印象？二、張系國的科幻創作又如何展現了科幻本土化的具體成果，甚至讓黃凡、張大春、宋澤萊、平路等主流作家運用科幻空間進行小說創作？張系國的科幻小說是否真正進行了在地實踐（和我們的歷史背景、社會現實有關）？最後，以本章的討論作為後面三章主要空間敘事論述的討論前提。

第三章　家國與地方：國族神話的空間解構

第一節　往事如煙：反烏托邦與懷疑論述

第二節　現實寓言：政治科幻小說中的現實關懷

本章小結

本章以「國族」的科幻空間敘事作為論述主軸，以1980年代的科幻小說為主要研究對象（1990年代如有以此為議題的科幻小說，也一併納入討論，如平路〈虛擬臺灣〉）。1980年代的臺灣，歷經退出聯合國、臺美斷交，美中建交等一連串的外交挫折之後，作家對於國家過去所建構的國族神話正確性有所動搖，因此藉由科幻空間，呈現他們對原有秩序的懷疑與對國族認同的思辨，如黃凡〈戰爭最高指導原則〉、張大春〈血色任務〉等；同時也產生了藉由科學知識進行科幻幻想，反應臺海緊張局勢與內部國家暴力問題的作品，如葉言都〈我愛溫諾娜〉等；以及藉由未來末日與國土淪亡的未來想像，反應臺灣國際地位低落的作品，如平路〈島嶼的名字〉等作品。藉此分析這些作品，進一步瞭解臺灣科幻小說如何藉由科幻的空間敘事進行對於「國族」議題的思考與批判，進而討論作家如何透過科幻空間生產「國族認同」與「國族寓言」。最後，從懷疑既有論述、關懷現實臺灣到思索臺灣未來的不同關注方向，我們除了看到認同的轉變之外，更進一步討論國族議題帶給臺灣科幻小說的空間敘事轉變的影響。

第四章　日常與符碼：資本主義的空間生產

第一節　從政治到日常生活：科幻空間敘事的轉向

第二節　消費文化與日常生活：符碼與商品的空間生產

本章小結

本章以「日常」（或者說資本主義）主題相關的科幻小說作為論述主軸，此種空間敘事和「國族」幾乎是同時出現的，選取作品橫跨1980與1990年代，分析關注於資本主義與消費文化相關主題的科幻小說。1980年代美國電影、影集、音樂、飲食都成為了臺灣日常生活的一部分，而日益嚴重的環境污染也層出不窮。如《廢墟臺灣》是藉由核災後的廢墟意象，與反烏托邦小說（科幻小說的次類型）的形式，凸顯現實臺灣因經濟快速發展而產生的工業污染問題；或是藉由世界政經與文化秩序的翻轉，思考美國化與臺灣當代社會問題的作品，如平路〈臺灣奇蹟〉、黃凡〈臺北最後的美國人〉；或是凸顯廣告對於消費選擇的影響力，呈現人們對於消費邏輯的內化，如〈皮哥的三號酒杯〉；或是對於文化去脈絡化、空間無地方感化的擔心，如平路〈驚夢曲〉等等。這些作品乍看之下可以說是對於現實生活的狂想，而隱藏在這些狂想背後的，就是對於未來必然會進入真正資本主義社會的臺灣社會的擔憂與提醒，作家藉由科幻小說的空間敘事如何將這些感受擴大，更顯著的強調了現實的荒謬情境，以及現代社會的都市生活如何受到資本主義的影響與制約。

第五章　性別與情慾：後人類未來的空間展演

第一節　曙光乍現：科幻敘事空間中性別議題的開展

第二節　堅固的都煙消雲散了：在全球化空間迷失的主體自我與性別

第三節　跨越邊界：跨種族、性別與時間的異端愛戀

本章小結

本章以「後人類」的科幻空間敘事作為論述主軸，以90年代的科幻小說為主要研究對象。本章主要將分為「曙光乍現：科幻

敘事空間中性別議題的開展」、「堅固的都煙消雲散了：在全球化空間迷失的主體自我與性別」與「跨越邊界：跨種族、性別與時間的異端愛戀」三個小節，分析臺灣科幻小說中的性別議題的開展與後人類概念、Cyberpunk[25]、酷兒文學類型的引進，從女性自覺、女性主義反烏托邦到跨越當代性別論述的異端性別議題。第一節討論在1990年代臺灣文壇性別議題興起時，科幻小說所受到的影響以及迴響，如平路〈人工智慧紀事〉、張啟疆〈老大姐注視你〉等；第二節討論藉由Cyberspace所展現的資本主義對於個體身體性別乃至於自我意識的操縱與宰制，如紀大偉〈他的眼底，你的掌心，即將綻放一朵紅玫瑰〉、〈膜〉等；第三節則討論作者如何運用酷兒與Cyberpunk類型，討論逸出當時性別論述的後人類性別議題，如洪凌〈記憶的故事〉、《末日玫瑰雨》等。

第六章　結論

臺灣科幻小說的空間敘事，從1980到1990年代逐漸從國族議題到資本主義，從日常生活到性別情慾，發展出國族、日常、後人類三大主題，而這三個主題本身其實也和臺灣從現代到後現代，從戒嚴到解嚴社會發展過程也有所相關。而透過以上分析，我們得以理解如何藉由虛幻性的科幻空間生產並真實，透過一種和現實生活「疏離」的寫作手法，建構虛幻的科幻空間，讓讀者能夠重新「認知」作者所要凸顯的現實荒謬。而在這三大主題之

[25] 按：Cyberpunk一詞在華文世界有「賽博龐克」、「賽博朋克」、「網路叛客」、「網際叛客」、「電腦叛客」等多種譯法，但筆者認為用「網際」、「電腦」等譯法，並沒有辦法展現「賽博龐克」的各類變體作品，且容易與現實世界中的「網際網路」產生概念上的混淆；而「龐克」本就代表一種叛逆的生活方式，並不需要特別改為「叛克」或「朋克」。因此為求詞彙一致，與避免概念混淆，除引用內容之外，筆者在本書中提及或引文中出現Cyberpunk時，都使用原文Cyberpunk。

外，我們是否能夠繼續開展出不同的科幻小說空間敘事呢？也許在未來，我們的疑惑會得到答案。

第二章　文類挪移與空間翻譯

早在1960年代末至1970年代初期，臺灣文學界就已出現為數不多的科幻作品（如張曉風〈潘渡娜〉（1968）、張系國〈超人列傳〉（1968）、黃海〈航向無涯的旅程〉（1968）等），更有作家以科幻小說獲得中山文藝獎（黃海，《一〇一〇一年》（1969）），但是在文學界所受到的重視並未太高。直到1980年代，許多著名作家開始創作科幻作品，其中如張系國、黃凡和平路更經常創作藉由科幻形式書寫的小說作品[1]，可以說是臺灣科幻小說的重要代表作，科幻之樹至此繁花並起。然而萬丈高樓平地起，在1980年代的科幻風潮興起之前，身為外來文類的科幻小說，是如何被移植到臺灣的文化脈絡之中，並獲得文壇作家重視的呢？

過去，許多戰後臺灣科幻小說的研究者在論及此問題時，多半也會略述西方與臺灣科幻小說史發展脈絡，並提及張系國曾經譯介與創作科幻小說[2]，及其對於臺灣科幻小說產生的影響[3]。

[1] 如張系國〈銅像城〉（1980）、黃凡《零》（1981）、張大春〈傷逝者〉（1984）、林燿德〈雙星浮沈錄〉（1984）、宋澤萊《廢墟臺灣》（1985）、平路〈驚夢曲〉（1985）等作品。參考：張系國，《星雲組曲》（臺北：洪範出版社，1980）；張系國編，《當代科幻小說選I、II》（臺北：知識系統出版社，1985）、黃海，《臺灣科幻文學薪火錄（1956-2005）》（臺北：五南出版社，2007）。

[2] 按：1976年開始，張系國在《聯合報》引介一系列外國科幻小說，最後由純文學出版社集結為《海的死亡》（1978）出版；而除了編譯外國科幻小說之外，也提及張系國創作中文科幻小說，集結為《星雲組曲》（1980）、《夜曲》（1985）等書出版，大致確立了臺灣科幻小說的書寫形式。

[3] 黃海，《臺灣科幻文學薪火錄（1956-2005）》（臺北：五南出版社，2007），頁61-62；傅吉毅，《臺灣科幻小說的文化考察（1968-2001）》（臺北：秀威資訊，2008），頁36；范怡舒，〈張系國小說研究〉（臺北：臺灣師範大學國文學系碩士論文，1998），頁131；陳玉燕，〈科學、文學與人生——張系國科幻小說研究〉（彰化：國立彰化師範大學國文學系碩士論文，2003），頁28。

然而，筆者發現先前的研究者並未深究科幻小說是怎樣被張系國「翻譯」（透過外文作品譯介與華文創作實踐）進入臺灣文壇，並被文壇所接受、發揚的過程。其實，這是一個相當值得探討的議題，因為沒有一種外來文類會突然被接受，必定有其歷史發展的階段與過程，而這就牽涉到「科幻小說」在臺灣是如何被翻譯（被重新詮釋、被理解）的問題。

同樣發源於西方的推理小說，也有著類似的問題。陳國偉曾在論述臺灣推理小說時，曾提及劉禾的「跨語際實踐」（translingual practice）概念，認為她提供了一個在東亞文化脈絡化，觀看不同文化主體如何透過翻譯，將西方現代性移植到自身脈絡之中的方法；而劉禾對於「翻譯的現代性」（translated modernity）的獨特定義，強調這種現代性有著本地文化的干預，是藉由翻譯再生成的現代性，因而在不同文化中，會產生不同的現代性的意義或形式。陳國偉藉由上述這些概念，認為臺灣推理小說的在地生成，不僅是跨語際實踐的問題，同時也是翻譯中生成的臺灣的現代性，透過此一觀點，得以在翻譯的脈絡中，思索臺灣推理小說的創作實踐[4]。

和推理小說同樣發源於西方的科幻小說，也能透過翻譯的視角觀看。筆者發現，張系國在引介輸入外國科幻小說作品時，並非完整地介紹所有類型的科幻小說，而是偏向介紹某些類型。因此，即便科幻小說在原先的文化脈絡中，具有多種不同的面貌，一旦經由張系國片段的引介輸入臺灣之後，科幻小說本身所具有的意義其實已經發生了質變。這部份我們可以從張系國《海的死亡》這本科幻翻譯小說集看到清楚的實例，張系國所

4 陳國偉，〈被翻譯的身體：臺灣新世代推理小說中的身體錯位與文體制序〉，《中外文學》39卷1期（2010.3），頁47-50。

選擇的多半是文學性或是思辨性較高的作品，而並未引進單純藉由科幻書寫冒險故事的作品。筆者認為最主要的原因，應是張系國引介外國科幻小說的目的，在於提昇科幻小說本身的文學價值，因此他的選擇是相當合理的。

除了討論張系國所翻譯的科幻類型之外，筆者認為有個問題相當重要，那就是科幻小說究竟帶給臺灣文壇什麼影響？科幻文類的輸入讓臺灣作家看見了什麼新的表達形式？筆者之所以提出這個問題，是因為張系國似乎是要為臺灣文學尋找新的變化與新的表達方式，才特意引介科幻小說的。張系國曾提出作家應該「追求更自由的文體，更豐富的結構，以便容納更廣泛的經驗，表達更深入的哲學主題」[5]，「必須在內容和形式兩方面求變求新，發揮最大的創造力」[6]，如此才能開拓文學的更多可能性，這或許是他開始大力翻譯、創作科幻小說的起點。那麼，為什麼張系國選擇了科幻小說，作為他試圖「求變求新」的試金石？筆者認為蘇恩文（Darko Suvin）對科幻的理解，正是這個問題的答案。

正如第一章中所提及的，科幻小說最大的特色在於「新奇」（novum）的敘事霸權[7]。透過建構一個和現實世界不同的「替代現實」（alternate reality），並且在其中運作不同的人類關係和社會文化規範，使得科幻小說擁有「回饋擺蕩」的效果，讓讀者能夠在閱讀科幻小說之後，以全新的視角重新省視當下現實世界中的問題。而科幻小說的「新奇」，主要是藉由科幻小說中呈現的世界觀，也就是作家所創造的未來世界來實踐的。

以臺灣的科幻小說脈絡而言，正因為科幻小說的這種特性，

[5] 張系國，〈試談民族文學的形式和內容〉，《書評書目》21期（1975.1），頁42。
[6] 張系國，〈試談民族文學的形式和內容〉，頁42。
[7] 蘇恩文（Darko Suvin）著，單德興譯，〈科幻與創新〉，《中外文學》22卷12期（1994.5），頁28-33。

讓不少臺灣主流作家開始運用科幻小說提供的幻想空間，跳出現實世界的限制與框架，創造獨特的世界觀，呈現作家所要表達的各類議題。這也是臺灣科幻小說多年來不變的創作基調，如黃凡、張大春、林燿德、宋澤萊、平路等多位作家的科幻作品，都可以說是屬於這個脈絡的創作實踐。而筆者認為這個創作基調的建構，和張系國他在1976年到1980年代所翻譯引介的科幻小說，以及他個人的創作所展現的科幻在地化的具體成果有關。

因此，如果要理解臺灣科幻小說的發展，其中一個重要關鍵，就是瞭解使得科幻小說受到臺灣作家重視的張系國，他究竟翻譯、改造了什麼樣的科幻「空間」進入臺灣，確立了臺灣科幻小說基本的創作概念，並對臺灣文壇造成衝擊與影響。因此本章試圖解決的問題主要有二：第一、張系國翻譯的外國科幻小說主要是什麼類型，輸入了何種空間形式？透過他所輸入的科幻小說，如何讓當時的臺灣文壇改變對科幻的印象？讓臺灣作家看見了什麼新的書寫型態？第二、張系國藉由本身的創作實踐，如何改造原本屬於歐美的科幻小說，進行空間敘事的在地實踐？而張系國的在地實踐是否成功？對臺灣文壇又有什麼影響？以下筆者將這兩個脈絡分為「科幻文類的跨國輸入」，與「科幻空間的在地實踐」兩個部份進行論述，分析張系國透過他所引介與創作的科幻作品，如何讓科幻文類進入臺灣文學，並拓展了臺灣文學的書寫形式。

第一節　科幻文類的跨國輸入

前文提及科幻小說是藉由「新奇」讓讀者能夠重新認識自己身處的世界的小說作品，而此種「新奇」最主要是透過「空間」

來呈現的，因此我們若要瞭解張系國翻譯引介與自行創作的科幻作品，究竟為臺灣文學開拓了怎樣的視野，就必須先瞭解張系國究竟引介了什麼「空間」進入臺灣文學之中。若要觀察此點，筆者認為可以從張系國所選譯的科幻小說合集《海的死亡》一書下手，分析他在翻譯科幻小說時採取了什麼譯介策略？他所譯介的科幻小說，呈現了什麼不同於現實世界的空間圖景，並讓作家看見了什麼新的表達形式？以上幾點，都是本章將要探討的問題之一。

一、從《海的死亡》看張系國的選譯策略

> 原則上，我希望從每國選出一兩篇具有代表性的精彩作品。選出的作品，最好能同時反映該國文化傳統、社會環境或政治制度的特色。再次，選出的作品又儘可能要包容各種不同主題、不同形式的科幻小說，最好每一篇都介紹一個不同的科幻小說題材。[8]

觀察《海的死亡》中所收錄的文本，作家國籍從西班牙、阿根廷、義大利、波蘭、瑞典、美國（3篇）、英國、丹麥和中國[9]等，涵蓋了美州、歐洲和亞洲三大區域，可以說是他的選譯標準的具體呈現。綜觀這些小說的內容，筆者可以找出幾個共通的特點，以下筆者將選集中的小說分為兩種類型：第一種類型，

---

[8] 張系國選譯，《海的死亡》（臺北：純文學出版社，1978），頁4-5。

[9] 按：此處「中國」是指「中華民國」。因為標註為「中國」的作品，僅張系國的〈望子成龍〉（1978）一篇。而張系國在之後的《讓未來等一等吧》後記中，也有提到「我們這一羣根植於臺灣的中國人，究竟是怎樣的中國人？我們是什麼？我們應如何安身立命？」，「祇要關心臺灣，自認是這個社會的一分子，就是根植於臺灣的中國人」。見：張系國，《讓未來等一等吧》（臺北：洪範，1987），頁198。另外，張系國過去的作品如《皮牧師正傳》（1963）、〈地〉（1967）、〈香蕉船〉（1973）、《棋王》（1975）等多篇作品，都和臺灣社會現狀有密切關連，此處「中國」是指「中華民國」應是合理推測。

是藉由科幻小說形式針對歷史與社會現實進行批判的作品[10]；第二種類型，是針對時間、死亡、存在等形上問題進行思考的哲思作品[11]，透過這兩種類型的引進我們也能進一步揣摩張系國的引介策略[12]。

筆者認為，張系國採取的選譯標準（每國一篇），和1970年代臺灣的時代背景密切相關。1970年2月，美國擅自將釣魚臺列嶼移交給日本，激起了臺灣社會的民族意識，短暫的提高了臺灣社會的社會參與程度。1971年10月臺灣退出聯合國，失去國際地位。這一連串的外交挫折，讓人民看見臺灣的國際地位，不過是依靠美國權勢才得以擁有的空中樓閣，激起了臺灣人民反帝反美的民族意識[13]。也或許因為如此，張系國以一個「眾聲喧嘩」的方式，讓世界各國的科幻小說在《海的死亡》這本小說集中以嘉年華會的形式發聲，沖淡了美國在科幻場域的強大影響力，同時讓科幻小說的文化身份改變為一種超越國家、民族的小說類型。因此張系國推廣科幻小說時，並未直接引進美國主流科幻脈絡下的作品，而是從世界各國科幻小說中，找出符合他的思考以及能夠被臺灣主流文壇與一般大眾所接受的作品。

---

10 包括英國達爾（Roald Dahl，1916-1990）的〈偉大的文法創造機〉（"The Great Automatic Grammatizator"，1953）、美國薛克雷（Robert Sheckley，1928-2005）的〈無中生有〉（"Something for Nothing"，1954）、波蘭柯瓦雷克（Julian Kawalec，1916-2014）的〈犧牲者〉（"I Kill Myself"，1962）、義大利柯茲（Luigi Cozzi，1947- ）的〈雨日革命三十九號〉（"Rainy Day Revolution No. 39"，1967），以及張系國的〈望子成龍〉（1978）等五篇。

11 包括阿根廷波赫士（Jorge Luis Borges，1899-1986）的〈環墟〉（"The Circular Ruins"，1940）、西班牙吉龍內拉（Jose Maria Gironella，1917-2003）的〈海的死亡〉（"The Death of the Sea"，1964）、瑞典龍德臥（Sam J. Lundwall，1941- ）的〈碧海青天夜夜心〉（"Nobody Here But Us Shadows"，1975）、美國喬治馬丁（George R.R. Martin，1948- ）的〈紫太陽之歌〉（"The Lonely Songs of Laren Dorr"，1976）、闕蕊（C. J. Cherryh，1942- ）的〈科林斯城傳奇〉（"The Dark King"，1976）、丹麥尼爾遜（Niels E. Nielsen，1924-1993）的〈美麗小世界〉（"Planet for Sale"，1964）等六篇。

12 按：以上作者、作品之譯名以《海的死亡》目錄所載者為準。作者英文名、作品英文篇名的部份，以《海的死亡》各篇小說所附作者介紹為準，其餘未在書中介紹作者的，由筆者自行查詢補充。

13 游勝冠，《臺灣文學本土論的興起與發展》（臺北：前衛出版社，1996），頁283-291。

在《海的死亡》總共十一篇作品裡，批判現實的作品就佔了五篇，比如美國薛克雷的〈無中生有〉所諷刺的卡債問題、英國達爾的〈偉大的文法創造機〉所批判的文化工業體系、義大利利柯茲的〈雨日革命三十九號〉針砭的國家權力機制等等，可以發覺張系國也受到了1970年代的時代影響（他本人也積極參與保釣運動），引入了這些具有批判意味的科幻作品（雖然某些現實尚未在臺灣社會發生）。在1970年代以前，臺灣開始進行一系列的經濟改革，從進口替代轉變為出口發展的經濟模式，快速由農業社會轉變為工商業社會[14]。

但是快速轉變的社會環境，卻讓臺灣農村人力外流產生都市化的問題。這讓具有批判現實主義色彩的鄉土文學脈絡得以成為1970年代臺灣文壇的主流，他們對於美日帝國主義的本質、殖民式的經濟統治，以及崇洋媚外的風氣，進行各樣的批判。而在張系國本身的成長背景中，關懷國事、批判社會，也是張系國作品中的一個重要的脈絡，舉凡《皮牧師正傳》、《黃河之水》、《棋王》等作品中對於金錢遊戲、政治權謀的思考與批判，都是張系國在此脈絡下的創作成果[15]。也因此，張系國之所以選擇這些具有批判意味的科幻小說的原因也就不難被察覺出來。

> 科幻小說在國內未曾廣泛流行，原因固然很多，最重要的原因，恐怕還是過去沒有人有系統的介紹過一流的科幻小說作品。青年作者沒有觀摩比較的機會，自然寫不出真正好的科幻小說來。[16]

[14] 王振寰，〈臺灣的政治轉型：從威權體制過渡〉，收於羅金義、王章偉編，《奇跡背後：解構東亞現代化》（香港：牛津大學出版社，1997），頁144-147。
[15] 范怡舒，《張系國小說研究》（臺北：臺灣師範大學國文學系碩士論文，1998）。
[16] 張系國，《海的死亡》，頁4。

由上述引言可以得知，張系國引進科幻小說的目的，是要推廣一流的科幻小說，讓試圖運用科幻題材創作的作者能夠寫出好的科幻。在當時的臺灣，學術界對於通俗文學有著相當程度的偏見，身為通俗／大眾小說一環的科幻小說，自然無法被學院所認同接納。這也是為什麼張系國、張曉風在1960年代末發表的科幻作品，主題雖然前衛但思想仍屬保守的原因之一。在這樣的一個場域之中，張系國在選擇時必然會注重科幻小說的藝術價值，以提昇科幻小說的藝術性與學術價值，好讓科幻小說能夠獲得學院與一般大眾的認同。

張系國《海的死亡》選擇的文本偏向純文學，或者說主流文學風格的，在全部十一篇中佔了六篇之多。1960年代臺灣文壇的重要思潮是現代主義，在現代主義的重鎮《現代文學》雜誌上，每一期都有外國文學的譯介，有幾個特色：第一是存在主義，第二是精神分析與意識流，第三則是西方文學理論強調的知性[17]。而在其中，存在主義是當時的現代主義小說中的主導思想，政治上的高壓統治，讓知識份子無法關懷當下的政治與社會問題，他們存在於社會，卻又不真正屬於社會。他們被迫從社會脈絡中疏離、異化，也因此他們只能面對自己的存在，進而思考自己的「存在問題」[18]。

而在張系國所引進的作品中，如西班牙波赫士的〈環墟〉中，主角試圖在夢中像神一般造人，而最後發現自己不過也是他人夢中所造之人的故事、喬治馬丁〈紫太陽之歌〉中，女主角四處找尋她的愛人，卻在各個世界中遍尋不著的疏離與焦慮，兩篇作品中的存在主義傾向也相當明顯，而1960年代引進的現代主義

17 陳芳明，〈現代主義文學的擴張與深化〉，《聯合文學》207期（2002.01），頁151。
18 趙遐秋、呂正惠主編，《臺灣新文學思潮史綱》（臺北：人間出版社，2002），頁272-273。

思潮，臺灣文壇已經能夠理解這種哲學思維，並且透過引入此類能夠處理時間、死亡與存在的科幻小說，因此或許能夠換得部份作家的認同，改變他們對於科幻的「低俗」認知，或是張系國引介的策略之一。

二、懷鄉情感與無法面對的現實

在理解張系國的引介策略之後，筆者認為《海的死亡》中的幾篇作品所呈現的小說情節，能夠臺灣結合1950年代到1970年代的時空背景進行連結，雖然原先小說中的故事並非針對臺灣社會與歷史而寫，但是卻讓作家們發現科幻小說具有批判現實的潛力，筆者認為這也是能夠引起臺灣作家如黃凡、張大春、宋澤萊、平路等人注意的主要原因之一。因此，筆者認為張系國所選譯的這些文本，對於臺灣科幻小說的發展，具有相當重要的歷史意義，值得深究。以下將分別論述之。

在《海的死亡》收錄的〈碧海青天夜夜心〉（"Nobody Here But Us Shadow"）[19]中，作者建構了一個時空旅行成為現實的世界，而在進行進一步論述之前，我們必須先瞭解「平行宇宙」（parallel universe）[20]的概念。「平行宇宙」的基本假設，就是我們居住的宇宙是和其他宇宙平行存在的，而其他宇宙我們都可以稱之為「平行宇宙」。在本篇小說中，作者稱這些平行宇宙為

---

[19] 龍德臥（Sam J. Lundwall）著，張系國譯，〈碧海青天夜夜心〉（"Nobody Here But Us Shadow"），收於張系國選譯，《海的死亡》，頁45-59。

[20] 根據美國天文物理學者鐵馬克（Max Tegmark）的說法，科學界對於「平行宇宙」的假設主要可分為四種。第一種：該「平行宇宙」的物理常數和我們的宇宙相同，但是粒子排列不同；第二種：該「平行宇宙」的物理定律和我們的宇宙大致相同，但是物理常數不同；第三種：每做一個決定會產生不同後果，而所有可能的後果都會產生一個「平行宇宙」，而該宇宙的物理原則可歸類為第一或第二種；第四種，該「平行宇宙」的物理定律和我們的宇宙完全不同。參考：Max Tegmark, "Parallel universes. Not just a staple of science fiction, other universes are a direct implication of cosmological observations.", *Scientific American,* May 2003, New York :Munn & Co., pp. 41-51.

「可能發生的過去」，也就是作者的平行宇宙觀，是每做一個決定，都會產生一個平行宇宙的架構，而新產生的平行宇宙，其物理定律或者物理常數和我們的宇宙相當接近（詳見「平行宇宙」註釋）。在本篇小說中，能夠連結各個平行宇宙[21]的科技已經成為現實，而「機率部」是專門研究其他平行宇宙的機構，所有平行宇宙都可以透過「機率部」中的機率房間連結，只要打開房間中和平行宇宙相連的門，就能夠進入那個世界。

但是連結各種平行宇宙是有所管制的，而且工作人員並不能實際進入該宇宙，必須透過房間內部的監視器（電眼）才能看到這些「可能發生的過去」中的景象，無法碰觸到該時空內的所有物事。然而這些看似幻象的世界，有的卻比他們所處的單調的世界來的更為美好，導致有些長年在機率部工作的員工，從此不願離開機率部。故事中，男主角是「機率部」的員工，一日下班之後，在酒吧遇見一位自稱來自平行宇宙的女子，向他訴說她的悲慘遭遇。男主角起初並不相信，但最後他用女子給他的時間座標，連結到該平行宇宙之後，這才發現該宇宙只剩下一片空白。他這才相信女子的話，原來機率部的人曾經作過實驗，試圖從這些平行宇宙帶回一些東西，導致該宇宙完全消失，並讓當時被帶離平行宇宙的女子，被迫在這不屬於她的世界中度過餘生，再也無法回到她的世界，只能在她日漸衰老的歲月中，不斷向他人傾述她的遭遇[22]。

張系國在評價此篇小說時提及，科幻小說的主題仍是關乎人性。

[21] 按：此處提及的「平行宇宙」，在小說中被稱為「可能發生的過去」，為了方便論述，筆者在此用「平行宇宙」一詞代替。而因為是「可能發生的過去」，筆者認為我們可以將小說中不同平行宇宙的時間，都視為早於現實宇宙的時間，比較不會產生不同宇宙在時間差上的矛盾。

[22] 張系國選譯，《海的死亡》，頁45-59。

〔這篇故事的〕主題講的是人的疏離感。女主人翁流落異鄉，有家歸不得，最後年華老去，仍舊佇立在臺階上等待奇蹟出現，令人寄于無限同情。而敘事者的男主人翁，最後突然喪失對真實世界的信心，只有永遠躲在沒有窗戶的房間裡。這一主題雖然有點落入俗套，但仍不失為有力的主題，也能引起讀者的共鳴。[23]

那麼，這篇小說放在經過1950年代反共文學、1960年代現代主義洗禮過的臺灣文壇，對於臺灣的作家而言，除了產生共鳴之外，又能有怎樣的聯想？筆者認為這或許能喚醒臺灣作家對於反共文藝的（負面）記憶，展現科幻小說所具有的批判性，我們可以藉由「家園」的概念來理解。

在人文地理學的脈絡中，不論是離開家園或者是重返家園，「家園」（home）一向是所有故事的起點。重返家園的故事，多半因為某個原點的喪失而產生，為了要找回失去的原點，主角經過重重苦難終於回到家園，但是這個家園也很難回復原來的樣貌[24]。而在這篇故事中，作者甚至狠心地關閉了回返家園的途徑，讓重返家園成為永遠無法實現的奢望。故事中無法回到原來世界，被迫在異時空流浪的女子，和逐漸沈浸在平行宇宙的幻象，無法面對現實的「機率部」員工，這兩種不同狀況的描寫，似乎和1950年代反共文學的發展有著極為相似的類比。

1949年國民政府遷臺，失去了過去所擁有的國土，鄉土成為回不去的故土，這對國民政府而言是相當沈重的打擊。而國民

[23] 張系國選譯，《海的死亡》，頁62。
[24] Mike Crang著，王志弘譯，《人文地理學》（臺北：巨流圖書，2006），頁63-64。

政府之所以大力推廣反共文學，主要原因來自於統治者對於共產黨的恐懼，為了讓自身脫離無法自我定位的困境，因此動員國家機器創造出反共文學的風潮。根據楊照的說法，國民政府當年一路撤退來臺，他們眼中的未來景象只有兩個：一是臺灣可能隨時在共產黨的追擊下淪陷，二是如果前者沒有發生，那麼就有了反共復國的可能。楊照認為這兩者可說是當時「末世情緒」的種種反應，而「反共文學」正好就是試圖藉由「最激憤的語言、最昂揚的精神、最肯定的預言來克服『末日恐懼』」[25]，透過這些口號與信念，統治者得以克服恐懼，暫時不用面對殘酷的歷史事實[26]。

而大部分的反共文學作品，經常會去結合愛情故事與反共意識，創造出許多「反共志士」類型的角色，不斷述說他們如何和共產黨戰鬥，同時也描寫了國土淪陷後的悲傷感懷。然而不論故事情節如何變化，「反共復國」始終是不變的主旋律。[27]筆者認為在反共文學中，另外一個重要的書寫主軸，是對於失去的「中國鄉土」的重新建構。作者們往往將中國鄉土美化，並轉化為他們的「家園」與精神原鄉，一個永恆美好的「烏托邦」或「桃花源」，而破壞了這些美好「家園」的共產黨，自然成了被批判的萬惡淵藪，因此在思念故土的同時也符合了政府的政治需求。

但是，反共文學中出現的「中國鄉土」，其實和歷史中的真實鄉土有著相當程度的落差，或許正是因為失去了國土，讓反共文學作家必須美化記憶中的故土，以產生巨變前後的極大反差，凸顯共產黨對他們的心靈所造成的傷害。而對於統治者而言，反

[25] 楊照，〈末世情緒下的多重時間〉，《文學、社會與歷史想像》（臺北：聯合文學，1995），頁124。
[26] 楊照，〈末世情緒下的多重時間〉，頁124-125
[27] 趙遐秋、呂正惠主編，《臺灣新文學思潮史綱》，頁203-247。

共文學所建構的「烏托邦」世界，更是維持自身政治神話的必要設置，讓他們能夠堅定反共復國的政治口號，藉以掩蓋臺灣當下所處的現實政治情境。如此一來，反共文學中的鄉土，自然離現實越來越遠，終究澈底脫離了社會現實。

而官方鼓勵的反共文學，不正是和故事中沉溺於平行宇宙世界的「機率部」員工一樣嗎？他們不願意回到現實世界，寧可永遠待在「機率部」等待再次觀看平行宇宙的幻象，那個世界比真實世界來的更加「真實」，更加「美好」。然而事實上，在平行宇宙中所看見的美好世界，即使多麼美好，也不過是個無法企及的世界。而當初反共文學試圖將「反攻大陸成為可能的世界」取代當時「處於軍事與政治恐慌之中的現實世界」，並且試圖讓社會大眾接受他們所建構的虛假世界，這不就像故事中「機率部」員工，將平行宇宙中的女子帶到現實世界的行為一樣嗎？而他們所能獲得的不過是幻象破滅後的一片空白，除此之外一無所獲。

三、鄉土書寫與文化的追尋

《海的死亡》收錄的另外一篇小說〈紫太陽之歌〉（“The Lonely Songs of Laren Dorr”）[28]，同樣也描繪了一個異於現實的幻想空間，一個有著紫色太陽的異時空。作者在本篇中建構了一個特別的空間觀點，在這個故事裡，每個人都長生不老，並且都有專屬於自己的平行宇宙，有的宇宙沒有太陽，有的宇宙裡夜晚沒有星光，甚至有的宇宙中太陽在海底燃燒。而所有平行宇宙都是由七位天神所掌管的，而在不同的平行宇宙之間，設有關卡與

[28] 馬丁（George R. R. Martin）著，張系國譯，〈紫太陽之歌〉（“The Lonely Songs of Laren Dorr”），收於張系國選譯，《海的死亡》，頁63-83。

守關人，並且設置在不同的位置讓人難以找尋。故事的女主角莎拉，開始冒著生命危險在各個平行宇宙中找尋她——因得罪天神而被天神強行拆散——的愛侶凱達，來到了戴賴倫的世界。而戴賴倫其實就是守關人，不過他不用暴力阻擋莎拉，而試圖用愛情留下莎拉，讓她無法繼續找尋愛人的旅程。然而最後莎拉還是離開了戴賴倫，繼續踏上她那無盡的旅程[29]。

延續前文中提及的「家園」概念，在這篇小說中我們同樣看見「家園」的存在。然而，不同於上一篇小說中那個虛無的、失去的家園，本篇女主角莎拉所要追尋的家園，很明顯的是她和她的愛人凱達共同擁有的愛情關係，這個屬於他們兩人的精神家園。筆者認為，這篇小說和張系國引介此文進入臺灣的時空背景，有幾點相當神似的連結：第一、莎拉來回各個平行宇宙間，試圖找尋她的愛人的行動，和1970年代到1980年代，臺灣作家對於「鄉土」的追尋極為類似；第二、故事中同時存在的互相連結著的平行宇宙設定，則和1960年代以來臺灣接受多層次文化衝擊的社會現實似曾相似。以下將就這兩點論述本篇在情節上，和臺灣社會與文學發展經驗暗合之處。

戰後臺灣作家對於鄉土的追求，並非開始於1970年代的鄉土文學風潮，事實上1960年代的現代主義派作家，也是以他們的方式書寫鄉土，展開對鄉土的追索。根據邱貴芬的說法，1960年代的臺灣，是「臺灣本土、日本殖民遺緒、中國移民文化、香港文化以及美國文化匯流的場域」[30]，「多種時空（美國、臺灣、中國、日本、香港等）穿刺鑲嵌」[31]，於是作家試圖「透過西化

[29] 馬丁，〈紫太陽之歌〉，頁63-83。
[30] 邱貴芬，〈翻譯驅動力下的臺灣文學生產〉，陳建忠等合著，《臺灣小說史論》（臺北：麥田出版社，2007），頁232。
[31] 邱貴芬，〈翻譯驅動力下的臺灣文學生產〉，頁232。

『真正』進入『現代』的臺灣對傳統『鄉土』生活情境的複雜情境」[32]。這些不同文化脈絡，臺灣作家正如同〈紫太陽之歌〉中，女主角莎拉在各種不同的平行宇宙（文化脈絡與書寫形式）中穿梭，並以不同於傳統時間的現代性時間，重新理解現實的鄉土或是過去傳統的鄉土[33]，不論作家所描寫的故鄉是「臺灣原鄉」或是「中國原鄉」，「鄉土」一詞實際上是具有多重意含的，這和之後僅具單一面向的寫實主義鄉土文學大不相同。

然而，在1970年代寫實主義復甦之後，以偏向西化形式書寫的作品，不論其關懷的是臺灣鄉土或是中國鄉土，一律成為了眾所批判的對象。筆者認為這也可以用「家園」概念進行理解，在人文地理學中，「家園」也是一個私密生活的「地方」（place），而這個「地方」和人的情感有著強烈的連結。而美國地理學家Cresswell認為，當「家園」和人的聯繫被破壞之時，人就犯下了踰越之罪，於是從原本的「安適其位」（in the place）之人，轉化成「不得其所」（out of place）之人[34]。

當寫實主義的鄉土書寫成為主流之時，原先藉以西方形式技巧呈現的臺灣鄉土或是中國鄉土，在某種程度上都破壞了鄉土派作家從戰後一路被壓抑的「鄉土」情感，也就是說破壞了「地方」與人群之間的強烈聯繫，因此現代派小說中描寫的鄉土，或是描寫中國鄉土的作品，都被鄉土派作家視為「不得其所」的鄉土書寫。同時，藉由將現代派小說重新定位為「不得其所」，才能正當的讓過去被壓抑的「鄉土」書寫（包含歷史脈

[32] 邱貴芬，〈翻譯驅動力下的臺灣文學生產〉，頁235。

[33] 按：如施淑青、李昂以鹿港為主題的小說，以此建構了融合恐怖與迷戀於一身的奇異鄉土經驗，或是王文興《家變》中透過語言展現的鄉土經驗。參考：邱貴芬，〈翻譯驅動力下的臺灣文學生產〉，頁232-237。

[34] Tim Cresswell著，徐苔玲、王志弘譯，《地方：記憶、想像與認同》（臺北：群學出版社，2006），頁49。

絡與土地情感）重新復活，連結戰前的臺灣文學發展脈絡，重新讓自己「安適其位」。

從以上張系國所引介的科幻小說中的空間敘事的例子來看，筆者認為張系國所引介的部份科幻作品（具有社會批判力道或是哲學意味的科幻小說、能讓讀者和臺灣歷史脈絡連結的科幻小說等等），我們可以視為以臺灣文壇能夠接受的方式，導入具有「新奇」感的科幻小說，以實踐他的民族文學理想。筆者認為張系國在1975年所提出的理念——作家不必強調「在地性」而犧牲了更多創新的機會[35]——應該可以作為他引介科幻小說進入臺灣的理由之一。也或許如此，張系國才刻意導入能夠貼近臺灣文學史上曾經發生過或正在發生的文學風潮的科幻小說類型，藉此讓臺灣文壇能夠理解科幻小說中獨特的空間敘事，以及科幻小說對於現實的反思與批判功能。下一節中，筆者將深入論述張系國對於科幻空間的理解與詮釋，及其科幻小說在地實踐的成果與影響。

第二節　科幻空間的在地實踐

林燿德認為張系國的首本科幻小說集《星雲組曲》，大致「奠定了臺灣當代科幻小說發展的基本範型」[36]，而陳思和也認為張系國他「以中西文化貫通的手法，改變了科幻僅僅作為西方宇宙故事的移植或者作為通俗文學一種文類的舊面貌，開始形成臺灣當代科幻的新局」[37]。雖然陳思和指出張系國融會中西

[35] 張系國，〈試談民族文學的形式和內容〉，頁42。
[36] 林燿德，〈臺灣當代科幻文學（上）〉，《幼獅文藝》475期（1993.7），頁43。
[37] 陳思和，〈創意與可讀性——試論臺灣當代科幻與通俗文類的關係〉，收於林燿德等編，《流行天下：當代臺灣通俗文學論》（臺北：時報出版社，1992），頁275。

文化，但是他並未明確指出張系國如何融會兩者，並且將科幻文類移植輸入臺灣的相關細節。經過上一節的討論，我們已經大致瞭解到張系國所輸入了哪些科幻小說空間，以及其情節與臺灣文學發展過程暗合之處。

而在這一節中，筆者將以張系國的幾篇重要的科幻小說作品為例，深入說明張系國如何運用他所引介的空間敘事形式，結合他所認為的「在地性」——也就是「中國風味」的——科幻創作方式[38]，進行在地實踐的成果與影響。

一、城市空間的改造

〈銅像城〉[39]可以算是張系國最知名的科幻小說作品，是論及張系國科幻小說時必談之作。後來張系國更結合〈銅像城〉與〈傾城之戀〉（張系國版）的故事，發展為長篇小說《城》三部曲，因此〈銅像城〉也可以說，是張系國對科幻小說進行在地實踐的起點。過去論者如王建元多半以歷史詮釋論的角度，觀看〈銅像城〉與〈傾城之戀〉兩篇科幻小說，而本文將焦點放在小說中的科幻「空間」如何在地建構的問題。

在〈銅像城〉一篇中，最為醒目的設定肯定是那尊巨大非常的銅像，小說中描寫「銅像矗立在城中心，高逾百丈，佔地十畝。城的四周是廣闊的草原」（張系國，〈銅像城〉，頁83），「從城外五十哩，就看得到銅像龐大的身軀，在呼回世界的紫太陽照耀下閃閃發光」（83），「從太空船觀看呼回世

[38] 張系國認為科幻小說若要中文世界發揚光大，就「必須解決這兩個問題：中國意識的奇幻因素的開拓，以及中國風味的科幻語言的發展」。參考：張系國，〈從〈阿列夫〉談科幻小說創作〉，收於波赫斯（Jorge Luis Borges）著，張系國等譯，《波赫斯詩文集》，頁xxviii。

[39] 張系國，〈銅像城〉，張系國，《星雲組曲》（臺北：洪範出版社，1980），頁83。

界，這星球上最醒目的標誌，就是索倫城的銅像」（83），我們發現張系國借用了〈紫太陽之歌〉的空間設定，暗示了呼回世界並非我們所生存的宇宙，而索倫城更是個未進入現代化的城市，四周多是廣闊的草原。

以下為了論述方便，筆者將融合從〈銅像城〉、〈傾城之戀〉與《城》三部曲中對於索倫城以及呼回世界的空間描寫，探討張系國如何將身為外來文類的科幻小說，透過空間符碼的轉換，嘗試進行科幻小說空間的在地實踐。

在〈銅像城〉與〈傾城之戀〉中，張系國所描寫的索倫城是一座中國式的古城，這一點在張系國之後創作的《城》三部曲中，有了更清楚的描繪（參考書末附圖1）。張系國編繪的呼回世界地圖中，索倫城位於地圖中央偏上的位置，城外建有城牆，城的正中央是宮殿與銅像廣場；城內則以廣場為中心分為九塊區域，按照不同宗族分配領地，這種分配方式融合了中國西周時代分封諸侯的精神與井田制度的形式，其實是相當古老的。根據章生道的說法，城牆是古代中國城市觀念中重要的元素，大部分居民所居住的城市多半具有城牆，而沒有城牆的城市往往不被視為正統的城市[40]。而根據張鴻雁的說法，西方的城牆和中國的城牆，有著根本上的不同。因為西方的城牆是市民為了保護自身利益，而自行集資建造的；而中國的城牆，主要是統治者以農民勞役的形式建造的，在全國徵調農民與軍隊進行城牆的修築工作[41]。

因此，我們可以清楚的看見，中國式的城牆是為統治者服務的，是為了確保自身權力延續的建設，並不是為了人民利益而

[40] 章生道，〈城市的型態與結構研究〉，施堅雅（G.William Skinner）主編，葉光庭等譯，《中華帝國晚期的城市》（北京：中華書局，2000），頁84。

[41] 張鴻雁，〈中國古代城牆文化特質論——中國古代城市結構的文化研究視角〉，《南方文物》1995年4期，頁12。

建設的。而銅像本身則是成為了權力的象徵，因此〈銅像城〉中的統治者在每次改朝換代之時，都會強迫人民進行重鑄銅像的工作。而人民之所以順從地反覆進行這項工作長達千年之久，除了民智未開，或者習慣於聽命於人的解釋之外，筆者認為可以從「地方感」的角度，思索故事中的人民之所以沒有抗拒這項工作的原因。

> 他們痛恨鑄像的工作。不少人的父兄，或者盔甲成為銅像的一部分，或者因鑄像而慘死——失足落入沸騰的銅汁鍋裡、搗毀舊銅像時被破片砸死、搬運銅像時精疲力竭倒斃路旁。銅像因此帶來悲苦的記憶。但銅像又是索倫城人民最感驕傲的標誌。索倫城之所以偉大，索倫城一切的光榮事蹟之所以為人傳誦，都因有這銅像存在。[42]

在地理學的脈絡中，有「空間」（space）與「地方」（place）兩種不同的概念。「空間」是一個相對抽象的概念，任何具有體積與面積的區域，我們都可以稱之為「空間」，因此「空間」往往被視為缺乏意義的領域；透過各種方式賦予「空間」意義，就逐漸成為了「地方」，因此「地方」是一個有意義的區域[43]。而當我們和「地方」因為種種意義的連結逐漸加強，我們就會產生人與地方之間共有的情感結構（structure of feeling），我們稱之為「地方感」（sense of place）。

在〈銅像城〉中，這種意義顯然是因為這座銅像帶給人民的驕傲，以及人們多年來因鑄造銅像產生的各種傷痛，更有「不少

[42] 張系國，〈銅像城〉，頁85。
[43] Tim Cresswell著，《地方：記憶、想像與認同》，頁16-19。

人的父兄，或者盔甲成為銅像的一部分」（85），這座銅像因此凝聚了許多歷史記憶與創傷痕跡，因此銅像的建造對他們而言，已經變成一種生活的儀式，沒有銅像的存在，他們反而會悵然若失，彷彿生命中突然喪失了什麼一樣。他們害怕當銅像消失之後，先前所做的一切努力與苦痛的記憶會因此失去意義，所以索倫城的居民無論如何都要保留銅像的存在，因為只要銅像沒有消失，這所有的美好與苦痛的記憶都能夠存留，他們對於逝去的親人的思念都有了鮮明的寄託。

也正因為如此，當其中一位成功佔領索倫城的王子，決定要拆除銅像，並且不會再次建造銅像之後，「這位勇敢的新帝黨王子，竟在一夜之間成為全城人士鄙視唾棄的對象，第二天早晨就被部下在浴缸裡刺殺，索倫城也第廿度易手」（85），這座銅像因此不再僅只是勝利者鞏固其權力的象徵，而是凝聚了整個呼回文明歷史與記憶的標的，對人民來說是不可侵犯的「地方」與「家園」。

二、時間概念的替換

> 自從呼回人開闢時間甬道後，史學研究步入新的領域。歷史不但包括過去，也包括未來。……呼回人首先發展成功時間甬道，因此全史學的研究進行得最澈底。一直到現在，呼回星仍然是宇宙全史學的研究重鎮。……自玄業紀以降，呼回文明盛極而衰，……呼回人既然完全了解歷史未來的發展，又洞悉呼回文明必然盛極而衰。從此喪失了繼續努力的鬥志，聽任呼回帝國崩潰。[44]

[44] 張系國，〈傾城之戀〉，張系國，《星雲組曲》（臺北：洪範出版社，1980），頁

134。

除了上述對於索倫城的描寫，張系國在〈傾城之戀〉中，提出了一個全史學的概念，讓呼回文明的世界觀更顯完整。故事中，年輕的歷史學者王辛經由時光甬道進入安留紀的呼回世界，親眼目睹索倫城被敵人攻陷的悲壯場面，並且深受感動，因此多次回到安留紀觀看索倫城的陷落，甚至親自參與守城戰爭。而來自於更晚年代的年輕女歷史學者梅心，因為愛上了王辛而和他一起留在索倫城即將淪陷的世界之中。

在這篇故事中，王辛和梅心都是經過時光甬道而回到過去的，而這個甬道的設計，類似雲霄飛車的架構。甬道中有一輛四人座的「時車」，人們可以透過這輛「時車」前往各個年代（133）；而在《城》三部曲中，時光甬道有了更完整的設定，時光甬道的出口，在目的地年代會以「天柵」的形式出現，「天柵」就是所有歷史時空間隙的柵欄，柵欄本身是由高聳的天柱組成，呼回世界的所有時空就是透過「天柵」相互連結，構成一個整體[45]。

張系國一系列關於索倫城的作品，和〈碧海青天夜夜心〉一篇中各個平行宇宙不能直接相通，而且只要影響平行宇宙的任何一點變化，就會導致該平行宇宙的澈底消失的設定不太一樣。筆者認為張系國明顯用了和西方線性史觀不同的循環史觀，而這也是中國文化傳統中的一個獨特之處，我們可將其視為張系國試圖改造西方科幻小說的嘗試之一。但關於史觀的問題，筆者在此並不多做論述，本文所關心的是這個時光甬道的設定，對小說中的時間與空間造成了什麼影響？

筆者認為讓搭乘甬道中列車的旅客，能夠隨時前往呼回文

[45] 張系國，《龍城飛將》（《城》三部曲．第二卷），（臺北：知識系統出版社，1986），頁221。

明的各個時代，而時間的差異在此同時也就失去它的意義。觀察小說內的敘述，搭乘時車前「搖動門旁的轉軸，門上的站牌便一格格的跳動著：安留紀、志申紀、音豐紀、都平紀……站牌在玄業紀停住。」（133），「駕駛座前的黃燈亮了，一閃閃出現『玄業紀』的字樣」，「時車便緩緩移動，朝玄業紀駛去」（133）。透過這樣的敘述，我們甚至可以用火車旅遊的方式進行時間旅行的理解，每個時間都變成了一個個可以停留的空間，而所有時間之間的連結被縮短，我們不用受到壽命的制約，就能任意穿梭於過去、現在與未來之間，時間上的距離感完全被打破，這或許可以用大衛・哈維（David Harvey）的「時空壓縮」（time-space compression）概念來理解。

哈維的「時空壓縮」概念，原先是指因為現代化與資本主義的擴張，使得各種交通與通訊工具科技進步快速，澈底改變了我們日常生活的時空關係，促使我們必須進入新的物質實踐和新的空間再現模式[46]。但筆者在此要借用他的說法，說明本篇小說中另一種「時空壓縮」現象的呈現。〈傾城之戀〉中，我們看到未來的人是可以任意前往各個時空的，而過去的人若是知道方法，也能夠從過去通往未來[47]，也就是說對於呼回世界的某些人，時間的差異是不存在的，能在各個時間中來去自如。因此對他們而言，不同的時間都被壓縮在同一個空間中，變得好像同時存在一樣，而且即使未來人到了過去，釋放了關於未來的消息，呼回世界的未來似乎仍未改變，整體而言是具有宿命論悲劇色彩的情節

[46] 大衛・哈維（David Harvey）著，王志弘譯，〈時空之間——關於地理學想像的省思〉，收於夏鑄九、王志弘編譯，《空間的文化形式與社會理論讀本》（臺北：明文書局，1994），頁61-63。

[47] 故事中銅像教至尊者能夠藉由光柵的藍色光柱穿越時空；而索倫城的老善人，則是運用奇門遁甲之術擺陣，在陣中的物體將可穿越時空。參考：張系國，《五玉碟》（臺北：知識系統出版社，1983），頁38、152。

設定。

如果過去、未來與現在（並非透過回憶、夢境的方式，而是在小說中以真實存在的形式）同時存在一個空間中，那麼時間就完全喪失了它存在的意義，即使預知了未來索倫城的陷落，卻也無力挽回這必然的命運。有著這種循環史觀的宿命觀點中，呼回世界的人們自然不會想要再去改變什麼，因此最後必然走向滅亡，這也讓〈銅像城〉系列故事瀰漫了一股宿命論的悲哀情懷。然而，筆者認為，這是因為張系國為了要讓科幻小說的「空間」能夠被在地化，因此刻意用中國傳統的循環史觀加上宿命觀點，我們可以視之為他力圖科幻小說本土化的努力之一。

雖然張系國的「本土化」是以中國風味做標榜，但是我們還是必須正確認識他對於臺灣科幻小說發展的貢獻，因為若沒有張系國具體的展現了如何將歐美科幻小說的空間敘事結合在地元素，轉化為屬於我們的敘事空間的方法，就不會出現後續作家反映臺灣社會現狀的科幻作品。也正因為張系國透過他的科幻小說展現了具體的實踐成果，1980年代臺灣的主流作家，才開始試著將臺灣在地的歷史背景與社會脈絡融入科幻小說之中，成功將歐美科幻小說的空間形式，轉變成了屬於臺灣科幻小說的空間形式，創作出如宋澤萊以反烏托邦形式描寫核災之前的臺灣，反應政治與環保議題的《廢墟臺灣》（1985），或是平路翻轉世界的權力軸心，讓臺灣成為世界文化的中心，同時將臺灣1980年代的社會亂象翻轉成為世界潮流的〈臺灣奇蹟〉（1989）等作品。因此，筆者可以說張系國小說中展現的科幻「空間」被「翻譯」的初步成果，塑造了臺灣科幻小說空間敘事的基本形式，成為臺灣科幻小說的敘事基調。

本章小結

透過「科幻小說的跨國輸入」與「科幻空間的在地實踐」兩節的分析，我們對於張系國譯介外國科幻小說時的時代背景，以及他如何藉由翻譯引介與自我創作，改變文壇對於科幻小說的認知與理解的努力有所瞭解。此外，我們也能夠知道張系國當初引進科幻小說的理由與目的，正如張系國在〈試談民族文學的形式和內容〉中所說的，作家「必須在內容和形式兩方面求變求新，發揮最大的創造力」[48]，如此才能開拓文學本身更多的可能性。

本文所要強調的是，藉由分析論述張系國翻譯與創作的科幻小說作品中，呈現了空間敘事的何種形式，以及他展現了何種在地化的具體成果，試著理解臺灣科幻小說在發展初期，是如何確立其基本書寫形式，並構成臺灣科幻小說基本調性的過程。張系國本身的創作為科幻小說本土化找到一條可行的道路，加上後繼者如林燿德、宋澤萊、張大春、黃凡、平路等作家，運用了張系國所引進的科幻創新形式，讓科幻小說能夠反應臺灣社會的各種問題與弊病，讓科幻小說才繼續在臺灣發展茁壯，並且能夠反映當下臺灣政治、經濟、文化各層面的發展，達到科幻小說所具備的藉由幻想的敘事空間，讓讀者重新思索社會現實的效果，落實了臺灣科幻小說的在地實踐，讓原本來自西方的科幻小說，能夠成為臺灣文學中不可磨滅的小說文類。

48 張系國，〈試談民族文學的形式和內容〉，頁42。

第三章　家國與地方：國族神話的空間解構

正如前文所提，科幻小說的核心應是藉由科幻「空間」所建構的「新奇」世界觀，藉由此一世界觀的建構，作者得以跳脫出現實世界的框架，並能讓讀者能藉此重新思考當下的現實。觀察臺灣科幻小說的發展過程，從早期的科幻作品（如黃海的早期作品《一〇一〇一年》（1970）等）開始，逐漸發展出自己的科幻小說脈絡，到了1976年，張系國開始創作一系列具有華人文化風味的科幻小說，臺灣科幻小說的「疏離」與「認知」雙重特質才較為明顯。在此之後，許多臺灣作家的科幻作品，更結合臺灣的社會與文化變遷，產生三種不同的空間敘事主題，也就是「國族」、「日常」與「後人類」三大主題，基本上足以涵蓋臺灣科幻小說的整體發展。其中，「國族」與「日常」都在1980年代產生，甚至可以說幾乎是約莫同時產生的，同時也都和臺灣當時的社會背景與歷史脈絡密切相關。

1950年韓戰爆發後，美國為避免共產主義持續擴張，於1951年派遣第七艦隊協防臺灣，並與國民黨政府簽訂《中美共同防禦條約》，並恢復美國對臺援助機制[1]。美國除了提供民生、建設與戰略物資之外，也提供獎學金與留學機會給臺灣學子，留學美國蔚為風氣，培養了許多專業人才，也加強了臺美的文化交流[2]。但是美援也讓臺灣對美國的依賴日益加深，同時也讓當時

1 王振寰，〈臺灣的政治轉型：從威權體制過渡〉，羅金義、王章偉編，《奇跡背後：解構東亞現代化》（香港：牛津大學出版社，1997），頁144-147。

2 曹曦，〈戰後臺灣教育建設中美援的影響〉，若林正丈、松永正義、薛化元主編，《跨域青年學者臺灣史研究論集》（臺北：政大臺史所，2008），頁341-382。

的政府得以施行以反共為名的高壓統治，並維持其統治政權代表中國的正當性。然而，在1970年代這一切產生了變化。1971年臺灣退出聯合國，中華人民共和國取代原先中華民國在聯合國的合法地位，國民黨政府代表中國的正當性受到嚴重挑戰。政府因此展開一系列的本土化改革，試圖維持國家內部政權的穩定；作家開始深入關懷底層社會，並批判工業化、都市化導致的各種社會問題，以寫實主義小說為1980年代的臺灣文壇發展建立根基。

1979年臺美斷交、中美建交，臺灣正式在國際上被孤立，同年的美麗島事件，也讓臺灣的草根民主運動受到重挫，但是民主運動並未因此中斷。1980年代臺灣經濟開始升級轉型，而中產階級也隨著經濟成長而產生，他們不願讓政治過度干擾經濟，因此投身政治改革運動中，挑戰封閉保守的黨國統治。戰後出生的新世代作家因為受現代教育，形成一股批判的力量，對於政治敏感並以嘲諷態度觀看與批判政治[3]。而臺灣科幻小說的「國族」空間敘事，正是在這種歷史情境下出現的產物，反應了作家們對於政府黨國神話的質疑，以及對於國家政治現實與國家未來的不安與焦慮，如黃凡（1950- ）〈零〉（1981）[4]中對於歷史大敘述的不信任、張大春（1957- ）〈大都會的西米〉（1984）[5]中對於社會監控的批判、葉言都（1949- ）的〈我愛溫諾娜〉（1984）[6]中呈現的臺海戰爭危機、平路（1953- ）〈島嶼的名字〉（1989）[7]中對於臺灣國際地位不明確的焦慮等等，這些科幻小說作品都展

3 陳芳明，《臺灣新文學史》（臺北：聯經出版社，2011），頁600-601。

4 黃凡，《零》（臺北：聯合報社，1982）。曾於1981年獲聯合報七十年度中篇小說獎。

5 張大春，〈大都會的西米〉，收於張系國編，《當代科幻小說選II》（臺北：知識系統出版社，1985）。原連載於《中國時報．人間副刊》，1984.4.28-30。

6 葉言都，〈我愛溫諾娜〉，收於葉言都，《海天龍戰》（臺北：知識系統出版社，1987），頁113-159。原連載於《中國時報．人間副刊》，1985.10.12-15。

7 平路，〈島嶼的名字〉，收於平路，《紅塵五注》（臺北：聯合文學，1998），頁133-139。本書曾在1989年由皇冠出版社出版。

現了他們對於國族神話的焦慮與質疑。

除了政治上的動盪之外，臺灣的產業結構也發生重大變化，從1950年代出口的農產品、1960年代的紡織品與加工食品等輕工業、1970年代的塑膠與電子產品等等，主要出口國由日本轉變成了美國，唯一不變的是經濟的高度依附性，1980年代中期出口美國的輸出產品總值甚至一度高達五成左右，之後才逐漸降低出口比例[8]。但是經濟成長與消費文化的快速發展，也產生了許多問題。臺灣1970年代空氣污染與水污染問題相當嚴重，在1980年代興起了一陣環保運動風潮，以馬以工、韓韓合著的環保文學作品《我們只有一個地球》（1983）[9]為濫觴。同時，1980年代也是全球化的年代，跨國企業與連鎖餐飲業紛紛進駐臺灣，改變了臺灣的商業與飲食文化；政府逐漸放寬進口消費商品的管制，許多知名品牌得以直接在臺灣百貨公司設立專櫃，改變了臺灣人的消費體驗，也讓拜物風潮在臺灣迅速蔓延。

這些社會現象，除了影響了臺灣社會，同時也影響了臺灣科幻小說的發展，產生針對資本主義進行討論的「日常」空間敘事。臺灣成為標準的資本主義社會，應是在1987年解嚴之後，但即便尚未解嚴，許多資本社會的正負面影響，已開始出現在1980年代的日常生活之中，除了沒有言論或集會自由之外，儼然是個標準的資本主義社會。因此，作家們所要藉由科幻小說所呈現的，是資本主義所帶來的各種問題，比方如火如荼的反核運動，或是上述的工業污染議題、消費文化與拜物風潮、人的異化與符碼化、甚至全球化下臺灣要如何保留自身文化等等議題，都在科幻小說的討論範圍之內。像是黃凡〈皮哥的三號酒杯〉

8 王塗發，〈戰後臺灣經濟的發展〉，張炎憲、李筱峰、戴寶村等編，《臺灣史論文精選（下）》（臺北：玉山社，1996），頁399-409。
9 馬以工、韓韓，《我們只有一個地球》（臺北：九歌出版社，1983）。

（1984）[10]中對商品與廣告符碼的嘲諷、宋澤萊（1952- ）《廢墟臺灣》（1985）[11]中為追求經濟利益罔顧環境污染導致滅亡的國家機器、〈你只能活兩次〉（1989）[12]等中刻畫消費文化對個體的宰制與侵入、平路〈臺灣奇蹟〉（1989）[13]中藉由諧擬技巧翻轉反思全球化與臺灣社會亂象等不同作品，同樣運用了科幻小說的形式，對消費社會的種種問題進行反省與批判。

經過以上的論述，我們已然知道政治因素與經濟、社會發展的關係其實密不可分。如果臺灣當初沒有美援，就沒有辦法發展經濟建設，更無法進入消費資本主義時代；如果沒有這麼迅速的經濟發展，也許就不會產生嚴重的工業污染，而引發環保運動；如果臺灣當初沒有失去國際地位，或許國族神話的破滅不會如此快速；如果不是國族神話迅速破滅，讓政府願意加速本土化，經濟的快速發展讓勇於參與政治的中產階級增佳，民主化的路程就無法加快腳步實現。因此，我們可以理解戰後臺灣的政治與經濟的發展，基本上是緊密結合、相互牽連的，同時也大致清楚了「國族」與「日常」兩種空間敘事，所面對的不同面相議題的討論，而由於政治與經濟的緊密關聯，也讓兩種導向的作品寫作時間因此重疊交錯，科幻小說的兩種空間敘事幾乎同時產生，也形塑了臺灣科幻小說的發展脈絡。

由於「國族」空間敘事，有著1970年代國族思考的延續性，因此筆者將先於此章進行論述。此一脈絡的作品，如前文所述，

---

10 黃凡，〈皮哥的三號酒杯〉，收於張系國編，《當代科幻小說選II》（臺北，知識系統出版社，1985），頁167-207；原載於《聯合文學》創刊號（臺北：聯合文學雜誌社，1984）。

11 宋澤萊，《廢墟臺灣》（臺北：前衛出版社，1985）。

12 黃凡，〈你只能活兩次〉，收於黃凡，《你只能活兩次》（臺北：希代書版，1989），頁9-35。

13 平路，〈臺灣奇蹟〉，收於平路，《禁書啟示錄》（臺北：麥田，1997），頁101-123。本篇作品於1989年刊載於聯合報副刊。

主要是因應對統治者建構的國族神話產生的懷疑，以及社會上不斷衝撞統治者權威的民主浪潮而產生的。而從1970年代以至於1980年代，科幻小說的「國族」敘事發展過程看來，我們可以發現，臺灣科幻小說中的國族認同，從最初黃海、張系國等人所設想「三民主義統一中國」的未來世界，建構「中華聯邦」的大中華意識形態，到了黃凡、張大春、葉言都、平路等作家手中，轉變成為了對臺灣社會現狀的懷疑論述，甚或開始質疑自己所相信的國族認同。我們也能看到在國族議題的發展中，科幻小說家能夠面對現實，藉由科幻小說的方式反應他們的焦慮與擔憂。以下筆者試圖藉由分析上述作家的科幻小說作品中的空間形構，看他們如何運用科幻元素建構一個——作為替代的現實的——科幻空間，反應他們對於政治、國族認同等既有價值觀的懷疑，以及對臺灣未來的思索。

第一節　往事如煙：反烏托邦與懷疑論述

在進入本節的討論之前，筆者必須先行論述何謂反烏托邦（Dystopia或anti-utopia）小說，以利之後的議題討論。反烏托邦小說是科幻小說的一種體裁與流派，在19世紀以前烏托邦（Utopia）一般泛指理想中的社會，但在20世紀初俄國革命之後，烏托邦的精神被共產主義扭曲、瓦解，自此有了負面含意，而對抗此類烏托邦的反烏托邦小說因此應運而生[14]。最知名的反烏托邦小說，一般公認為是俄國薩米爾欽（Yevgeny Zamyatin, 1884-1937）《我們》（*We*, 1921）、英國赫胥黎（Aldous Huxley,

[14] 南方朔，〈《我們》——三大反烏托邦經典之一〉，收於薩米爾欽（Yevgeny Zamyatin）著，趙丕慧譯，《我們》（臺北：網路與書出版社，2008），頁5。

1894-1963）《美麗新世界》（*Brave New World*, 1932）、英國歐威爾（George Orwell, 1903-1950）《一九八四》（*1984*, 1949）這三部小說[15]。除了《我們》一書遲至1997年才在臺灣出版之外，《美麗新世界》與《一九八四》這兩部具有代表性的反烏托邦小說，戰後在臺灣曾多次出版，在1980年代以前，《一九八四》在擁有五種不同翻譯版本[16]，《美麗新世界》也有兩個不同譯本，其中黎陽翻譯的版本，再版達六次之多[17]。

在這些小說中，故事背景中的那個龐大社會體制，都是一個看似美好的烏托邦，一切有秩序、整齊劃一，每個人都有自己的位置，按照社會所賦予他們的身份生活。但是為了完成這個理想化的社會，每個人都付出了他們最大的代價，那就是喪失了個人自由。若想人們要擁有自由或是自己的思想，那麼很可能就會冒著失去性命的危險被遍佈在各處的「思想警察」檢舉，進而被政府秘密處決。《我們》裡面被政府視為最大威脅的，是人們的「想像力」；《一九八四》中則是人們的個人思想；《美麗新世界》則是破除生物科技導致的階層關係的想法。這些都是統治者

15 按：《我們》雖然被稱為三大反烏托邦作品，然而《我們》中譯本初次在臺發行時間為1997年（吳憶帆譯，當時名為《反烏托邦與自由》，臺北：志文出版社，1997），且原著雖作於1921年，但是因為長期受到蘇聯政府的打壓查禁，作者僅私下給文學同好朗讀。本書直到1988年以後才得以英譯本形式重見天日，因此不太可能對80年代初期的臺灣作家造成影響。

16 喬治・歐威爾《一九八四》之中譯本譯者總共有七位，1980年以前出版的共有五位不同譯者的五種版本。譯者有王鶴儀（1950年）、紐先鍾（1953年）、萬仞（1967年）、（彭）邦楨（1974年）、邱素慧（1979年等）、劉紹銘（1984年、1991年）、董樂山（1991年）等人，其中邱素慧的版本出版最多次（1979年、1981年、1986年、1990年、1994年、1994年（兩家出版社同年出版）、1999年、1999年）。參考：張靜二，《西洋文學在臺灣研究書目（1946年～2000年）》（臺北：行政院國家科學委員會，2004），頁985-993。

17 赫胥黎《美麗新世界》中譯本譯者共有五位，1980年以前出版的共有三位不同譯者的版本，其中黎楊（李黎）翻譯的版本共再版7次。譯者有黎楊（李黎）（1969年）、孟祥森（1978年等）、劉蘋華（1986年）、李黎（和薛人望合譯）（1992年）、程靜（1999年）等等，其中黎陽的版本曾多次再版（1971年、1972年、1973年、1974年、1975年、1979年、1980年、1981年、1984年、1986年、1987年、1990年、1992年、1993年、1997年，均由志文出版社出版），在1990年後出版最多次的當屬孟祥森的版本（1973年、1986年、1994年、1998年、1999年，均由不同出版社出版）。參考：張靜二，《西洋文學在臺灣研究書目（1946年～2000年）》，頁965-970。

強行建構理想化世界的情況下，必須被迫捨棄的東西，但這一切卻是完全違背人性，讓人類如同機器、工具一般的生存。最後，這強行建構的社會反而成為了人們最可怕的敵人。以上所提及的反烏托邦小說，不論是針對俄國革命提出警告（《我們》），或是反對共產主義（《美麗新世界》、《一九八四》）和帝國主義（《一九八四》），都和作者所處的時代脈絡有所連結，並可視為一種政治寓言或是現實隱喻。

筆者觀察到，在臺灣科幻小說的發展歷史中，「反烏托邦」是1980年代科幻小說的常見形式，諸如黃凡、張大春、林燿德、宋澤萊的科幻作品中，都能見到反烏托邦元素的運用。從反烏托邦小說在臺灣的翻譯紀錄來看，上述運用反烏托邦元素的作家，應該都能接觸到《一九八四》以及《美麗新世界》的中文翻譯本，或多或少受到了一些影響。此外，張系國於1976開始引進的一批外國翻譯科幻小說中，也有如隱射義大利政治體系的〈雨夜革命三十九號〉[18]、或是批判波蘭共黨獨裁者心態的〈犧牲者〉[19]等反烏托邦類型的作品，就當時連載於《聯合報副刊》的這些翻譯作品而言，能見度以及受到注意的程度應該相當高，或許上述作家們也受到這些作品的影響。1980年代如黃凡、張大春、林燿德、宋澤萊、平路等人開始運用反烏托邦的空間敘事，展現了他們對於現有價值的懷疑，質疑統治者所建構的國族神話、批判統治者意識形態治國的不良影響、關注在臺灣喪失國際地位之後國家的未來命運等等，都讓1980年代的這些科幻小說呈

18 柯茲（Luigi Cozzi，1947- ）著，張系國譯，〈雨日革命三十九號〉（"Rainy Day Revolution No. 39"，1967），張系國編譯，《海的死亡》（臺北：純文學，1983，四版），頁25-33（初版日期：1978年2月）。按：作者譯名以張系國編譯之《海的死亡》目錄與其介紹文字所載者為準，英文篇名則是由筆者自行查詢補充，以下同。

19 柯瓦雷克（Julian Kawalec，1916- ），〈犧牲者〉（"I Kill Myself"，1962），張系國編譯，《海的死亡》，頁35-43。

現出一種對於統治者的懷疑，以及在中國與美國兩大強權的夾縫間求生存的焦慮，而這些對現有威權的懷疑，也反應了臺灣社會的國族認同產生轉向的社會趨勢。

一、對歷史大敘述的質疑

正如前文所提及的，臺灣歷經1970年代退出聯合國、與美國斷交等政治上的重大挫敗之後，無法再鞏固其威權統治因而產生了鬆動，同時在國民黨教育體制中成長的青年作家們，此時也提起了他們的筆，開始用文學作品質疑政府所提供的國族神話與歷史大敘述，形成了對政治高度敏感的作家世代。而談到運用反烏托邦主題的科幻小說，反應政治問題的臺灣科幻小說，黃凡的〈零〉可以說是運用反烏托邦書寫政治科幻小說的濫觴。雖然在黃凡之前，如張系國也曾運用過反烏托邦科幻小說，再現了華人社會重男輕女的價值觀（〈望子成龍〉），對於統治者建構的國族神話與歷史敘述並沒有提出反駁或是質疑，甚至在另一篇小說〈歸〉中隱含著大中國思維的意識形態，基本上是相當認可當時政府意識形態的表現。

因此筆者認為如要討論科幻小說中的政治懷疑論，應該從黃凡的〈零〉開始談起。黃凡很早就展現出他對於政治現實的懷疑論述，比方1979年發表的〈賴索〉（1979）中投身政治運動最後因而入獄的賴索，出獄時再度遇見當年的政治運動領袖，反而讓自身的政治信仰澈底破滅，呈現了政治本身其實只是不可信任的虛無而已。其他如〈大時代〉（1981）、《傷心城》（1982）、《反對者》（1984）等作品同樣都有政治懷疑論的傾向，此一主軸同時也蔓延到他的科幻小說作品之中，比方〈零〉（1981）和

〈最高戰爭指導原則〉（1984）等多篇小說，也都是是具有懷疑論色彩的科幻作品，反應了他一貫的懷疑精神。而本節的討論重點在於，黃凡如何運用科幻小說所提供的烏托邦「空間」，來呈現他對於歷史大敘述的質疑與批判？而這種反對精神，具體而言是什麼呢？筆者認為，林建光的說法是一個相當合理的答案[20]。

林建光認為黃凡透過〈零〉所要表達的，是「對現實政治論述、運動或教條的抗拒或懷疑」（〈政治・反政治・後現代〉，頁147），小說中的「南寧委員會」與「地球防衛軍」雖然有著各自不同的口號，但事實上不過是「各自擁抱一個歷史大敘述或烏托邦目的論述，將個人視為敘述形式底下可隨時被交換、取代、犧牲的元素」（147）。也就是說這篇小說其實對於統治者與反對者同時存在的相同的疑慮，是不是我們推翻了一種大歷史敘述立場，反而再次建立了另一個歷史大敘述呢？對應到臺灣當時本土論述與外來政權產生衝突的時代背景，以及所帶來的國族認同的混雜現象，林建光也指出「高舉反權威的群眾或是擁抱目的論式的烏托邦國家想像論者（不論其想像對象是中國或臺灣）都經常以一個整體敘述，及其不證自明的合理姓，來質疑、攻訐另一整體敘述的合理性」（148），結果就是陷入意識形態的暴力對稱結構之中，似乎沒有其他的選擇讓不願落入二元對立的人民有所適從，而這也是黃凡藉由反烏托邦的書寫形式創作此篇作品的最大理由。

有了這樣的認識，筆者將接著分析黃凡如何運用的西方科幻元素，建構一個反烏托邦世界來傳達他的不滿與質疑。在〈零〉這篇小說中，黃凡運用了前文提及的西方科幻小說的各類元素，

[20] 林建光，〈政治、反政治、後現代：論八〇年代臺灣科幻小說〉，《中外文學》31卷9期（2003.2），頁130-159。

建構了一個反烏托邦的未來世界，用一個不甚直接的方式對當時的社會現象提出他的質疑。故事中，「南寧委員會」是這個社會的統治集團，他們將禁止使用傳統武器、開採油田，同時也將各類環境污染澈底清除，同時也秘密讓數以億計的人口消失，以掌控資源取得與分配的穩定，建立了一個看似完美的烏托邦社會，進入一個和平的新時代（事實上人民是處在嚴密的社會控制之中）。所有人在六歲接受「統一資格檢定」之後會分配到不同的教學資源，同時最後根據學習的成果，獲得一份終身職務而無法改變。所有的人生都是被規劃好的，不需要擔心未來或是瞭解過去，所需要知道的只有「美好」的現在，然而反對這種階級僵化的反對者「地球防衛軍」則試圖瓦解「南寧」的統治，讓人們不再受到嚴密的社會監控，能夠擁有更多的自由[21]。

如果我們將此篇作品，放在世界科幻小說史的脈絡裡談，其基本架構可以說是「創意不足」（張系國語）[22]，黃凡太過專注於建構一個「正統」的反烏托邦世界，反而讓他在建構未來空間時沒有太多餘裕創造屬於自己的獨特世界觀。就筆者的觀察，在〈零〉這篇作品裡，除了主要人物姓名設定為中文姓名之外，不斷借用歐威爾《一九八四》、赫黎胥《美麗新世界》、布萊伯雷《華氏四五一度》等作品中的設定：和《一九八四》一樣透過已死的智者所留下的作品，發現統治者所隱藏的醜陋事實；和《美麗新世界》中類似按照智能分配工作，且終生無法更換職業的設定；和《華氏四五一度》一樣最後主角都是因為反抗思想被察覺，因此被放入焚化爐中處以火刑的類似劇情等等。

21 黃凡，〈零〉，黃凡，《零》（臺北：聯合報社，1982），頁4-19、100-107。
22 張系國、司馬中原，〈聯合報七十年度中、長篇小說獎總評會談紀實〉，《零》（臺北：聯合報社，1982），頁（12）。

因此，這樣看來〈零〉這座成品屋[23]的建築師則是歐威爾、赫黎胥與布萊伯雷等人，黃凡反而成為了將成品屋搭建起來的建築工人。當然，上述這種說法不代表借用成品屋設定的作者不能有所創新或改造，黃凡的〈零〉和他所模仿的反烏托邦小說還是有所不同的。在赫黎胥的《美麗新世界》裡面，當人類還是胚胎的時候，依照不同基因分為不同社會階層[24]，在胚胎的成長過程中，會被分類、直接育成各種不同階層適合不同工作的人類，並且在幼兒睡眠時灌輸他們關於各階層的法則與知識，一出生就已經被決定了未來[25]。而在黃凡的〈零〉中，基因決定論被修改為智力決定論（大概是因為臺灣聯考制度的關係？），所有的孩子在六歲的時候，都必須參加教育部的「統一資格檢定」，判斷他們該被分派到哪一種教育階層，這同樣也決定了他們的未來人生。透過一次又一次的考試，最終將會決定人們的職業與職位，而這個職位很可能一生都不會更動[26]。

此外，黃凡所設定的未來世界的國際情勢，也有參考《一九八四》的設定並加以改造。在《一九八四》裡，主角最後發現所有的敵對國家（那個世界的國家只有大洋國、歐亞國和東亞國三大強權），三個國家之間其實都早已協商好彼此互相攻擊，但是只攻擊不重要的地點，目的是在於維持恐怖平衡，讓社會處於戰爭氛圍之中，建構一個若沒有統治者的領導就會陷入危機之中

[23] 山野浩一曾經如此形容戰後初期的日本科幻作品：「日本（科幻）作家往往深受西方科幻小說傳統標準的影響，不僅無法創造出自己的世界，反而使自己淹沒於英美共主要科幻小說的日譯本中。就像是直接搬進一棟成品屋裡居住一般。」，筆者在此使用他「成品屋」的比喻。參考：山野浩一著，古佳豔譯，〈日本科幻小說：起源與方向（1969）〉，《中外文學》22卷12期（1994.5），頁87。

[24] 按：共分為阿爾法（Alpha）、貝塔（Beta）、甘瑪（Gamma）、德塔（Delta）、埃普西隆（Epsilon）五種階級，前兩者具有完全的自由，後三者則必須終生從事勞動者的工作。參考：赫胥黎（Aldous Leonard Huxley）著，李黎、薛人望譯，《美麗新世界》（修訂本）（臺北：志文，1992）。

[25] 赫胥黎，《美麗新世界》，頁21-35。

[26] 黃凡，〈零〉，黃凡，《零》，頁8-11。

的情境，如此便能確保自己的統治穩固，讓人民尋求統治者的保護[27]。而在黃凡〈零〉中，有著類似的設定，不過黃凡簡化為全世界都被「南寧」統治，而唯一的反對集團則是「地球防衛軍」，而在最後主角見到「南寧」現任的統治者之後，才被告知原來「地球防衛軍」不過是消除異議份子的手段之一，同時也能夠藉此讓社會繼續接受他們的統治[28]，表達了黃凡對二元對立的兩端都抱持不信任態度的信念。

對照臺灣自1979年以來發生的美麗島事件開始，政府的威權體系一再受到民意的衝撞，而終於在1987年宣佈解嚴，正式進入民主時代。然而觀察最近十幾年的臺灣政壇，我們可以後見之明來觀看這些變化，赫然發現原來過去國民黨在戒嚴時期所做的事情，在民進黨執政後雖然沒有那麼全面控制，然而我們也能發現從民進黨開始執行去中國化、去蔣化、更動大中至正匾額以至於中正紀念堂改名為臺灣民主紀念館、中華郵政改名為臺灣郵政的種種行動，簡直就是過去國民黨政府執行再中國化的概念相反的另一種國家暴力，我們這才發現原來換了位置可以如此輕易的換了腦袋，種種如同戒嚴時期再現的強硬手段，讓人不禁感慨黃凡〈零〉中所描述的情節，與林建光指出的個人在不同歷史大敘述下淪為犧牲品（這裡的犧牲指的是國家經濟、人民財產與國家形象等等事物的犧牲）的可悲遭遇，真正在臺灣社會發生的歷史錯置感受。也許我們也可以由此得知，即便美蘇冷戰消失，即便中共的威脅不再如以前一般強烈，但是若執政者只是以一種意識形態取代另外一種意識形態，用一種暴力壓制其他反對者的意見的

27 歐威爾（George Orwell）著，邱素慧譯，《一九八四》（臺北：遠景出版社，1981）。
28 歐威爾，《一九八四》，頁314-317。

話，對於社會價值觀與社會安定性所造成的破壞，還是相當劇烈的。

二、對掌權者決策的質疑

> 這場表面極盡可笑與無聊的戰爭，並非出於發動者的愚昧，而被自己製造的武器所毀，以至於讓電腦和機器人橫行於地面。……「社會主義集團」精英……作出一項估計：社會主義的各項資源總和及戰鬥意志將使他們在四十年後贏得最後的勝利。然而在戰爭開始後十年，地球被嚴重污染與破壞的環境迫使他們再度擬定一項長期而大膽的「終戰計畫」。該計畫主要有三大目標，其一：將戰爭完全自動化，逐漸以電腦、機器人取代傳統的戰爭。其二：選擇未來新社會所需的各種人才強制施行冬眠。其三：戰爭結束，世界統一在社會主義下進行的各項建設。……然而……計畫的部分內容被洩露了。資本主義集團震驚之下，被迫採取了同樣的對抗措施——儘速將戰爭自動化和選擇一萬五千名冬眠人士。……不！我們不能稱它為「一場愚蠢的戰爭」，地球人自始至終就知道他們在幹些什麼。[29]

除了對統治政權建構的歷史大敘述提出質疑之外，臺灣科幻小說中也產生對於美蘇冷戰結構本身的質疑。美國當初作為對抗共產主義的領導國，乍看之下似乎是為了世界的穩定而進行的

[29] 黃凡，〈戰爭最高指導原則〉，張系國編，《七十三年科幻小說選》（臺北：知識系統出版社，1985），頁196-197。

正義之舉，然而若仔細一想卻並非如此。根據陳建民的說法，現美國之所以和臺灣斷交後又簽訂《臺灣關係法》，並不是為了保護臺灣，而是為了安撫國會中反對美國與中國建交的政治勢力，也為了牽制中國避免其勢力擴張，因此才決定對臺灣施以軍事協防；同樣，美國與中國建交，其實是因為美國在越戰之後，軍隊士氣大受打擊，為了防止蘇聯趁隙得利的戰略[30]。基本上，美國的所作所為還是為自身的國家利益服務，而在此冷戰結構中，臺灣的命運可說是完全受制於人，處於美國、蘇聯與中國三大強權的角力中，在夾縫中求生存。因此，作家會開始針對國共對峙、美國經濟援助之外，更大的國際局勢進行批判，黃凡、張大春、林燿德的幾篇科幻小說如〈零〉（1981）、〈傷逝者〉（1984）[31]、〈雙星浮沉錄〉（1984）[32]等等，也或多或少反應了這樣的情況，而其中最明確對冷戰結構進行質疑的，是黃凡的〈戰爭最高指導原則〉（1984）。

過去評論者在評論此篇時，通常比較關注於其中對於「扮演上帝」或是「上帝之死」的概念，比方張系國認為這篇小說的重點，在於「扮演上帝」的概念上[33]；林建光也指出「反戰爭是這兩個作品的表面涵義，但『上帝之死』似乎才是作者欲表達的理念」[34]，他們同樣認為這篇作品中關於「神」的討論作者著墨較多；另外，如藍建春以「神的聖凡轉化」與「戰爭與毀滅」兩大主軸來看這篇小說，並認為這兩大主題在小說中的連結性有點薄弱[35]。然而筆者認為，若以「空間」視角，與黃凡的懷疑論述以

[30] 陳建民，《兩岸關係中的美國因素》（臺北：秀威資訊，2007），頁65。
[31] 張大春，〈傷逝者〉，張系國編，《七十三年科幻小說選》，頁31-83。
[32] 林燿德，〈雙星浮沉錄〉，張系國編，《七十三年科幻小說選》，頁111-158。
[33] 張系國，〈戰爭最高指導原則〉文末評註，張系國編，《七十三年科幻小說選》，頁213。
[34] 林建光，〈政治、反政治、後現代：論八〇年代臺灣科幻小說〉，頁149。
[35] 藍建春，〈黃凡小說研究——社會變遷與文學史的視角〉（新竹：國立清華大學中國

及寫作時代的背景作連結，並關注於小說中有關地球的部份進行討論，或許能從不同的角度理解這篇作品，看到不一樣的文學風景。

小說中，林姆星系的外星人，發現來自地球的太空船殘骸中的求救信號，因此派人前往地球進行援助任務。當他們來到地球附近時，發現地球軌道上散佈無數人造衛星的殘骸，年久失修的太空站結構破損，整條軌道像是一座太空墳場；到了地球表面，發現各處散佈著各式金屬骨架，充滿了超量輻射與粒子撞擊反應（也就是所謂的「核分裂反應」，請想像核電廠輻射外洩，或是核子彈爆炸的場景），地面因此溫度過高沒有任何地球生物能夠生存。然而在這種情況下，林姆星人發現原來地球上的戰爭還在進行，兩大集團（美、蘇？）互相發射核彈攻擊對方的軍事基地，外星人這才發現原來仍存活的地球人都在地底的掩體中冬眠，直呼地球人真是不可思議[36]。

在世界科幻小說發展過程中，末日敘事是此一文類中主要型態之一，以此為題材的作品也所在多有。而正如筆者在前文所提及的，美國科幻從1940年代開始就主導了世界科幻的發展，也因此在這類故事中，美國總是身處世界的中心，並且靠著美國的力量拯救全人類，扮演著救世主的角色；而故事中的反派往往是身為共產世界的蘇聯、北韓、北越或是中國等等。然而，此類敘事中往往將美國（代表資本主義社會）視為正義的一方，但事實真的是如此嗎？這篇小說或許給了我們一個重新檢視美國作為世界秩序維護者的真正意義的機會，或許站在社會主義陣營來看，蘇聯才是維護人民生家安全的守護者也不一定。在政治上所謂的正

文學系碩士論文，1998），頁361-362。

36 黃凡，〈戰爭最高指導原則〉，頁159-187。

義或是邪惡的一方，或許只是意識形態不同，以及為了維護自身利益而做出的區隔而已。

因此，這篇小說之所以用科幻的形式呈現，並將地球描繪為核戰末日後的慘烈景象，同時加入身為外星種族的敘事者，筆者認為這是刻意運用一個超然於人類戰爭之外的外星文明的角度，觀看人類在冷戰期間差點導致核武大戰的國際局勢。跳脫兩大陣營的視角之後，我們發現不論美國作為世界警察、世界領袖帶頭對抗蘇聯為首的共產主義集團，或是影響其他資本主義國家的軍事布局而言，都只不過是為了維護屬於統治者自身的利益而已，而其他國家之所以會選擇加入其中一邊，也是剛好和美國或是蘇聯有著相同的立場而已。而陷於美蘇冷戰情境中的其他國家的人民，也只能在兩大強權的戰爭中選邊站，在隨時可能發生戰爭的危機中戮力生存，除此之外，作者也在故事中諷刺了兩大集團首腦的鬥爭，原來意識形態之間的鬥爭，竟如同孩童打架一般幼稚可笑。

主角解除兩大集團首腦的冬眠之後，將他們放在一處，看看他們是否能夠和平相處，然而他們仍然積習難改，竟然扭打起來。主角看不下去，終於現身於極大的光明之中，留下一句「你們要悔改」的「神諭」，才真正停止了兩大政治集團的戰爭[37]。張系國曾經評論此作：「〈戰爭最高指導原則〉，對上帝的存在，提供了另一個稍帶諷刺性的解釋。每個人都企圖扮演上帝的角色。……黃凡的小說，就建築在『扮演上帝』這概念上面」[38]。然而，若只談論小說中對於「上帝」或是「宗教」的不信任與懷疑，那其實是忽略了這篇小說所具有的其他價值。筆者

37 黃凡，〈戰爭最高指導原則〉，頁202-212。
38 張系國，〈戰爭最高指導原則〉文末評註，頁213。

認為本篇小說的重點並不是僅僅是關於「上帝」的討論，而是用諷刺手法將政治變成僅具單一信仰（價值觀）的統治階層。透過這個角度，或許比較容易理解這篇小說具有的批判意含。

觀察這篇小說的完成年代（1984年），仍是美蘇兩大勢力冷戰期間，因此黃凡在這篇小說中，將社會主義與資本主義兩大集團設定小說中造成「自動化戰爭」開打的兩大勢力，我們看見不管是哪一種政經體系（資本或共產）為主的社會，只要當權者做出錯誤的決定，一樣會讓該體系下的人民受到嚴重的傷害。故事中滿目瘡痍的地球末日空間中，最後倖存的地球人都是高官與社會精英，而其他人民並沒有這樣的生存機會，而是受制於資主義與社會主義兩大陣營所設計的一切，在領導人安然在地面之下躲避災害的同時，其他人民卻要在地面每天飽受戰亂，最後終將滅亡之苦，教人類情何以堪？因此，我們可以瞭解，如果統治者不將自己的施政目標公開，作重大決策時不考慮人民的利益，而斷然做出決定，將會導向一個統治者與被統治者雙輸的局面。

而對照冷戰當時的國際情勢，我們發現我們也不過是在這兩大強權之間受到操弄的小棋子，美國為了守護自身的國家利益，因此建立了多個公約組織阻止蘇聯勢力繼續擴張，而原先臺灣並未在美國的「圍堵」政策之中，只是因為韓戰爆發之後，美國左支右絀之下才會將臺灣列入防線，而國民政府的統治才因此在臺灣得以延續。根據國民政府在1970年代的一連串外交挫敗，當時的作家早已察覺到反攻大陸不過是個早已破滅的神話，而對於威權統治系統透過教育與新聞媒體，以及嚴密的社會控制所建構的政治神話產生懷疑的論述也相運而生，如以下張大春的兩篇反烏托邦作品就是最好的例證。

三、對社會監控的質疑

除了於反思美蘇冷戰情境的科幻小說，也產生轉向以統治者對於社會的控制作為主題的科幻小說作品。雖然說到了1980年代中期，這種社會監控的情勢已經逐漸減緩，但是白色恐怖、美麗島事件的歷史記憶仍記憶猶新，作家並不因為1980年代社會開始鬆綁有所輕忽，依然以他們的方式書寫對社會監控的不安與焦慮。在此一類型的科幻作品中，張大春的〈大都會的西米〉、〈血色任務〉可以說是此類作品的最佳代表。其中不但有論及社會監控的恐怖統治，也有社會階級的問題（社會中的兩種人類），甚至也延續了1968年張曉風〈潘渡娜〉以人造人為主題的科幻元素。但是張大春運用人造人元素，是為了要凸顯社會監控機制的荒謬，比方人造人連心靈都受到監控、只要有抵抗統治者的嫌疑或是危害統治者計畫的可能，不論人類或是人造人都無法倖免於難，和張曉風維護傳統價值的出發點全然不同。

林建光曾經以後現代視角分析〈大都會的西米〉[39]，並指出其展現了「電子科技充斥的未來都會如何壓縮個人的自主性與創造力」（150），「後現代都會中，個人／社會、私人領域／公共空間、主體慾望／客體現實、真實／虛幻幻雜不清的疑慮」（151），並「呈現了後現代社會去歷史化與去火的文化表徵」（151）。不可否認的，1984年的臺灣社會逐漸邁向一個後現代的、資本主義化的社會發展模式，然而同樣在1980年代中期，民眾要求解除戒嚴的聲浪相當強烈，直到1987年才由蔣經國總統宣佈解嚴，而這在樣的時代背景之中，作家或也受到相當的影

[39] 林建光，〈政治、反政治、後現代：論八〇年代臺灣科幻小說〉，頁150-151。

響，也許可以因此以一個社會監控的角度來觀看張大春的這篇科幻作品。

〈大都會的西米〉所生存的城市名為「大都會」，在小說中，我們看見了「高架氣墊車軌」、「路口的電子傳訊儀」、「按時開動的拖運車」、「捷運八號大道」、「四處林立的電子偵檢系統」、「合成人」與合成人「儲存在他記憶庫裏的符號」[40]等等關鍵詞語，我們可以知道這是一個相當進步的大都會，同時具有不同於正常人類的「合成人」生活著。然而「合成人」似乎被視為二等公民，被澈底灌輸了一個既定的意識形態，就是「一切守規矩，大都會愛你」（這段話在小說中多次出現），那麼反過來說，如果不守規矩，大都會的執法者就會給予制裁，而佈滿於各處的電子偵檢系統就是監視他們的最好途徑，不只說出來的話語，就連腦海中的意念也是受到監視的對象。

傅柯（Michel Foucault, 1926-1984）在《規訓與懲罰》（*Discipline And Punis*, 1975）一書中，藉由邊沁（Jeremy Bentham, 1748-1832）的「全景敞視建築」（panopticon）引申而來的「全景敞視主義」（panopticism），說明監視系統與規訓之間的關聯。邊沁的建築是一棟環狀建築，圓心處有一座監視塔，外圍的環狀建築被分割成許多囚房。監視塔可以監視外面囚犯的行動，卻能不被囚犯看見。因此，監視者只需待在塔中即可監視全部犯人的行動，同時，犯人也由於無法得知是否有人在監視，因此會遵守規範。將全景敞視主義放大到整個社會，透過社會的監視系統，社會禁令同樣會被個人所內化，成為一種「自動施展的」、「能夠產生連鎖效果的機制」，使得人們自動迴避任何違反禁令

[40] 張大春，〈大都會的西米〉，頁19-20。

的可能[41]。然而小說中和傅柯理論不同之處，在於此種社會具有一套更完美的監視體系，不僅僅是外在行為，連內在行為都受到全面監視。

故事中提及「今天的合成人在生理上就具有高度的純潔、誠實等美德元素，『隱私』已經是一個歷史的陳腔濫調。開放這種『心靈之旅』的腦波溝通管道並不曾使人墮落於『窺伺狂』這種下流之極的罪行。相對地，卻能促進合成人之間的和諧，並提昇個人在自由行為中的『慎獨意識』」（張大春，〈大都會的西米〉，頁27），很明顯的，張大春將規訓與懲罰的概念導入了小說之中，監控變成了一種內化的、自發的行為，即使能夠監視他們、處罰他們的人不在現場，合成人們一樣會小心謹慎的克制自己的反骨想法，努力遵守規則而不受到懲罰。而最後，給予他們一些隱私（自由），反而就像是一種恩惠一樣了。比如說故事中「督察」曾經說過：「新生活要比以前進步多了。你們現在享有更多的隱私！啊，對不起，這個字眼兒太髒了；我是說，享有更多的自由。宿舍裡的偵檢系統不是全拆除了嗎？記住，這是大都會現代化的光榮！」（24）於是相當諷刺的，合成人原先就應該擁有的物事居然成為了執政單位的慈悲恩典。

然後，作者告訴我們為什麼合成人被視為二等公民的原因。在「自然人」（也就是正常人）社會中不遵守政府教育方針（不提倡「隱私」或「個人自由」的概念）的孩子或是大人，全身會被拆散為各種器官，和其他不合格孩童的器官一同重新組成為「合成人」，我們這才發現，原來不合格的自然人就是合成人的身體材料來源（30-34）！而西米在一次偶然的機會中，聽見關

41 傅柯（Michel Foucault）著，劉北成譯，《規訓與懲罰——監獄的誕生》（北京：讀書·生活·新知三聯書店，2003），頁224-225、231。

於合成人的機密。原來，最後一批製造的合成人會成為「不朽」的（也就是不會衰老，永遠保持高度的體力與智慧），但是卻缺乏「我」的概念，會認為大都會的一切都是「我」，因此最後一批合成人（包括主角西米）是一群沒有自己、沒有隱私，沒有自由的一群「工具人」，從事各樣的勞力工作。而知道了真相的西米，卻選擇了不相信他所聽到的一切，讓自己重新回到屬於「合成人」的日常生活秩序之中（26-38）。這篇文章同樣指出當個人相信了任何一個大敘述，而沒有保持個人有機的懷疑批判能力，那麼最終也只能繼續受到統治者的嚴密社會控制，對於所發生的一切視而不見，繼續在這個社會中生活下去。

如果政府對於合成人能夠進行幾乎是全面性監控的同時，自然人（正常人）當然也同樣會受到政府的嚴密監控，只是程度不同而已。在張大春的另一篇系列作品〈血色任務〉[42]中，我們可以看見自然人居住的地方，雖然不像合成人一樣受到全面監控，但是在公共區域有許多「安全份子」隨時會現身，針對所謂「安全體素」有問題的自然人進行殲滅的行動，故事中提及安全份子在演習時，有些「能夠凌空一躍，跳上氣墊車軌，在不及手腕寬的軌道上飛速奔跑，並且準確的射擊迎面駛來的氣墊車，那駕駛座上的假想敵當胸捱了一槍，然後消失在一陣肉紅色的煙霧裡」（〈血色任務〉，頁35-36），由此不難想像假如面對的是活生生的自然人，會是一番怎樣的血腥暴力光景？此外，在他們所居住的空間之中，雖然沒有設置像合成人社區一樣的電子偵測系統，然而對於被懷疑的人或有機會接觸到機密的人，都安裝了「監訊線路」（44），以確保機密沒有外洩或是提早發現反叛

[42] 張大春，〈血色任務〉，張大春，《病變》（臺北：時報，1990），頁27-46。原連載於《中國時報‧人間副刊》，1984.6.17-18。

者，進而穩固了統治者的權力基礎。

在〈大都會的西米〉中扮演配角的西薩（協助自然人創造出西米那一批不朽合成人的合成人），因為他的發明對政府有著相當大的貢獻，政府提昇他的地位，讓他可以從二等公民的合成人社區搬到自然人社區，但是這只是表面上的，實際上是要讓西薩進行一項代號名為「血色任務」的行動，目的在於消滅躲在自然人居住地區之中的舊型號的合成人，而除了西薩本身以外的人若是得知或是有機會接觸了「血色任務」的細節，都會遭到制裁（27-42）。受過嚴格訓練的安全份子，透過「監訊線路」針對可疑的目標進行監控，一旦被察覺有機密外洩，或是密謀反叛的嫌疑，不管對象是什麼層級的人，都會立刻執行制裁行動，寧可錯殺一百也不肯放過一人。被視為威脅到統治者的阻礙將一概被消滅，甚至連制裁的執行者本身，都無法免除被消滅的命運。和西薩交往的女人因此被殺害，而作為制裁者的孿生兄弟也因此以槍互擊以確保任務得以秘密進行，最後只留下西薩一個人繼續執行消滅合成人的任務（45-46）。

透過嚴密監控的空間設置，所有人所擁有的自由其實並非真正的自由，而是一種被規訓的自由，只要不觸及統治者所禁止的事情，那麼就能有享有有限度的自由。而在這種充滿監控與限制的空間中生活，其實是相當違反人性的，同樣的威權統治最終也沒有辦法獲得人民的認同，以及維持穩定的統治力。相對於小說中消滅潛在反叛勢力的情節，在現實中的政府（1970年代末到1980年代中）並非對這些衝撞體制的勢力執行死刑，而是以政治犯名義關入監獄作為替代，然而這種相較之下較為溫和的作法，其實也反應了政府似乎已經察覺到過去的統治方式不再適用於當下的政治情境，但為了維持政府的權威統治與戒嚴時期的規定，政府相當可惜的選擇了將這些人治罪，而非進行理性的對話與溝通。雖然政府最後面對現實，在1987年宣佈解嚴，臺灣社會開始進入民主社會的開端，然而在過去各種過當的社會控制與刑罰，也已經對國家社會造成了相當嚴重的傷害，而歷史的傷痕也難以痊癒。

第二節　現實寓言：政治科幻小說中的現實關懷

面對上述1970年代以來的政治挫敗，臺海兩岸對峙的局面，以及臺灣內部所遭遇的種種社會問題，除了上一節中筆者所討論的，以反烏托邦的未來世界對社會現實或國際局勢提出質疑之外，科幻小說其實也能以相當寫實的手法，與較為明確的指涉，將真實的國際情勢與社會議題導入科幻小說之中，並藉此批判與反應他們所關懷的重要議題，相較於上一節的討論的科幻作品而言，他們諷刺批判的力道也來得更為強烈。而這種科幻小說的創作模式，某種層面上也是延續了1970年代所產生的寫實主義傳統（如陳映真、王禎和、宋澤萊、黃春明等知名作家）而來，在這一節的討論中，我們除了看見臺海危機的指涉之外，也能看見在國家內部的暴力與不平等；除了對於臺灣未來國際地位的不確定之外，也能看見作者對於統治者的期許與不安。

一、國家外部的戰爭焦慮

前文中我們提及臺灣科幻小說中對於冷戰情境的批判與質疑，但是在這部份的討論中，我們所要面對的是受到國民黨教育的社會大眾，對於海峽兩岸局勢的焦慮與對戰爭的恐懼。即便是1970年代，張系國描寫了中華聯邦成立情節的〈歸〉一篇裡面，結尾處讀來卻仍有一絲對於臺海局勢的不安。1979年中美建交後，中共向臺灣發送「告臺灣同胞書」，同時停止對金門的砲火，表達其和平統一中國的主張。然而，中共從來未曾宣稱他們會放棄武力犯臺[43]，因此對於臺灣人民而言，臺海戰爭仍是縈繞心頭的危機。而在1980年代中期，這種焦慮並沒有隨著社會的繁榮而改變，特別是在國民政府的歷史教育之下，人民普遍對於中國的認知是貧窮的難民國家，因此當臺灣人民逐漸富裕起來以後，對於戰爭的焦慮反而更加嚴重。這種戰爭的恐懼，我們其實在林燿德〈雙星浮沉錄〉（1984）、張大春〈傷逝者〉（1984）、葉言都〈我愛溫諾娜〉（1984）等作品中都能察覺出來，而筆者認為而此一類型的代表作品，應是葉言都藉由科幻手法反應臺海局勢的〈我愛溫諾娜〉。

根據林建光的說法，葉言都對於歷史政治有著高度敏感，他的科幻小說能夠讓讀者反思戒嚴時期臺灣與中國意識形態與武裝衝突的方式。和過去張系國、黃海僵化的政治意識形態不同，葉言都已經不再堅信人們可以躲過政治力的滲透，因為權力的運作在微觀政治中無所不在，並在作品中展現出他的的「批判式反思」（self-reflexivity）。林建光也認為葉言都的作品，展現了科幻能夠「既疏離又再現當下現實」的文類特質，是相當重要的臺灣科幻作品[44]。就筆者的閱讀經驗而言，相當同意林建光的論述，我們的確能從小說情節中，感受到葉言都對於臺海局勢的理解，以及當時社會所塑造的對中國的恐懼氛圍是從何而來，相較於前人大中華意識形態的未來想像，自然是多了對於臺灣政治現

[43] 陳建民，《兩岸關係中的美國因素》，頁67-68。
[44] 林建光，〈政治、反政治、後現代：論八〇年代臺灣科幻小說〉，頁144-145。

實的理解，更能反應當時的社會氣氛。

筆者也相當認同林建光對葉言都的評價，在林建光的論文中因為必須在有限的篇幅內要談完黃海、張系國與葉言都三人科幻作品中國族認同與表現方式的差異，因此僅能略為提及小說內容，以及小說所運用的元素與知識，並未能深入分析小說的細部內容。因此，筆者將以林建光對於葉言都的評論為理解基礎，藉由分析其小說中呈現的空間敘事，以及故事內容與當時社會背景、國際情勢之間的關聯，細部討論葉言都如何藉由科幻小說的空間敘事，反應臺灣當時所處的冷戰背景與海峽兩岸的緊張局勢。

根據〈我愛溫諾娜〉這篇小說最後所附的地圖，島國「布龍島」與大國「加西亞」隔著「永豐海峽」遙相對望[45]，雖然位置與國家名稱都不盡相同，然而我們可以很明顯的知道，這其實是在指涉臺灣（布龍島）與中國（加西亞）之間的兩岸關係。首先，小說中，布龍國的面積三萬多平方公里，和臺灣的三萬六千多平方公里相當類似，再者，分隔布龍國與加西亞國的永豐海峽，和臺灣海峽一樣平均寬度是一百五十公里，不同之處只在於故事中的兩個國家是分處北與南，和位於東與西的臺灣和中共是不同。同時小說的內容也提及「加西亞」開始在沿海一帶屯兵，隨時有可能直接對「布龍島」進行攻擊行動，這和當時臺灣民眾對於中共武力犯臺的焦慮情緒相當類似。面對這樣的危機，「布龍島」政府試圖運用氣象科學來控制颱風對「加西亞」沿海地帶進行攻擊，以消除一觸即發的戰爭危機。對照當時美國與臺灣（中華民國）斷交（1978）不到十年的歷史情境，〈我愛溫諾娜〉中對於臺海戰爭的焦慮情緒，是相當合理的。

45 葉言都，〈我愛溫諾娜〉，頁158。

兩岸對峙的局面，從1949年以後便是如此，1954年臺灣與美國簽訂「中美共同防禦條約」，美軍也進駐臺灣協防中共，臺灣的政治局勢也因此得以維持穩定。然而，美國之所以會和臺灣簽訂此一條約，其實並非是為了臺灣政府與人民著想，而是著重在「資本主義國家」與「社會主義國家」的地緣戰略位置。1947年，美國杜魯門總統發展出「圍堵」的地緣戰略，先後建立「北大西洋公約組織」、「中部公約組織」、「東南亞公約組織」、「美日安保條約」、「美韓協防條約」、「中（華民國）美協防條約」「美菲協防條約」，全力圍堵共產勢力的擴張[46]。然而，當國民政府在1949年被共產政府擊敗之後，美國對於中華民國的態度轉為可有可無，美國圍堵策略中的太平洋防線，包括阿留申群島、日本、琉球一直到菲律賓，但是沒有包括臺灣[47]。

直到1950年韓戰爆發，美國發現他們無法同時處理亞洲的韓戰與中共援助北越對南越進行赤化這兩個問題，於是美國引入「美蘇冷戰架構」，同時也為了避免共產勢力擴展到西太平洋，威脅到美國自身的利益，因此這才終於將臺灣列入防線，並於1954年正式簽訂「中美協防條約」，派遣第七艦隊協防臺灣[48]，而臺灣的政治局勢也因此得以穩定發展。然而，1978年12月美國與中華人民共和國共同簽署了「建交公報」，並於1979年1月1日正式建交，同時美國也與中華民國正式斷交，這在美國國會引起了相當大的反彈，同時也引起了中華民國政府的恐慌，人民所受到的衝擊也相當巨大，對於戰爭將要發生的未來感到焦慮。美國政府為了安撫國會的反對聲浪，和中華民國簽訂了「臺灣關係法」，作為一個非官方的法律架構，並試圖藉此平衡

[46] 吳志中，〈地緣政治與兩岸關係〉，《國際關係學報》18期（2003.12），頁115。
[47] 陳建民，《兩岸關係中的美國因素》，頁29。
[48] 陳建民，《兩岸關係中的美國因素》，頁29。

中共區域勢力的擴張。但是中共從未宣稱他們會放棄武力犯臺（65-68），對於富裕的臺灣人民而言，國民政府所建構的中國人民的難民圖像，使得他們對於中共的武力威脅更感恐懼。

> 我們面積三萬平方公里多一點，人口不到五百萬，永豐海峽平均寬一百五十公里，小船十個小時可以橫渡，如果賴耶發為了轉移不滿情緒而冒個險，把能找到的船不論大小全部徵集，再把加西亞的窮人送上船，告訴他們對岸鄰國那批可恨的有錢人吃好的，穿好的，什麼都有，但就是不肯援助他們，死活都不管，然後一聲令下，幾千幾萬條載滿加西亞饑民的船同時向這邊開過來……[49]

這樣的焦慮也反應在這篇小說之中，而這樣的恐懼筆者認為和國民政府在臺灣戒嚴時期的黨國歷史教育有所關聯。葉言都於1949年出生，因此他從小學到大學這段時間裡剛好碰上黨國教育雷厲風行的時候。臺灣1951年的歷史教科書版本，就已經開始強調臺灣作為「反共抗俄復興基地」、「中華民族復興基地」等說法[50]，到了1973年版的歷史教科書，開始強調臺灣與中共兩者之間人民生活的差異，作為「反共抗俄復興基地的臺灣，……和大陸同胞水深火熱、暗無天日的生活相對比，臺灣的進步成了今日中華民族復興的一線生機」[51]、「現在大陸上同胞，大家沒有飯吃，沒有衣穿」、因此要「早日反攻大陸，把共匪趕走，使大陸上的同胞也能夠吃得飽，穿得暖」[52]云云，然而這種論述不只在

[49] 葉言都，〈我愛溫諾娜〉，頁120。
[50] 何宜娟，〈國民黨政府與反共抗俄教育之研究——以國（初）中歷史教材為例（1949-2000）〉（國立中央大學歷史研究所碩士論文，2007），頁91。
[51] 何宜娟，〈國民黨政府與反共抗俄教育之研究〉，頁93。
[52] 蔡佩娥，〈由國中小教科書看戒嚴時期臺灣之國族建構——以國語文科和社會類科為

教科書出現而已，同時也在新聞媒體上強力宣導，希望能夠善盡宣揚國策、推動建設與發揚民氣的效果[53]。

相較於處於「水深火熱」中的對岸，臺灣歷經1960、1970年代發展而來的經濟成果，也讓1980年代的臺灣成為一個所謂「臺灣錢淹腳目」的年代，這種時候不會有任何臺灣想要發生戰爭，因為如果戰爭真的爆發，這些年來努力工作的一切都會化為烏有，或許這是比死亡來的更為恐怖的焦慮吧？也因此，我們也不難想像在這種情況下，接受如此黨國教育與輿論建構的臺灣人民，對於中共的想像會是什麼樣的光景，而這種描述看來同樣延續到了葉言都1985年的〈我愛溫諾娜〉之中，也因此暗指中共的加西亞國，葉言都對其國家空間的描述，也和當時政府所建構的中共形象相去不遠，黨國教育可謂影響深遠。

而根據小說中的描述，加西亞國雖然貧窮，但是卻和一般共產國家一樣有著強大的軍事力量，因此身為島國、又如此鄰近加西亞國的布龍國，就有了相當龐大的國安壓力（也暗示了作者對於中共勢力的恐懼），小說家設想有些科學家或許會想要利用科學知識，來對抗強大的敵國軍事力量，於是便產生了〈我愛溫諾娜〉中運用氣象學進行的颱風戰，〈綠猴劫〉中運用生物實驗進行的生化武器戰，〈迷鳥記〉中運用候鳥遷徙特性執行的病毒戰，然而，葉言都並沒有贊同以這些方式保衛國土，相反地我們可以看見他對於科技濫用一事的反思。我們知道科學最主要的目的，應該是用於增進全人類的福祉而存在的，然而科學知識或是科技成果被濫用，那麼不管對敵人還是我方都是有所傷害的，特別是運用氣象或是生化武器，都是不正確的手法。而如果實驗地

分析中心〉（臺北：國立政治大學臺灣史研究所，2008），頁202。

53 徐嘉宏，〈臺灣民主化下國家與媒體關係的變遷之研究〉（高雄：國立中山大學政治學研究所碩士論文，2003），頁32-33。

點是在國內人煙稀少的地點進行，那麼就牽涉到了國家暴力的議題，而〈綠猴劫〉正是反應這種思維的一篇作品。

二、國家內部的決策暴力

> 啟明島孤懸在我國東岸的太平洋上，南北長約十六公里，東西寬約九公里，離本島最近的岱屏市約七十公里。島上的土著民族尼魯人，屬於大洋洲人種，現在約有一千人左右。這個小島一直是管制區，凡是本島最不受歡迎的東西，都會被搬到這裏來。重刑監獄從前在島的東南角，後來核能發電大行其道，犯人就被遷離，代替他們的是核子廢料。島的北邊是一片懸崖，上面有雷達站和氣象站，西北角還有一個據說是研究性質的單位，每一處都警衛森嚴。尼魯人的村子在西岸的中央部份，那兒有一個小海灣，港口和機場也在那裏。[54]

我們知道近代的國家概念，基本上是和民族範疇相吻合的，也就是說民族是國家的基礎，而民族和國家兩個概念如果趨近一致，這個國家的社會穩定性就會相對較高[55]。然而，安德森（Benedict Anderson）卻認為「民族」其實是「想像的共同體」，「因為即使是最小的民族的成員，也不可能認識他們大多數的同胞」，而整個民族「相互連結的意象卻活在每一位成員的心中」[56]。但是我們也必須瞭解，在民族內部也存在著不平等的

---

[54] 葉言都，〈綠猴劫〉，葉言都，《海天龍戰》（臺北：知識系統，1987），頁77-78。

[55] 梭爾（Max Sorre）著，孫宕越譯，《人文地理學原理》（臺北：文化大學，1981），頁三。

[56] 安德森（Benedict Anderson）著，吳叡人譯，《想像的共同體：民族主義的起源與散布》（臺北：時報，1999），頁10-11。

狀態，然而只要提到民族這個想像的共同體，很多差異與不平等經常會被忽略，而這也導致了弱勢族群的利益往往會被犧牲的原因之一。而臺灣科幻小說中，也有作品反應了這樣的社會現實，即使是張大春的〈大都會的西米〉也反應了弱勢族群（合成人）遭到剝削的社會暴力，而其中最具有代表性的，是葉言都的科幻作品〈綠猴劫〉。

〈綠猴劫〉中，作者藉由一場失控的生物兵器實驗，隱射對於蘭嶼傷害極大的興建核廢料貯存場的事情。觀察小說中，葉言都對於啟明島的描述，以及相對位置的說明，「離本島最近的岱屏市約七十公里」，「南北長約十六公里，東西寬約九公里」（〈綠猴劫〉，頁77），對照蘭嶼離最近的臺東縣大武鄉也是七十公里，島嶼的長寬也相當吻合，同時也指出島上建有核廢料貯存場。此外，蘭嶼過去的確有部份土地被行政院退除役官兵輔導委員會開闢為「蘭嶼農場」，雖然在名義上是農場，實際上這些全是離島監獄、強迫勞役的管訓農場，除了管訓被警總逮捕的榮民之外，也兼收一般重型犯[57]，因此這些農場其實也可以算是重刑監獄的一種。綜合以上敘述，我們可以很清楚的發現他所指涉的地方，很明顯是達悟族人（舊稱雅美族）的家鄉——蘭嶼[58]。不過作者借用蘭嶼作為背景設定參考，所要呈現的主題並非核能問題，而是討論在為了政府為了維護國家利益，罔顧少數族群的權益，在沒有告知族人的情況下任意逕行決策的國家暴力。此外作者之所以在小說中，選擇用病毒而非核廢料作為故事主題，筆

[57] 關曉榮，《蘭嶼報告：1987-2007》（臺北：人間出版社，2007），頁107。

[58] 在林建光的論文中指出：「『啟明島』暗指『綠島』」（林建光，〈政治、反政治、後現代：論八〇年代臺灣科幻小說〉，頁144），但筆者認為比起綠島，蘭嶼的原住民所受到的不平等待遇（被迫接受在家園興建核廢料貯存場），似乎更符合葉言都關懷社會現實的寫作取向，再加上筆者所找到的相關資料，更確定〈綠猴劫〉中的「啟明島」應是蘭嶼的影射。參考：關曉榮，《蘭嶼報告：1987-2007》。

者認為這是因為病毒發病時間快速，比起核廢料輻射導致的死亡，更能呈現濫用科技的恐怖與國家暴力對人民所造成的傷害，因此才以故事中虛構的「綠猴」病毒事件作為主要情節。

故事中整起「綠猴劫」病毒感染事件的起因，就在於國家試圖研發新的生化武器而造成的，這和國防度當初疑似試圖運用核廢料製造原子彈的動機如出一轍，是為了增強國家的軍事力量而進行的動作。故事中提及，「生物戰是現代戰爭中極可能出現的一種形式，任何國家都得有所準備。蘇俄和美國固然每年都投下大量的經費和人力做這方面的研究，就連我們的敵國加西亞，也在全力向這方面發展」，「所以我們必須趕上他們，否則任何其他的軍備都可能變得毫無用處」（72），而如果布龍國所研發的生化武器的主要成份是「一種人類從來沒有遇到過的細菌或病毒」時，敵人「必須花一段時間才能化驗出病原體」（72），而在他們製造出解藥之前，敵方軍隊的兵力與士氣勢必會受到嚴重的打擊（72）。然而，因為生化武器極其危險，因此必須選擇一個人煙稀少的地點作為實驗地點，而「凡是本島最不受歡迎的東西，都會被搬到這裏來」（77）的啟明島，正好成為了最佳地點。

因此，從空間角度來看，這個故事所涉及到的不僅是布龍國國家內部的地方與邊陲之間的空間權力關係，同時也涉及了世界各國之間的軍事競賽關係。在世界的範圍來看，因為布龍國是小國，所能運用的權力相較於加西亞、克奇茲兩個大國而言相對較小，而布龍國為了要擁有能夠擊敗主要敵國加西亞的軍備能力，決定進行新型生化武器的研發，而在布龍國內的範圍來看，因為不可能在人口稠密的本島（布龍島）進行實驗，因此挑選人口稀少位於邊陲地帶的啟明島作為實驗地點，這也是中心對於邊陲的一種權力不對等的狀況。

從小說中的描述來看，居住於啟明島的原住民和布龍島本島的居民，很明顯擁有不同文化脈絡與習俗、血統的民族，故事中提及「島上的土著民族尼魯人，屬於大洋洲人種」（77），而幾位主角所屬的民族，從島嶼的名字「啟明島」，人物的姓氏（吳志同、吳志剛、秦有明、朱萬山、黃煥成、王立忠、楊達仁等等）等線索來判斷，應屬於漢人，和身為大洋洲人種的尼魯人當然是不同的種族。而我們也可推知，布龍島的主要居民也大多是漢人。而從現代國家概念的發展來看，我們還能夠從此處進一步延伸，來討論所謂國家權力與漢族中心主義的問題，這也是多族群文化國家所必須要注意的事情，否則在國族認同的建構過程中的許多盲點，將會在國家內部產生矛盾紛爭，對整個國家的穩定與社會正義而言會有相當大的影響。因此，當〈綠猴劫〉中身為主要民族的布龍人在進行國家決策（進行生化實驗以增強軍事實力）的時候，很容易忽略掉少數民族尼魯人也是這個國家的一份子，反而傾向於思考大多數國民的利益，而不考慮少數民族的權益，甚至以高等文明的姿態觀看少數民族，最後以欺瞞的方式進行政策的推行，當然並未向少數民族進行告知的義務，而導致悲劇的發生。

在這篇故事裡島上的尼魯族人並不知道本島人在此進行生化武器的研究，而生化武器外洩的結果，是導致原有一千多人尼魯族人幾近滅族，甚至也讓登上啟明島的幾位人類學研究生慘死，最後的結局還暗示，這種新的生化兵器若是順著季風散播到其他地區，受影響的將不只是啟明島、布龍國，甚至會引發國際層級的生化危機。當然我們可以認為這篇小說，凸顯了當一個民族主義國家忽略了少數民族同樣也是國民，和主要民族有著相同的權力的時候，這種片面卻會對少數民族造成永久傷害的決策便會不斷出現。而對照現實世界中，臺灣政府當初並未告知蘭嶼居民要在蘭嶼興建核廢料貯存場，導致蘭嶼的達悟族人的生命安全受到威脅，更何況若當初在每週運送200桶核廢料[59]到蘭嶼的途中，發生了任何輻射外洩的意外，也許會比小說中尼魯族慘遭滅族的結局更為影響深遠（全國以及鄰近國家都將受害）。因此，不論是在民族或是國家空間的中心或是邊陲，只有當我們將中心與邊陲放在同樣的天平上來看待，才能避免這樣的片面決策、違反少數民族權益的事件不斷上演。

三、國土與家園的消失

以國家或文明滅亡為主題的科幻小說，有駱伯迪〈文明毀滅計畫〉（1985）[60]、宋澤萊《廢墟臺灣》（1985）、黃凡〈五百年後〉（1989）[61]、平路〈島嶼的名字〉（1989）等作品，其中〈五百年後〉、〈文明毀滅計畫〉所關注的是全人類的命運，而《廢墟臺灣》關懷的除了政治問題外，主要是環境污染問題，而平路〈島嶼的名字〉則是直接以國土的淪亡，暗喻臺灣缺乏國際認可的現實政治局勢，其中的現實關懷（關於政治）可以說是最為明確的。這或許也和平路本身的創作偏好有所關聯，王德威在〈想像臺灣的方法——平路的小說實驗〉[62]一文提及，平路嘗試各種各樣的創作與書寫方式，其中最值得我們關注的，是她如何

[59] 關曉榮，《蘭嶼報告：1987-2007》，頁96。
[60] 駱伯迪，〈文明毀滅計畫〉，張系國編，《七十四年科幻小說選》（臺北：知識系統出版社，1986），頁53-81。
[61] 黃凡，〈五百年後〉，黃凡，《東區連環泡》（臺北：希代書版，1989），頁63-71。
[62] 王德威，〈想像臺灣的方法——平路的小說實驗〉，平路，《禁書啟示錄》（臺北：麥田，1997），頁11-32。

藉由這些方式「想像或銘記臺灣經驗」（12）。平路將不同時空排比玩弄，並在此間擬態臺灣的過去與外來，而文學正是探索這些歷史的必然與或然的最佳方式，因此平路「從科幻敘述中，找到處理她對臺灣『終極關懷』的方法」（16）。從上述說法中，我們可以理解，對於平路而言，科幻小說可以說是提供了一個虛構的科幻空間，讓她能夠藉由小說的形式，呈現臺灣未來將面臨的政經狀況，以及她對於臺灣政治現實狀況的憂慮與期許。

在〈島嶼的名字〉[63]中，平路建構了臺灣因為板塊移動被隱沒在歐亞板塊之下的情境，讓臺灣的土地和人民從此消失，並藉由僅存的生還者敘事，描寫國族被去中心（文化認同、土地認同的中心）之後，臺灣被孤立的悲慘處境，成為被人遺忘的名字。過去，沈乃慧曾以後現代與全球化的視角評論這篇小說[64]，認為故事中的地殼變動，「是近年來全球化的隱喻」（〈島嶼的憂鬱夢境〉，頁297），臺灣「淹沒在這一股洪流巨濤中」（297），「地區的獨特性也在全球的標準化運動中銷鎔殆盡，臺灣獨特的傳統價值也變成了『過去的或滅絕的東西』」（297）。她認為平路要批判的是那些迷失在全球化之中，「遺忘自己的傳統、拋棄自我存在的價值與意義的臺灣人」（297）。然而，筆者認為平路所害怕的並不只是臺灣傳統文化被臺灣人拋棄，而是臺灣的文化與歷史澈底被世界所遺忘的未來，同時這個議題和臺灣的歷史脈絡有相當深刻的連結。臺灣在1970年退出聯合國之後成為世界孤兒，而臺灣的主體性也因著政治定位的不確定，連帶著無法穩固建立，同樣也反應了作者對於臺灣的歷史與國際地位的認

63 平路，〈島嶼的名字〉，平路，《紅塵五注》（臺北：聯合文學，1998），頁129-140。

64 沈乃慧，〈島嶼的憂鬱夢境——評析平路的後現代臺灣意象〉，《花大中文學報》1期（2006.12），頁289-309。

知，而這才是平路真正想要表達的問題所在。

因此，在理解筆者的論述起點之後，我們可以開始進一步分析本篇作品的空間敘事。平路在小說中運用了「去中心」的手法，將臺灣在小說中消去，反而突顯了臺灣的主體位置。這也是後殖民主義瓦解帝國中心／邊緣的二元論述，先「去中心」，再建構主體性的常見手段。小說主角所處的世界，是一個大陸與大陸相連的世界。陸地因為地殼變動的緣故，包括所有的島嶼以及大陸因此相連在一起。而臺灣則是在這個集結過程之中被犧牲的島嶼，被隱沒在地殼之下，永遠消失。浩劫後，臺灣人只剩下主角一人，他意識到已經沒有人來自臺灣，那座永遠消失的島嶼之國，而臺灣的意義只是「過去的或滅絕的東西」（〈島嶼的名字〉，134）。而在全球資本主義化的現在，臺灣的特色也逐漸埋沒在失去界線的全球化世界中，若不正視這個問題，也許數十年後，臺灣獨特的歷史背景與文化也將不復存在，沉沒於變動的世界板塊運動裡。

若我們以「文化地理學」[65]的「家園」（home）概念，對照國土消亡的故事情節，我們發現國土和「家園」概念是有所連結的。「家園」是文本中一種深刻的地理建構，家園正是旅行或冒險故事的起點，許多故事都遵照這個模式進行情節的鋪陳，不論是回到家園，或者是離開家園，家都扮演著重要的角色。在現代的故事中，事情往往無法恢復成原本的樣子，透過這種方法而建構出的家的概念，可以視為追憶小說，回顧那些已經失去的一切[66]。而家園的末日，正是後面這種概念的極端表現。〈島嶼的

[65] 按：文化地理學起源於16世紀的民族誌。其演變和社會科學、人文科學的演變息息相關，更涉及了社會的變動。文化地理學必須關注高級文化以外的事物，關心西方以及其外的人民，空間被運用的方式，以及人群在空間中的分佈。參考：Mike Crang著，王志弘等譯，《文化地理學》（臺北：巨流圖書，2006），頁10-15。

[66] Mike Crang，《文化地理學》，頁63-64。

名字〉正是一種對於失去的家園的回顧，即使整片土地都早已被大地吞沒。除了描寫島嶼消失後的唯一的島民遭遇之外，〈島嶼的名字〉甚至也試圖揭露歷史的虛構性，與國際政治的爾虞我詐。當臺灣消失之後（抑或有其他更多島嶼消逝），世界各國均將臺灣（和其他消失的島嶼）曾經存在的歷史銷毀，彷彿一切只是一場夢境，從未真實存在過。運用傅柯（Michel Foucault）在〈尼采．系譜學．歷史〉中所陳述的觀點，歷史是由勝利者所建立的，歷史本身就是一種虛構。他們取代原先統治者的位置，並且藉由各種方式扭曲原先統治者定下的規則，合理化自己的征服行為，一切歷史只不過是不斷循環的權力鬥爭[67]。

此外，傅柯對「話語」（discourse）一詞的定義是：一個社會團體藉由話語散播並確立自己的意義，並且藉此意義被其他團體認識與交流[68]。當一個國家喪失了自己對於主體的詮釋權，無法散播並確立自己的意義時，國家的主體意義將會被任意修改，成為他人所需要的定義。而當而透過「話語」背後的支配力量，國家在土地和人民消失之後，該國的歷史也將被徹底抹除。也許透過臺灣土地的滅亡，反而讓我們更能深入思考臺灣的主體性何在，而主體性建構的重要關鍵，則在於建構族群的集體歷史記憶。而失去國土的臺灣人，他們的遭遇逐漸被人遺忘，甚至於完全被抹銷曾經存在的歷史。歷史學者王明珂認為，記憶是一種集體社會行為，我們從社會中獲得記憶，同時也重組這些記憶。每個社會族群都有相對應的集體記憶，同時族群也藉由這個歷史記憶得以凝聚或延續[69]。而集體記憶也是人和土地有了「情感結

[67] 楊宗翰，《臺灣現代詩史：批判的閱讀》（臺北：巨流出版社，2002），頁236-237。

[68] 或譯為「論述」。參考：王德威，〈「考掘學」與「宗譜學」——再論傅柯的歷史文化觀〉，收於傅柯（Michel Foucault）著，王德威譯，《知識的考掘》（臺北：麥田出版社，1993），頁45。

[69] 王明珂，《華夏邊緣：歷史記憶與族群認同》（臺北：允晨文化，1997），頁50-51。

構」（structure of feeling），的關聯後而產生的，而根據威廉斯（Raymond Williams）的說法，「情感結構」就是一個時代的文化，是一種在特定時代和地點對當代生活特質的感受，也是社會所有要素共同融合而成的結果。

因此家園與同胞（國土與國族）喪失之後，原先建立於島嶼之上的情感結構，至此失去了實際的連結，臺灣所特有的歷史經驗、社會結構與文化脈絡，都將會隨著國土一同消亡。在〈島嶼的名字〉中，平路刻意讓臺灣族群的記憶依然存在，但保存這個記憶的卻只剩下族群最後一人，族群的歷史也只能透過他而得到延續。然而，當整個族群都消逝之後，即便有族群的集體記憶，族群的凝聚與延續也不復存在。而族群也和土地有所聯繫，不論是在情感上或者是實際生活上。當土地消逝，族群與過往土地間的聯繫，僅剩下族群中的人們能夠傳承那份失落的記憶，而當全世界集體「去臺灣記憶」的時候，彷彿這些人的存在不過是個神話故事，「臺灣」不過是個虛幻的名字。

小說中甚至戲謔的說：「你的島忘了你，它患上了失憶症，忘記你還在叫他的名字，到處找它。」（139）當主角大聲呼告「為什麼要毀掉島嶼的史料？為什麼會拭去一個耳熟能詳的名字？」（133-134）的時候，路人的回應卻是「老頭子賣膏藥啊？」、「買空賣空，騙誰？」（134），全然無視於老人苦心證明的一切。老人只好在心中不斷默念島嶼的名字，「提醒自己不可以忘記」（136），因為「在這個時代裡，人們空茫的眼底，似乎落不下有關島嶼的任何記憶」（136）。在這個沒有臺灣的世界裡，「臺灣」不是美麗之島，也不是全球筆記型電腦、晶圓製造的高科技產業國家，也不是我們藉以生存的原鄉。也許失去了臺灣，對世界而言，不過就是損失了一座島嶼，世界依然不停轉動，沒有人記得臺灣這塊土地，而「臺灣」一名在未來的意義也將有所改變，不再是太平洋西岸的一座島嶼，而是「過去的或是滅絕的東西」[70]。

四、國族的未來寓言

> 二十世紀末，冷戰結束，蘇聯解體，世界秩序處於重整的階段……本公司榮譽出品「虛擬臺灣」軟體，引導您穿越時空，返轉至人人心裏最牽念的一刻，那是攸關此地命運的風雲時期。[71]

在1990年代，「Cyberspace[72]」的科幻空間形式，是科幻小說的主流，通常連結身體、性別政治與自我認同等議題形成「酷兒」科幻，比方洪凌〈記憶的故事〉、《宇宙奧狄賽》、紀大偉〈他的眼底，你的掌心，即將綻放一朵紅玫瑰〉、〈膜〉等作品。不過平路1996年的作品〈虛擬臺灣〉雖然運用了也「賽博空間」，但其所關心的仍是臺灣政治情勢，同時我們也能發現「國族」的空間敘事，從1980年代以來，從政治懷疑論述（黃凡〈零〉、張大春〈大都會的西米〉）開始、到臺海局勢與國家暴

[70] 平路，〈島嶼的名字〉，頁134。

[71] 平路，〈虛擬臺灣〉，收於平路《禁書啟示錄》（臺北：麥田出版社，1997），頁125-126。原於1996年發表於《新新聞》雜誌，參考：〈本書收錄作品索引〉，《禁書啟示錄》，頁293-294。

[72] 按：或可譯為「賽博龐克」、「網際空間」、「網路空間」、「異度空間」、「電馭空間」等等，但是Cyberspace也能只在兩個人類個體的精神層面運作，並非通過網際網路（internet）交流；此外由葉李華、鄭運鴻將其翻譯為「電馭空間」，使Cyberspace和電氣相連結，但是卻忽略了Cyberspace有時並不需要駕馭電力即可運作，以上這兩種譯法，都讓Cyberspace喪失其多義性與延展性。同時「異度空間」除了可以指稱Cyberspace之外，還可以指稱傅柯提出的「異質空間」（heterospace），使用此種譯法可能會造成論述中的概念混淆。因此，與其使用這些既有的翻譯名詞，筆者認為直些使用Cyberspace原文，最能夠保留此詞彙的本質，因此筆者在論及Cyberspace時，均使用原文Cyberspace。

力的反思批判（葉言都〈我愛溫諾娜〉、〈綠猴劫〉），以及對臺灣被世界遺忘的焦慮（平路〈島嶼的名字〉）等不同主題之後，又來到了一個不同的階段，當時的科幻作品中，林燿德《時間龍》（1994）、紀大偉〈膜〉（1996），仍能讀出隱射臺灣的政治情勢的意味，但都不如平路結合1990年代蔚為科幻主流的「賽博空間」與後設手法，創作關懷臺灣未來局勢的〈虛擬臺灣〉來得深刻有力。

在〈虛擬臺灣〉中，作者形構臺灣各種未來發展，同時也暗示了故事中臺灣未來的景象未必能夠成真，即使小說中模擬的預知臺灣未來紀事，能夠多次試誤找到相對美好的結局，然而遊戲要完全破關只有一個方法，故事中的敘事者有一次順利破關，然而那個破關的方法以及選擇劇情的順序他已經忘了，於是敘事者開始拼命找尋，「每回，坐在螢光幕前，你就努力想要記起來，有一次，你誤打誤撞，按了幾枚什麼樣的鍵？」（〈虛擬臺灣〉，頁125），「是的，只有一次，你清楚記得，悠乎乎的幸福光景裏，所有的問題一併解決，那是你繼續玩下去強烈的誘因。一次一次，你要在瞬時間一舉扭轉全局，只須重複那按對了的指令……」（133）。

沈乃慧曾經論及〈虛擬臺灣〉中的「Cyberspace」運用，她引用Richard Appignanesi的說法，定義「Cyberspace」是「一種以電腦為中介的、多感的經驗，設計來欺騙我們的感官，讓我們深信自己是處於另一個世界」的虛擬空間，因此她認為平路小說中對於此類空間的描寫其實並不到位[73]。但筆者認為沈乃慧的說法似乎有些偏頗，因為平路這篇小說本來就不是要賣弄後設技巧或是玩弄虛擬實境的奇淫巧技，而是要透過小說中的「虛擬臺灣」

[73] 沈乃慧，〈島嶼的憂鬱夢境——評析平路的後現代臺灣意象〉，頁303-305。

遊戲軟體與後設小說手法，強調在歷史發展的過程中，臺灣並沒有太多的選項可以挑選的現實處境，進而告誡讀者（或統治階層）必須思索未來的不同選項，並謹慎的選擇正確的路徑，帶領臺灣穩定的走向未來。因此筆者認為，平路在此實際上並不需要真正具體呈現「3D虛擬實境」欺瞞感官的效果，僅僅藉由文字敘述這類虛擬遊戲與未來畫面的呈現，已經確實能夠完成她所要傳達的概念，那麼也就可以說她成功運用了虛擬空間達到了她的寫作目的。

此外，在這篇故事中平路使用的「Cyberspace」和沈乃慧的認知有所不同，平路運用的電腦空間概念，並不是要讓使用者相信自己處在另一個世界，而是運用一個遊戲的概念進行。玩過電腦遊戲的人都知道，這些遊戲可以分為「射擊遊戲」（如警匪槍戰遊戲等）、「競速遊戲」（如賽車等）與「戰略模擬遊戲」等各種不同類型，筆者認為平路所參考的應該是屬於「戰略模擬遊戲」類，此類遊戲的代表作如日本KOEI公司的《三國志》系列或是《太閤立志傳》系列，玩家扮演某一政治勢力中的一員，努力提昇自己的社會地位與政治、軍事實力，到最後稱霸天下。在遊戲的過程中，玩家必須治理旗下的所有城市，必須考慮農業、工業、軍事力量的均衡發展，而關於重大決策（如是否和敵方建立外交關係，在戰爭中選擇使用的戰略等等）的選擇，將會影響遊戲後來的發展，也會影響到遊戲最後的結局（是一統天下，或是獨霸一方）。

在這篇小說中，平路將電腦遊戲的這種特性藉由科幻小說形式，讓選擇不同選項觸發的結果都能以動態畫面的方式呈現，讓玩家彷彿在看紀錄片一般真實，讓我們能在可以不斷讀取存檔、得以重新選擇不同策略的「虛擬臺灣」遊戲中，測試各種選項與走向全然不同的未來。我們可以選擇要從哪個時期開始玩起，選擇按照歷史順序或是全然虛構（讓重要角色在關鍵歷史時刻死亡，影響歷史局勢；比方讓鄧小平在六四事件發生前亡故等），是以「事件」還是「人物」作為影響劇情發展的要素等等不同選擇。透過這套超時代的虛擬遊戲軟體，我們在小說中看見了許多熟悉的歷史事件，「二十世紀末，冷戰結束，蘇聯解體，世界秩序處於重整的階段」（〈虛擬臺灣〉，頁125）、1987年蔣經國總統準備致詞時，「坐在會場中央的十一位民進黨代表突然起立，右手握拳高高舉起，有節奏地連續高喊：『全面改選！』」（127）、1996年總統大選面臨中共飛彈威脅時，李登輝總統回應威脅的強硬態度（127），以及許多當時（1996年）檯面上的兩岸政治人物如連戰、許水德、陳水扁、江澤民、鄧小平、朱鎔基等等人物都出現在遊戲之中（127-129）。玩家可以對不同政治人物的選擇展開想像，假如他們當時的決策是這樣，假如當時他們並沒有在他們原先的職務或位置上……。

觀察敘事者所指出的「讀者」所在的時空應該是在未來世界中，那時候臺灣有「一百三十六層的摩天樓」，「懸掛五星旗的船隻進出高雄港」（125-127），可以想見作者所暗示的是一個怎樣的時空，那是臺灣真的被中華人民共和國統治的未來，然而相較於這樣的未來，遊戲中的未來尚未來到，所有的一切都還有機會改變，因此敘事者指出「你」（讀者）心跳加速，「在關鍵的時分，只要給錯了一個指令，此定的命運可就走上萬劫不復的分叉路」（132），「而你確實記得，有一次，僅僅有一次，你不記得自己給了一連串什麼樣的指令」（133），你的小島躲過了可怕的浩劫，所有的問題都不再是問題。

而「你」不斷嘗試找出那次完滿解決一切的指令的動作，

不要讓國家走向錯誤的道路，而在這一瞬間，我們似乎看見了虛擬與真實之間的界線被打破了，到底是「你」在未來世界玩虛擬遊戲，還是遊戲的結局影響了真正的「你」的世界？走筆至此，平路藉由「Cyberspace」創造的虛擬世界呈現故事的創作意圖昭然若揭，是要讓讀者思索臺灣究竟需要怎樣的未來，想要讓臺灣的未來往什麼方向走去，是走向滅亡還是走向更遙遠的未來？而這也是筆者不斷強調的蘇恩文的科幻觀念：科幻小說是一種藉由建立一個和現實具有不同歷史時間的「替代的現實」（alternate reality）上，並在「替代的現實」中實現和現實世界「不同的人類關係和社會文化規範」。讓讀者能夠從「作者和隱含讀者的現實規範」（現實世界）擺蕩到「以敘事方式實現的新奇」，再從「新奇」擺蕩回作者想要凸顯的「現實」，讀者藉此得以新的視角重新省視當下的「現實」的小說文類[74]。

本章小結

本章中討論了1980年代臺灣和國族議題相關的科幻小說，首先說明美蘇冷戰、韓戰、越戰、美國的共產「圍堵」政策和臺灣當時國際情勢的關聯，再藉由這樣的背景，將真實的歷史現實連結虛構的科幻敘事，試圖爬梳社會現實如何影響科幻小說的創作主題，讓作家試著藉由科幻小說的形式，傳達他們對社會的關心與對現狀的懷疑與不滿，以及對未來的焦慮與關懷。

筆者藉由兩大脈絡來進行相關的分析討論，第一部份是「反烏托邦與懷疑論述」，這部份以黃凡和張大春的科幻小說

[74] 蘇恩文（Darko Suvin）著，單德興譯，〈科幻與創新〉，《中外文學》22卷12期（1994.5），頁28-33。

〈零〉、〈戰爭最高指導原則〉、〈大都會的西米〉與〈血色任務〉作為討論對象，我們發現這兩位作家都借用了反烏托邦小說的形式，針對美蘇兩大集團的冷戰，以及戒嚴時期政府的黨國大敘述進行反思。並強調不論是在威權統治下，或是和平時期的任何歷史大敘述，往往隱含著符合該集團利益的意識形態，若我們不去懷疑、不去思考，那麼一切不合理、不符現實環境的決策終將沒有被改變的一天，而國家外部甚至內部的紛爭終將無法和平解決。而經由這些懷疑論述，我們似乎也能發現過去黨國教育下的國族認同，開始受到懷疑與質問，而這也反應了當時社會要求民主、自由與更開放的社會的社會輿論，與社會發展的趨勢。

第二部份則是「政治科幻小說中的現實關懷」，則是談論呈現對臺灣國際現勢的關心與對未來感到焦慮的科幻小說，這部份以葉言都的〈我愛溫諾娜〉、〈綠猴劫〉與平路的〈島嶼的名字〉、〈虛擬臺灣〉等作品作為討論對象，我們發現葉言都對於臺海局勢相當關心，雖然他仍然是以黨國的反共思維作為基礎，但是我們也看見了他對於軍事科技濫用的反思與警示（〈我愛溫諾娜〉），以及國家發展過程中對於少數民族行使的國家暴力問題（〈綠猴劫〉）等等，都有相當深入的描寫，發人深省；而平路的作品則從臺灣滅亡開始思索臺灣的國土、人民與國族之間的相互連結，並從國土消亡的空間敘事進一步思索臺灣在國際間所具有的意義與位置（〈島嶼的名字〉），她也從一個後設的角度，藉由未來的「虛擬臺灣」電腦遊戲所建構的電腦空間，站在十年後的位置觀看當下（1996年）的臺灣現狀，思索臺灣人民與國家未來的國族寓言。

透過這兩大脈絡的分析討論，我們能夠理解上述這些作家藉由科幻小說來反應社會現實的意圖與用心，而科幻小說所提供的「替代的現實」，一個幻想的科幻空間，正好給了這些作家一個發揮的餘地，藉此讓讀者能夠從極端的小說空間敘事（完全監控的反烏托邦世界、臺灣滅亡後的世界、賽博空間的虛擬臺灣等等）來理解現狀，重新認知我們自身的國族認同，對於任何會造成國家暴力的歷史大敘述以及國家決策有所注意，並開始對現狀提出質疑與思考，進而產生改變的力量，與讓那些不幸的國族未來命運，或是人為造成的慘痛災難，永遠不要真正降臨在我們的國家與人民身上。這也是這些作家苦心孤詣創造這些科幻空間的真正原因，值得我們再三思索。

在下一章中，我們將從宋澤萊的《廢墟臺灣》開始以至於黃凡、平路針對消費文化與全球化議題的〈皮哥的三號酒杯〉、〈處女島之戀〉、〈驚夢曲〉〈臺灣奇蹟〉等作品，討論從「國族」空間敘事所延伸出去的另外一條發展脈絡，也就是「日常」的資本主義空間敘事，談論資本主義與全球化之於國家機器、臺灣社會與文化的影響，以及他們對於文化商品化、商品符號化等議題的焦慮。

第四章　日常與符碼：資本主義的空間生產

> 一九八〇年代是臺灣掙脫舊枷鎖的時代，也是新生事物和新的社會內容開始被添加進舊結構及舊文化裡的時刻。八七年的開放探親，兩岸關係進入新的紀元；八八年的開放報禁，則使臺灣進入大眾媒體時代；八四年麥當勞進入臺灣，寓示著一種新的大眾飲食文化的出現；而八八年開始出現的金錢狂飆和世界名牌消費品進入臺灣，則顯示一種高消費生活方式正在形成。臺灣的八〇年代巨變，不只是政治的鬆動重組，還是社會分化的加速和價值觀的丕變。[1]

正如筆者在第一章中所說，臺灣科幻小說的空間敘事有三大類主題，也就是「國族」、「日常」與「後人類」，而其中前兩種主題，我們可以說幾乎是同時間產生的。正因為社會開始對於統治者所建構的國族神話產生懷疑，追求自由民主的步伐也不斷衝撞統治者的權威，再者加上當時臺灣社會在正式邁入消費社會前產生的社會亂象，以及美國文化（速食、好萊塢電影、搖滾音樂、美國影集等等）對於臺灣流行文化的影響力，都促使作家開始運用科幻小說的形式，對於逐漸落入消費文化邏輯之中的日常生活，進行他們對於未來的想像與思索將會產生的危機，而當政府解嚴讓臺灣正式進入消費社會之後，他們也運用了科幻小說的形式，對種種社會現象提出他們的反省與批判。

1 南方朔，〈青山繚繞疑無路〉，收於楊澤主編，《狂飆八〇——記錄一個集體發聲的年代》（臺北：時報出版社，1999），頁28-29。

筆者之所以將本章將要討論科幻作品歸類為「日常」主題，是因為這類科幻小說的空間，往往都是類似於當下的現實世界，只是改動了一些「日常」生活中的元素，比方說新發明了可以協助作家創作的電腦，或是一個世界政經秩序的翻轉等等，可以說是對於現實生活的狂想，而在這些狂想背後所隱藏的，就是對於未來必然會進入標準資本主義社會的臺灣未來的擔憂與提醒。而這種焦慮意識，也和臺灣文學的發展密切相關。臺灣1970年代以至1980年代，文學界逐漸開始關心臺灣工業化、都市化，社會逐漸正式進入消費社會之後產生的種種問題，而這些也是資本主義社會發展過程中一定會經過的階段（然而1980年代正式成為標準的資本主義社會，卻要等到1987年臺灣解除戒嚴，同時解除報禁、黨禁，重新恢復言論自由之後了）。但事實上，臺灣社會已經迅速走向詹明信所說的「晚期資本主義的文化邏輯」的社會情境，而此時的科幻小說已經先行預想，人民將會遭遇的各種社會亂象，每個人都被資本主義「異化」、所有事物商品化等等不同面向的問題。

關於本章將要討論的作品中的科幻空間，是由資本主義所生產出來的空間，也就是說如果沒有資本主義的產生，是不可能出現這樣的空間想像的。而資本主義的空間生產的大致輪廓，根據列斐伏爾（Henri Lefebvre）的說法，如果空間有時代、生產模式、社會而定的特殊性，就會出現一種資本主義的空間，被中產階級所支配的社會空間。他認為資本主義的發展形成了一個抽象空間，一個在國家層級上以銀行、商業、生產中心構成的大型網路，而這個空間被用以生產剩餘價值，地面、地底、空中都被納入生產與產品之中，都市和都市中的各種設施都是資本一部分，時間在這個空間中被簡化成空間的限制，變成時程表、運轉時間和載貨量等等。而在資本主義所生產的空間中，身為社會起源的自然空間（natural space）淪為被操弄的物質存在，成為資本的一部分[2]。

列斐伏爾也認為，資本主義空間有許多矛盾，主要的矛盾來自於1.財產私有使得空間粉碎化；2.在前所未有的尺度上處理空間的技術能力等等。而這些原因都導致了一個集中的中心性的建立，造成「中心／邊陲」、「全體／部份」的矛盾。此外，資本主義所生產出來的空間，成為國家最主要的政治工具，透過空間的運用，國家得以對於地方、層級、總體進行控制，並對各空間中的各部位進行區隔，這個空間也因此成為在行政體系控制下（甚至是警察國家）的空間。這個空間是一個各種元素互相可以交換的商業化空間，一個無法接受抵抗與阻礙的警察控制的空間，因而否定所有源於歷史與自然、身體與性別、年齡與族群之間的差異，因為這些差異能夠批判資本主義的運作，因此站在權力中心享有支配者地位的人們，不得不塑造出一個被支配空間，讓資本主義空間得以繼續運作。而經濟與政治空間的連結、匯合，導致空間中的所有差異將因此被消除[3]。

對於此資本主義空間有所認識之後，我們可以從本章將要論述的科幻作品中，找到相對應的脈絡。前段中所提及的資本主義生產的空間，成為在國家行政體制控制下的警察空間，這點我們在宋澤萊的《廢墟臺灣》（1985）[4]能夠看見，作者建構了一個政治空間與經濟空間結合，並透過高壓統治消除一切抵抗聲音的反烏托邦社會，透過環境污染與核能災害形成的廢墟意象，試

2 列斐伏爾（Henri Lefebvre）著，王志弘譯，〈空間：社會產物與使用價值〉，夏鑄九、王志弘編譯，《空間的文化形式與社會理論讀本》（臺北：明文書局，1993），頁19-22。
3 列斐伏爾，〈空間：社會產物與使用價值〉，頁22-27。
4 宋澤萊，《廢墟臺灣》（臺北：前衛出版社，1985）。

圖反省資本主義帶來的問題；進一步，我們也看見平路〈臺灣奇蹟〉（1989）、黃凡〈臺北最後的美國人〉（1989）中，資本主義空間所製造的全球化「中心／邊陲」的矛盾，兩位作家分別從政治、文化與經濟等不同層面，以反烏托邦狂想小說的形式對此進行批判。

另一方面，逐漸進入晚期資本主義的臺灣社會，也開始進入所謂的「商品拜物」的階段，但是我們也知道這些屬於中產階級的「商品拜物」行為，不過是資本主義為了維持資本抽象空間的運作，而製造出來的文化品味與消費流行，透過廣告、宣傳、去脈絡化等技術，從而抵銷了人們反抗的可能，而在資本空間中生存的人們也將迷失在消費文化的迷宮之中。在黃凡〈皮哥的三號酒杯〉、〈你只能活兩次〉中，我們就看到廣告對於消費流行的符碼操控、消費文化邏輯在個人身上的內化，以及故事中出現的黑洞意象象徵無法逃脫的資本主義；而在平路〈驚夢曲〉與黃凡〈處女島之戀〉中，我們也能看見從整個國家的文化（整個臺灣被改建為迪士尼樂園）以至於個體的身份建構（性別、身世、慣習都能夠改造）都成為符碼化、去脈絡化之後的危機。透過以上多篇1980年代的臺灣科幻小說，我們或許也能看出隨著臺灣經濟發展的時間順序，看出這些作家從工業化與環境污染、商品化乃至於消費文化的生成，以及文化的去脈絡化的批判與反省，而透過科幻小說的空間（創造災後廢墟、世界中心逆轉的未來、時間停止的世界、變成大型遊樂園的臺灣等等），讓他們得以透過創造一個「替代的現實」，讓讀者重新關注當下，讀者自身所處的資本主義空間中的矛盾與衝突，在理解資本主義的運作邏輯之後，從而產生動力去試著抵抗整個資本主義的空間生產，並試著讓自己在消費文化的龐大陰影中保有自身的主體性。

第一節　從政治到日常生活：科幻空間敘事的轉向

一、反烏托邦與家園廢墟

> 阿爾伯特在二〇〇二年離開這個島。因為他感到這個島使他的身體蒙受重大創傷，他一直咳嗽，那時島上已經凝聚了巨大的塵霧，天空濃煙彌漫，工業生產和百姓日用的垃圾成堆放在各條大路，河流的水泛起血一樣的顏色，油污包圍海岸，而且增生出奇地快，好像塵煙會生出塵煙、垃圾生出垃圾、油污生出油污……阿爾伯特不得已才離開臺灣，但他很懷念這裏的人們，他們溫馴、有人情味，人們總是圍在電視機前，容貌泛出滿意，微笑地傾聽政府的訓令……二〇一〇有一個消息傳來，說那個島在一夕之間毀滅了。幾千萬人很快地滅絕。國際宣佈它為禁區，船隻必須遠離該島行走。它好像沉到海裡又浮上來，卻變成神秘而恐怖。[5]

《廢墟臺灣》在敘事結構上，採取首尾為時間現在，主要情節為過去的架構，第一章最後一章作者都標示為「0.」，以在臺灣滅亡五年之後，來到臺灣進行考察的美國學者阿爾伯特為主角；而整部小說的主要內容，則是以死去的記者李信夫為主角（根據其所遺留的日記內容）來敘述。在《廢墟臺灣》中，臺灣（以

[5] 宋澤萊，《廢墟臺灣》（臺北：前衛出版社，1985），頁9-10。

1985年初版為準，之後再版的版本均將臺灣改為T島）已在2010年滅亡，肇因於2001年到2010年間，當時的統治者「超越自由黨」透過對於資訊的控制，試圖掩蓋臺灣日益破敗的事實；而在環境污染日益嚴重的情況下，知識份子紛紛起而批判，但經過一連串的高壓統治與無所不在的監控鎮壓，知識份子不再為正義發聲，全島的環境也污染的擴散而迅速惡化，在故事的最後，由於北部核電廠爆炸，導致臺灣走向滅亡，只有一部份居民得以倖存。

小說中災難的起源，主要來自於統治者的錯誤決策。因此，雖然政治議題並非本章的重點，但《廢墟臺灣》中的政治批判也是不可忽略的重要成份。宋澤萊在發表《廢墟臺灣》之前，所創作的《打牛湳村》（1978）、《變遷的牛眺灣》（1979）等農村系列作品，已經隱含了對政府經濟政策的批判。另外，在〈鄉選時的兩個小角色〉（1978）、〈豬仔〉（1980）等作品中，諷刺的是政治的陰暗層面，包括賄選、綁樁等常見現象。1979年美麗島事件發生後，宋澤萊的政治批判意識逐漸轉強，在1980年代初的幾篇文論如〈文學十日談〉（1981）、〈臺灣文學論〉（1982）中，都強調了其反殖民與臺灣中心的立場。1983年的〈人權文學泛觀〉中更明確的指出國民黨「在歷經抗日、反共的戰爭中，實質上已經培養一種嚴密的統治手段，和傳統的政治迷思結合成一種怪異的統治機器，一九四七年後，臺灣成了背負這個包袱的犧牲者」[6]，明顯的展現他反對威權統治的立場[7]。出版於1985年的《廢墟臺灣》，自然也延續了1980年代以來，宋澤萊

6 宋澤萊，〈人權文學泛觀〉，《誰怕宋澤萊？：人權文學論集》（臺北：前衛出版社，1986），頁103。本文原載於施明正，《島上愛與死》（臺北：前衛出版社，1983）一書，此書於1984年被警備總部查禁。參考：林瑞明，〈臺灣文學史年表〉，收於葉石濤，《臺灣文學史綱》（高雄：文學界雜誌，1987），頁346-347。

7 按：關於宋澤萊1970、1980年代政治意識的變遷，陳建忠的專書中有更詳盡的分析，筆者在此就不再贅述。參考：陳建忠，《走向激進之愛：宋澤萊小說研究》（臺中：晨星出版，2007）。

益發強烈的批判立場。1947年之後，臺灣的苦難多半來自統治機器造成的弊端，不論是二二八與白色恐怖，以及經濟轉型過程中遭逢苦難的農村人民，以及工業化帶來的環境污染，其源頭都來自於此。由此我們也不難理解，宋澤萊將《廢墟臺灣》中讓臺灣淪為廢墟的元兇，指向小說中採取威權統治的「超越自由黨」的原因，這和他反對威權的政治立場如出一轍。

因此，宋澤萊採用了科幻小說中的反烏托邦設定，來強調當人民完全相信政府，而政府又對各種弊端與危害視而不見，甚至極力掩蓋事實的作法，會給人民帶來多大的危害，並藉此對威權統治提出質疑。作為小說中臺灣的背景設定，一如《一九八四》、《美麗新世界》等反烏托邦小說中呈現的，一個表面上充滿秩序，看似美好卻缺乏自由，人人服膺黨的意志而生活的社會。《廢墟臺灣》中，執政者「超越自由黨」無視於正在蔓延的「廢墟撲擊」（小說中虛構的核能災難），為了獲取更多的利益，不斷藉由各種方式（比方鼓吹性愛之美好等等）試圖藉此麻痺人民的反抗思維；更請來在歐洲因為多次進行精神控制實驗，惡名昭彰的馬赫伯教授在臺灣完成他的發明，透過電視對臺灣人民進行精神控制。而統治者的決策（掩蓋事實真相），也導致了「廢墟臺灣」的生成。

此外，以文化地理學的角度來觀看，我們可以發現《廢墟臺灣》和前一章所討論的平路〈島嶼的名字〉有些類似，也是一個關於家園破滅的故事。我們知道「家園」是人文地理學中一個相當重要的概念，也往往是各類故事的起點——不論是離開家園或是重返家園。在現代的故事中，作家往往透過追憶的方式，建構出家的概念，回顧已經失去的一切[8]。而家園的末日或是廢墟化，

[8] Mike Crang著，王志弘、余佳玲、方淑惠譯，《文化地理學》（臺北：巨流圖書，

正是追憶家園的終極表現。不過，和〈島嶼的名字〉不同之處在於，如果〈島嶼的名字〉中臺灣的滅亡是來自於天災，那麼《廢墟臺灣》則是導源於人禍。我們必須注意，在《廢墟臺灣》中，臺灣並非一瞬間成為廢墟，而是一步步成為「廢墟臺灣」，其中最關鍵的原因在於昧於資本主義發展，罔顧環境污染對人民危害，更試圖掩蓋真相的統治者。

同時我們也要注意「臺灣」本身的島國意象。根據陳偉的說法，島國多位於地殼較為薄弱，同時地殼運動較為劇烈的地方，使得國土地質較不穩定；又因四面環海的關係，只要有颱風或是颶風產生，島國所受到的傷害遠比大陸型國家慘重；此外，海洋的隔閡讓島國看似封閉，但是島國必須和其他國家交換生活物資或是生產原料，使得島國和世界緊密相連；同時，島國也多半是人口密集的國家，由於平原稀少因此造成國內人口分佈不平均，也因為人口密集，島國也通常是產值密集的國家，因為必須生產更多產品才能滿足人口的需要[9]。在瞭解島國的空間意義之後，我們可以進一步理解，當一個國家的產值密集的時候，也就表示同樣面積的土地，必須耗費更多的地力，同時也必須承受更多的污染，而對於缺乏土地的島國而言，環境污染對國土的傷害比起大陸型國家更為嚴重，而這或許也是宋澤萊創作《廢墟臺灣》的原因之一。

在《廢墟臺灣》裡，宋澤萊安排了許多將1970、1980年代真實發生的環境污染誇張化的描述，以一種戲謔的方式在小說中呈現出來，如前文所引述的「那時島上已經凝聚了巨大的塵霧，天空濃煙彌漫，工業生產和百姓日用的垃圾成堆放在各條大路，河

2006），頁63-64。

9 陳偉，《島國文化》（臺北：揚智文化，1993），頁9-31。

流的水泛起血一樣的顏色，油污包圍海岸，而且增生出奇地快」（《廢墟臺灣》，頁9）。回顧臺灣的經濟發展史，1950年韓戰爆發之後，美國於1954年與臺灣簽訂「中美共同防禦條約」，並開始扶持臺灣經濟發展，鼓勵臺灣成為加工出口區。根據金寶瑜說法，美國所看中的除了南韓與臺灣的軍事戰略位置之外，還有當時仍屬廉價的勞動人力，當時的勞工無法組織工會以改善薪資與福利，處在具有獨裁統治傾向的開發環境之中。另外，美國企業之所以來臺設廠，是因為要規避美國政府對於高污染產業的法律規定，不願意對其產業所造成的環境污染負擔社會成本，因此我們可以清楚預見加工產業的發展，對臺灣自然環境的巨大破壞。比如1960-1970年代盛行的紡織業，讓臺灣得承受高於購買紡織品國家五倍的污染；為了製造電子零件建立的大量水庫，導致臺灣水源逐漸枯竭；而石化產業與電子產業製造的毒物，嚴重污染了河川與土地等等，都造成臺灣必須花費大量時間與金錢對抗工業發展的惡果[10]。到了1980年代，這些環境問題逐一被民眾拿出來檢討，發動了各樣的抗議活動與社會運動，這才讓政府不得不面對環境被污染的社會現實。

《廢墟臺灣》中描寫的「浮塵風暴週」景象，其實也和臺灣1980年代日益嚴重的空氣污染問題密切相關：「二〇〇一年開始，超越自由黨淨化市內浮塵的辦法是規定市內市郊的工廠和燃燒機構必須在每個月的第一週內集中排氣和燃燒。……在一週內拼命趕工。於是天空就一片地黯黑，浮塵立刻遮蓋了城市。有時如同沙漠的狂風沙，十步之內，目視也難。」（《廢墟臺灣》，頁52）。事實上在1970年代以前，臺灣的空氣污染多半是來自於「已具規模的糖廠」、和火力發電廠的黑煙、落塵或者是懸浮微

10 金寶瑜，《全球化與資本主義危機》（臺北：巨流出版社，2005），頁129-137。

粒等等[11]。而到了1971年，臺灣的鋼鐵廠的燻煙、水泥廠的灰塵等等開始造成臺灣「農作物、人體以及居住環境廣大規模的傷害與糾紛」[12]，而1975年後更發生高雄工業區有毒氣體外洩事件等重大空氣污染[13]。從這些真實的環境污染報導中，我們可以知道，1950、1960年代臺灣的主要空氣污染源，正是宋澤萊的靈感來源。然而，即便社會上有雜音，戒嚴中的政府也不太會重視，上一章中提及1980年代蘭嶼核廢料貯存場的事情也是如此，而這也或許是宋澤萊藉由反烏托邦的廢墟空間，反諷資本主義控制的威權統治的主要原因。

> 沉思廢墟，我們想到自己的未來。……廢墟不是大自然無可避免的循環……也不是神的旨意。廢墟是人類傲慢、貪婪和愚蠢的結果。不是大自然也不是神或時間讓帕爾麥拉（palmyra）變成廢墟，而是人，人自己。[14]

在《廢墟臺灣》中，我們可以看見一個明顯的空間形式，那就是「廢墟」的存在。「廢墟的『廢』來自人的角度，『有人』或『有用』便『不廢』，只有人才能對物件加以廢棄」[15]。因此，廢墟的出現代表著人類所建造的空間在時間洪流的侵襲或是人為的破壞、遺棄之後（義大利的羅馬競技場、英國的巨大石柱環）的一種存在，也代表著文明消失滅亡後的殘骸（如馬雅、阿

---

11 蕭代基，〈臺灣四十年來空氣汙染問題與對策〉，「臺灣社會問題研究學術研討會論文」，臺北：中央研究院社會問題研究推動委員會，1999.12.29-30，收錄於中央研究院社會學研究所網站，網址：http://www.ios.sinica.edu.tw/ios/seminar/sp/socialq/xiao_dai_ji.htm。

12 蕭代基，〈臺灣四十年來空氣汙染問題與對策〉。

13 蕭代基，〈臺灣四十年來空氣汙染問題與對策〉。

14 武德爾德（Christopher Woodward）著，張讓譯，《人在廢墟》（臺北市：邊城出版社，2006），頁18、171。

15 張讓，〈譯序——迷離廢墟〉，武德爾德，《人在廢墟》，頁10。

茲特克等古文明）。武德爾德認為，「每個新帝國都宣稱是羅馬後裔，然而羅馬的廢墟卻問道：但若像羅馬這樣的巨無霸都會粉碎，難道倫敦或紐約不會嗎？更進一步，羅馬廢墟的規模推翻了遊客認為人類進步必然克服時間的假設」[16]。

那麼，我們可以繼續追問，若曾經偉大的羅馬都會成為廢墟，那麼自1970年代經濟突飛猛進的臺灣，是不是也有可能成為廢墟，而曾經創造的經濟奇蹟，也成為後人緬懷同時有著莫名失落的「廢墟臺灣」的過往輝煌？同時，我們可以思考，因為《廢墟臺灣》的未來史形式，我們得以用「廢墟」——以一個「後見之明」——的角度觀看臺灣，去思索反省除了快速成長的工業與經濟發展之外，對於臺灣這塊土地的環境造成了怎樣的傷害，人類文明的進步，是否終究會慘遭大自然的反噬？這或許也是《廢墟臺灣》以廢墟為名的原因之一。

面對核災之後的廢墟臺灣（即使是虛構的科幻情節），我們從中必須思索我們是否想要這樣的未來，尤其在日本311震災、福島核電廠危機之後的現在，和日本同樣屬於環太平洋火山帶的臺灣更應該有危機意識，應該著手面對這些已知將會發生（而且真的發生）的危機。回到宋澤萊創作《廢墟臺灣》的時間點，其創作動機很明顯是反應了1980年代臺灣社會，對核能電廠安全性的顧慮。根據賴芬蘭的說法，1979年美國三浬島核電廠於1979年發生意外事件後，國際間興起反核聲浪，臺灣少數學者提出反對核能的意見。但是在1979年到1985年短短6年間，臺灣已經有三座核能電廠正式商轉，等到1985年政府準備讓核四立法通過時，才引起學者與社會大眾的普遍重視，而1986年俄國車諾比核電廠爆炸

[16] 武德爾德著，張讓譯，《人在廢墟》，頁21。

事件，更讓反核的聲浪風起雲湧。[17]宋澤萊《廢墟臺灣》故事中也提及「二〇〇〇年一次大規模的地震使三座核電廠核射外洩，二十萬人喪生」（《廢墟臺灣》，頁20），明顯就是在假設臺灣這三座核電廠發生核能意外之後，臺灣社會將要面臨的災難。

在小說中，即使臺灣已經產生核能污染（小說中被稱為「廢墟撲擊」）擴散的現象，但是統治者並沒有即時做出正確的應對，凡而讓「廢墟撲擊」逐漸蔓延，而終於導致臺灣的滅亡。我們看見在「超越自由黨」開始統治的那些年裡，「二〇〇〇年一次大規模的地震使三座核電廠核射外洩，二十萬人喪生，浮塵、垃圾、水污量增加，使人們的平均壽命縮短成五十歲」（20），「在每年自殺率的統計中，北部的人總是最高，如今人人不認為活著長命是一件好事。人若活太久就會得癌症，尤以肺癌為普遍」（21），然而統治者卻依然不以為意，忽視大量死亡與病痛不斷的生民百姓，在2010年的「十一月，北部的L核電廠爆炸，迫使北部居民向南遷徙五十公里，死傷難計」（216），而最後根據2015年來臺考察的學者阿爾伯特的說法，2010年臺灣突然從國際消失，後來全世界才知道「那個島在一夕之間毀滅了。幾千萬人很快的滅絕。國際宣佈它為禁區，船隻必須遠離該島行走」（9-10），因此可以想見（小說中）該次核能災害的影響有多麼巨大。

然而在《廢墟臺灣》中，宋澤萊並沒有塑造一個全然絕望，無力改變的未來意象，在本書的頭尾兩章（時序為災變後5年，故事中的2015年），宋澤萊描寫了逐漸復甦中的自然景觀，「公元二〇一五年三月，臺灣西海岸的潮水似乎因著連綿的雨水而豐沛起來，嘩嘩下的大雨像要洗刷掉一切歷史所犯下的污穢，猛

[17] 賴芬蘭，〈臺灣能源政策之回顧（一）〉，收於臺灣環境資訊協會「環境資訊中心」網站，網址：http://e-info.org.tw/column/WSSD/2002/ws02081901.htm。

烈地沖瀉在大地」（4）（然而，根據小說的描述，臺灣土地還是具有相當程度的放射性，因此阿爾伯特調查隊的成員回國後仍需要做一次澈底的全身檢查，《廢墟臺灣》，頁219），而他們也順利在「TNN村」找到了幸運的生還者和他們的後代，在離去時，阿爾伯特調查隊的隊員波爾向阿爾伯特詢問：「我還有個疑問不明白，我們怎能想像在放射性的這個島上還會有人生存下來呢？並且只有這個日記的主角的族人才生存下來呢？他們多麼奇怪。」（220）阿爾伯特先生回答波爾：「他們是挪亞。」（220）作者也似乎在這座成為廢墟的島嶼上，T島人民能夠從災變中再次浴火重生，土地還在，家園還在，而希望也隨之存在。而這種改變的力量，也正是許多科幻小說家不斷藉由描寫末日景象，試圖讓讀者能夠刺激讀者，正視社會議題的主要原因之一。

二、全球化／美國化的諧擬反諷

若《廢墟臺灣》是從國家統治階層與資本主義的結合，以核災的廢墟意象，與核災前整個島國的環境污染為主軸，並以一個反烏托邦科幻小說的形式，探討當一個國家致力於發展工業，卻不讓人民有置喙的空間，甚至以高壓監控的手段，消滅所有反對政府的聲音的時候，對於國家、社會與環境造成的巨大傷害。這也是列斐伏爾所說的資本主義生產的空間的政治工具功能，以及當政治空間與經濟空間相匯合之後所產生的矛盾之處。那麼接下來我們要討論的幾篇作品，即是從經濟發展與環境污染的主題，轉到世界經濟、文化發展的「中心／邊陲」問題。

美國身為近代資本主義社會的中心，以及「全球化」基本文化模式的建構者，因此全球化在某種程度上，多半被視為一種「美國化」，進而產生「中心／邊陲」的矛盾與相對而來的抗拒力量。筆者認為黃凡〈臺北最後的美國人〉與平路的〈臺灣奇蹟〉兩篇小說，都針對臺灣1980年代的「美國化」現象有所反思，並且試圖在小說中翻轉「美國化」的定義，黃凡透過「使美幣貶值」的設定，讓美國化成為一種諷刺；而平路〈臺灣奇蹟〉更是把「美國化」和臺灣1980年代的負面現象結合，想像全世界「臺灣化」（在平路此小說中是負面含意）之後的混亂局面，對當時的社會亂象做了一個批判性的總結。兩篇小說同樣反應了對於臺灣逐漸美國化下，對臺灣自身文化發展的焦慮與徬徨，而從這兩篇小說中，我們除了再次認識自己在世界中所處位置之外，也能從中反省過去的社會亂象，以及如何思索不要讓亂象再度發生。

（一）臺灣社會亂象的全球化空間想像：美國化／全球化的反思

綜合對於文化、經濟層面的思考，平路完成了以反烏托邦社會形式寫成的〈臺灣奇蹟〉[18]，她藉由反轉臺灣（或世界）逐漸被美國化的世界現實，描述當臺灣文化成功將美國「臺灣化」之後，讓「臺灣化」成為「進步／理性／前瞻／幸福的同義字」（〈臺灣奇蹟〉，頁118），成為「社會未來的走向，更是一種美好的心靈狀態」（118）的世界局勢。事實上，平路所歌頌的「臺灣化」充滿了反諷與諧擬，因為「臺灣化」所拓展出去的都是1980年代臺灣社會中的各種缺點，舉凡賭博文化、攤販文化、國會亂象等等，族繁不及備載。在諧擬反諷的背後，作者想暗示的是全球化資本主義影響下，當全世界文化趨於同質，疆界逐漸被取消的現代，國家將無法藉由國家本身的文化特色和他者

[18] 平路，〈臺灣奇蹟〉，收於平路，《禁書啟示錄》（臺北：麥田，1997），頁101-123。

做出區隔的現實處境。而面對這種情況，正好讓現實臺灣有了思考的空間，讓我們細想究竟什麼才是臺灣的文化特質。

〈臺灣奇蹟〉發表於1990年，故事中作者藉由一位臺灣駐華盛頓記者之口，述說從1989年之後（虛構的）臺灣奇蹟對於世界的影響，透過讓美國「臺灣化」，進一步讓全世界逐漸走向「臺灣化」（taiwanization）的道路。平路透過一種「諧擬」（parody）的方式，將臺灣經濟快速發展的負面表現代轉替換至美國境內。而整篇小說的題材發想，和臺灣當時的歷史背景有密切關聯。戰後初期，臺灣從1949年開始土地改革，初步實踐社會公平分配的基礎，也為之後資本主義化立下根基。1953年開始，臺灣推動10年「進口替代」方案，而美國也因為臺灣在美蘇冷戰時期的戰略位置，替臺灣經濟發展鋪路。1964年開始「出口導向」時期，臺灣經濟進入高成長時代[19]，榮景一路維持到1980年代末，被稱為「臺灣奇蹟」。而在全球化資本主義的情境下，美國的跨國企業如麥當勞、肯德基紛紛進駐臺灣，世界各地城市的景色趨向同一化，臺灣的本土特色也在逐漸消失的時代，讓人不禁要問臺灣的特色在哪裡？臺灣的文化資產又是什麼？而面對現實世界中，臺灣逐漸美國化的社會現實，作家要如何回應呢？或許正是在這樣的背景底下，平路寫出關於這些問題的思考，完成了〈臺灣奇蹟〉這樣的作品。

王德威曾經指出，亞洲各國1970年代以來逐漸「美國化」的現象，和殖民／被殖民的關係有些類似。平路的〈臺灣奇蹟〉將美國作為「臺灣化」的舞台，除了藉由「美國」凸顯當年臺灣的社會亂象，更是藉由默仿（minicry）的方式嘲弄美國文化與其不足，也藉美國與臺灣的對比，讓讀者重新思考中心與邊陲的問

---

19 張景旭、蕭新煌，〈臺灣發展與現代化的宏觀社會學論述〉，頁58-65。

題，是對當時政治情境的「最令人深思的告白」[20]。筆者認為，王德威的評論，清楚點出了這篇小說的價值所在，也看出其中蘊含的政治寓言的意味。而讓這篇小說的戲劇化效果得以達成，並完成上述多層次效果的關鍵，還是在於平路對於臺灣社會亂象的具體描繪，以及美國化的逆向思考。原本臺灣的社會亂象卻變成了世界潮流，並依循先前世界美國化的類似途徑讓全世界「臺灣化」，更突顯了這些社會亂象的荒謬可笑，讓小說本身具有的批判性更加強烈。

因此，筆者認為若要進一步分析〈臺灣奇蹟〉，除了臺灣美國化造成的影響，與小說中影射的社會現實之外，同時也要考慮臺灣當時的社會背景，如何成為了社會亂象滋生的溫床。根據陳秉璋、陳信木的說法，國民政府在1949來臺以後，面臨國內資金短促，外匯不足的經濟狀況，在美國的協助下不斷建設基礎工業與發展加工出口產業，創造了臺灣的經濟奇蹟，臺灣民眾也因此累積了相當龐大的財富。然而，在動員管制的政策下，政府強調生產製造，卻壓抑民間消費活動，造成人民文化層面的空虛。再加上1980年代逐漸減緩的經濟成長趨勢，造成臺灣人民擁有大量無法投入生產活動的游動資產，最後只能投入如股市或大家樂等投機市場；此外也由於政府並未致力讓民間致力發展休閒文化活動，導致社會缺乏宣洩抒發的管道，以至於股票、卡啦OK、大家樂[21]、地下投資公司[22]等非工作的各種活動引進之後，往往立

20 王德威，〈序論：想像臺灣的方法——平路的小說實驗〉，收於平路，《禁書啟示錄》（臺北：麥田出版社，1997），頁16-20。

21 按：當時大家樂從中部開始擴展到大臺北地區，再來蔓延到桃竹苗和南部地區，東部並不盛行此道，然而照風行程度而言，有百分之五十二的地區是相當熱衷，百分之三十六是中度流行，大家樂成為了1980年代重要的集體行為之一。參考：瞿海源，〈第十七章、賭博與投機問題〉，收於楊國樞、葉啟政主編，《臺灣的社會問題1991版》（臺北：巨流圖書，1991），頁558-565。

22 按：1982年地下投資公司開始蔓延，1987年之後相當流行，然而卻在1990年時全面崩潰，而臺灣民眾所投入的資金大約有2260億元之多，數以萬計的投資人血本無歸，引發

即受到民眾的熱烈歡迎[23]。然而在一切都在1990年代逐漸崩壞之時，受害的還是沈溺其中的人們。

而這些曾經發生過的臺灣社會景象，被轉化為平路〈臺灣奇蹟〉中所呈現的「臺灣化」，是1980年代臺灣的社會亂象——諸如簽賭六合彩、購買大家樂、「地下投資公司」風行等等——風靡全球的現在進行式。作者也將美國「臺灣化」的現象，轉化成國民黨政府「反攻大陸決策演練多年的結果，臺灣的國民黨可以在精神上無遠弗屆的『收復』一個地方。」（109）。甚至讓美國特別委員會說明贊成「臺灣化」的原因：第一可以分享臺灣經濟奇蹟以解決美國財政赤字問題；第二可以借鏡臺北市「街道地攤化、地攤霓虹化」的措施，可以馬上降低失業率；第三，美國「臺灣化」後可以消除文盲，並且提昇精神病患的投票率；第四，可以發展出諸如建醮、股票餐廳等新興行業（112-113）。我們發現透過將社會亂象放大到全世界的規模之後，越發顯得可笑非常，原來夜市也能成為降低失業率的手段（大家都來賣雞排是吧？），有證券市場功能的餐廳展現了臺灣人的混搭能力，卻也凸顯了貪財的一面。如果沒有藉由現實世界的——被美化、視為現代化——美國（理想國）作為對照組，這些荒謬也許不會如此明顯，原來在我們習以為常的日常生活中，充斥著如此大量的荒謬情境，平路藉此提供了我們一個反思的機會。

作者也透過對「臺灣化」定義的諧擬化，反思了上述這個賭博與地下投資迅速蔓延的社會現實：除了「表示『未來』的

嚴重的社會問題；而當時許多民眾也將資金投入股票市場，然而炒短線的操作方式，使得臺灣股市產生破錄的漲跌幅度，而這和當時社會上普遍蔓延的投機心態有關，最後也導致相當嚴重的社會問題。參考：瞿海源，〈第十七章、賭博與投機問題〉，收於楊國樞、葉啟政主編，《臺灣的社會問題1991版》（臺北：巨流圖書，1991），頁566-570。

[23] 陳秉璋、陳信木合著，《邁向現代化》（臺北：桂冠出版社，1988），頁438-441。

意涵之外；臺灣化更可以通稱目前已成為全球新趨勢的『賭場社會』；以及比較抽象地描繪任何在迅速生長／發展／蔓延／擴大的事物。」，廣義來說，「任何模稜／漫漶／是非不分／正邪難辨的傾向，都可以用『臺灣化』一詞貼切的形容」（108-109）。這段話似乎和1980年代臺灣社會瀰漫的投機心態，與賭博大家樂的風行情況不謀而合，除此之外，平路更將這種社會風氣連結上「全球化」的概念，讓這種負面價值觀擴展到全世界，讓我們見識到當此種價值觀成為全球共通的概念時，其產生的破壞有多麼巨大。然而筆者認為，平路所擔心的不僅如此而已，從她的這段文字看來，她似乎觀察到臺灣有逐漸邁向「無地方感」的趨勢。同樣的觀點，在詹宏志的《城市人》一書中也有提及。

詹宏志在書中提及他所觀察到的臺北咖啡店的變化，他發現這些咖啡店援引的設計風格其實（以設計概念而言）是屬於不同年代的產物，他認為這是因為消費文化風氣改變，許多新的咖啡店紛紛成立，許多人到日本「模仿」咖啡店的設計，而所模仿的可能是最近、十年前、三十年的設計，詹宏志認為這反映了臺灣在短短十年內（筆者註：1987-1996年之間）大量引進「各色各樣的舶來品和外來文化」，國外多年的演進轉瞬間湧入臺灣社會而產生的現象[24]。筆者在平路〈臺灣奇蹟〉的最後也看見，作者藉敘事者之口說出：「當全球的特徵都是失去了界線的『臺灣』，當失去了界線的……不只是地域，更是心靈的狀態，我怏怏地想著，站在這裡的我，這一刻，竟也從此失去了自己的過去、現在與未來嗎？」（123）而這種對於全世界都變成臺灣，讓全世界都又不是臺灣的感受，時至今日似乎越來越明顯。

[24] 詹宏志，《城市人——城市空間的感覺、符號與解釋》（臺北：麥田出版社，1996），頁63。

我們的便利商店充滿日本風味，走在路上很容易辨識出麥當勞（McDonald）、肯德基（KFC）、家樂福（Carrefour）、屈臣氏（Watson's）、NIKE、Adidas等各種跨國企業的商標，看起來和其他亞洲國家並沒有什麼不一樣，當世界越來越趨於同質化的時候，我們發現不只是外觀，連內在也逐漸趨向同質化。

回到1990年代的社會現實，我們的日常生活空間——尤其是都市空間——的確如平路所預言的成為了無地方感的地方，而這種無地方感空間在城市的各個角落都存在著，或許我們也能稱之為「通俗空間」。根據金儒農的說法，通俗空間的意義是人們自行想像的，它只提供一個可據以發想的空間形象，日常生活中的人們透過它而「看到了從空間折射出來的自身影像」[25]，因此通俗空間的形象是讓人們來決定的；而讓通俗空間得以運作的，就是資本主義的文化邏輯，過往我們所認知的精英與通俗文化界線開始模糊，各種相對的概念得以在此空間中喧嘩並列，於是「通俗空間」成為一個偽裝的中立空間，逐漸收編不同的客群，目的是為了獲得貨幣上的交換，並沒有其他目的，而這種通俗空間也完美發揮了法蘭克福學派的「社會水泥」功能，讓資本主義的文化邏輯得以延續[26]。

而從以上的論述來看，平路藉由〈臺灣奇蹟〉中秩序翻轉的空間敘事所要批判與呈現的，其實具有三個層次。第一個層次是藉由美國這個現代化模範的理想空間，反過來思考臺灣的社會亂象是如何荒謬，並希望這樣的事情不再發生；第二個層次是藉由故事中的臺灣化亂象，反映全球美國化造成的文化同質化的缺憾，並藉此試圖重新思考中心與邊緣的關係；第三個層次是藉

[25] 金儒農，〈九〇年代臺灣都市文本中的空間敘事〉（嘉義：國立中正大學臺灣文學研究所碩士論文，2008），頁41。

[26] 金儒農，〈九〇年代臺灣都市文本中的空間敘事〉，頁38-43。

由文化同質化的現象，連結到被資本主義文化邏輯宰制的社會空間，反思日常空間逐漸喪失地方感的社會現象。也因此，平路〈臺灣奇蹟〉的空間敘事所具體呈現的，其實是臺灣社會從1980年代以至於1990年代的「三重苦」，苦於亂、苦於邊陲、苦於地方感的喪失，並藉由這篇小說提出她的警示，然而時至今日除了社會亂象稍微緩和之外，第二和第三個層次的焦慮卻依然存在，因此我們每個人在日常生活中都必須仔細思索，才能在一波波全球化的浪潮中尋找一條可行的逃離路線。

（二）不再值錢的美國貨：經濟地位的反轉想像

> 儘管臺北街頭像紐約一樣（連路標都是美國貨），可是在街上就是看不到半個美國人，因為美金不斷貶值的結果，使得美僑的生活水準每下愈況，所有在臺公務單位已全部撤離，美僑社區則淪為臺北的「觀光貧民窟」。[27]

黃凡〈臺北最後的美國人〉反應了當時臺灣所處的國際資本權力空間中的位置，以及黃凡對於臺灣經濟未來的焦慮。這篇小說產生的背景，筆者認為和臺灣經濟發展過程有著密切關係。經過1960、1970年代勞力密集代工產業的發展，1980年代的臺灣，雨傘、鞋子、縫紉機、自行車等不同產品，都成為世界重要的產品供應商，臺灣貨一時之間在世界不同國家之間蔓延，這同時也增加了臺灣的工業發展比重，後來由於工資提高導致這些產業外移到其他開發中國家，而1990年代臺灣也開始發展高技術密集代工，也就是我們所熟知的新竹科學園區，專營電腦與電子產品等

[27] 黃凡，〈臺北最後的美國人〉，收於黃凡，《東區連環泡》（臺北：希代書版，1989），頁94。

高科技代工產業。在當時的情況下，我們可以知道臺灣還處於工資低廉的時代，因此可以發展勞力密集代工，而等到臺灣的經濟發展好轉之後，工資自然也會提高，因此這種產業勢必外移到其他工資低廉的國家。這也是資本主義發展的必然結果。

而至於為什麼臺灣可以獲得這樣的機會？根據張景旭、蕭新煌的說法，這跟1970年代歐美國家出現新的國際分工機制有關，在這種分工形式底下為了維持成本與產量之間的穩定，以及迴避風險的考量，首先會做出分工，由大型生產者供應基本需求產量，而剩餘的產量則由中小型生產者供給，以維持成本與整體產量之間的平衡。而臺灣1970年代到1980年代中小企業的蓬勃發展，與所謂的「臺灣奇蹟」和這一點就有著相當密切的關係[28]。可是我們不要忘記了，臺灣所製造的商品佔有率雖然很高[29]，但是因為我們是屬於整條產業線中的下游廠商，所以所獲得的利潤相較於上游企業獲利相對較少，同時因為品牌仍然是歐美公司的，因此臺灣本地人如要購買這些品牌的商品，仍需付出較高的代價才能獲得。因此，歐美產品成為了一種身份地位的象徵，能夠使用這些產品，代表使用者具有相當的社會地位，美國貨成為了一種炫耀性的商品。

為了找美國人，我開著五千CC的林肯轎車穿梭在大街小

[28] 張景旭、蕭新煌，〈臺灣發展與現代化的宏觀社會學論述〉，收於羅金義、王章偉編，《奇跡背後：解構東亞現代化》（香港：牛津大學出版社，1997），頁75-78。

[29] 參考：「臺灣大百科全書」網站，「勞力密集代工產業」條目：「1980年代，許多產品的產量均位居世界前茅，臺灣成為全球知名的「雨傘王國」、「鞋帽王國」、「自行車王國」等。例如1982年臺灣鞋子的出口量高達5.2億雙（平均全世界每9人就有1人穿臺灣生產的鞋子）、傘的出口達1,100萬打（平均全世界每40人有1人用臺灣傘）、出口縫紉機316萬臺（占全球出口量80%）、出口微型馬達2.4億個（占全球市場的70%）。勞力密集代工產業的蓬勃發展，讓臺灣工業在臺灣產業的比重快速提高，工業部門的產值由1960年占臺灣總產值的24.9%，升到1984年的45.2%。網址：http://taiwanpedia.culture.tw/web/content?ID=4106/。

巷裡。我之所以開這麼大的車子，不是因為臺北的馬路加寬了，而是這個時候人人都開美國車，小日本車太貴了，像這麼一部林肯，只要九萬臺幣，而豐田一千兩百CC卻要賣到十五萬。同時汽油也便宜得像水一樣，阿拉斯加進口原油每公升兩塊錢。[30]

在〈臺北最後的美國人〉中，黃凡將世界局勢翻轉過來，描述在美金日復一日貶值的情形下，美國貨成為便宜貨的代名詞，而原先在全球熱賣的日本汽車，也因此在價格上失去優勢而喪失汽車龍頭地位。在世界局勢完全逆轉的空間中，身為記者的故事主角正要寫一篇「最後離開臺北的美國人」的報導，而在臺北街頭尋找美國人，在遍尋不著的情況下決定搭地下鐵碰碰運氣。正當他因為被自動販賣機吃錢，大聲罵著「混帳的美國貨！」（95）的時候，終於碰上了一個美國人，開始談論起美國之所以如此沒落的原因（95-96）。在這篇故事裡面，我們發現黃凡將臺灣逐漸商業化、美國化的現象，藉由假想中的未來世界進行了一個澈底的翻轉，原來大量使用美國貨不是因為美國貨好，而是因為美國貨相當便宜，相當的諷刺。

黃凡的〈臺北最後的美國人〉是一種對於臺灣消費文化逐漸美國化的焦慮反應，面對這樣的焦慮，黃凡運用了反烏托邦與諧擬的技巧，改變了現實中的一項變因，進而創造了一個和現實相反（甚至更糟）的未來世界，這個變因就是美金的國際標準貨幣地位。而在進入這個話題之前，我們必須先瞭解貨幣升值與商品進出口之間的關係。當美國想要將國產商品外銷國外，除了靠著品牌的名氣與品質作到大量獲利的目的之外，其他工商業產品可

[30] 黃凡，〈臺北最後的美國人〉，頁94-95。

以靠著提昇他國貨幣讓美國商品獲得較高的外銷機會，因為這樣美國貨就會因為價差的縮小而顯得便宜，在追求最大利潤的情況下，他國或許會因此採購美國產品。

這篇小說扭轉了美國（產業上游）與臺灣（產業下游）的相對位置，改變了整個世界的資本空間，重新定位在此空間之中的權力運作。原先居於領導地位的美國因為錯誤的財政決策，導致美金不斷貶值，為了刺激消費使用「傾銷」政策，大量輸出美國貨已挽救美國內部的經濟危機，然而情形並沒有好轉，原先居住於臺灣的美國人紛紛離去（應該是因為無法繼續維持生活的關係），而臺灣在先前累積了大量財富的情況下，使得臺灣有能力大量購買變得相對便宜的美國貨，從路牌、汽車到各式日用品（如自動販賣機）等等都是使用美國貨（94-97），和原先美國許多用品都是使用臺灣貨（品牌還是美國）的情況澈底相反，而造成這種現象的關鍵原因，就是幣值與匯率的操作失當。小說中的情節當然是透過誇飾的象徵手法強調匯率與幣值的影響力，但是這的確是資本主義社會全球化之後，將會遇上的問題。

回到現實世界，在1980年代雖然當時這樣的事情並未發生，然而我們不要忘記科幻小說其實是一種對於未來的「寓言」（當然或許也可視為「預言」），透過試想可能發生的未來，並思索前進的道路的小說文類，因此有時候能夠預測部份未來事件的發生（但是正確預測未來不是科幻小說的主要功能）。觀察21世紀的現在，我們可以發現近年來因為中國的迅速發展，使得美國對中國有著巨大的貿易逆差（中國製造，美國消費），造成美國國內產業的萎縮，因此美國不斷透過FED（Federal Reserve System，全稱美國聯邦準備系統，簡稱「美聯準」，也稱美國聯邦準備理事會，簡稱「聯準會」）等試圖逼亞洲國家如中國、日本的貨幣升值，試圖阻止中國或是日本製造的貨品持續銷入美國，讓美國國產商品能有更多的生存空間。然而，操作匯率與幣值其實是相當危險的事情，一有不慎就會對全球金融市場造成極大的傷害，這也是黃凡當初所擔心的事情，而現在這樣的走向似乎越來越明顯，或許有一天世界的秩序會因此完全逆轉也說不定。

而我們知道這種逆轉在現實中不太可能發生，但是黃凡的未來想像，給予了我們一個反思的機會，思索當下美國依然具有相當大的國際影響力的情況下，臺灣能夠藉由本身的優勢在大國之間求生存。過去有很長一段時間，在學生族群之間，聽美國流行音樂，似乎比聽臺灣流行音樂更有格調、有品味，看好萊塢電影趨之若鶩，聽到國片卻避之唯恐不及。美國不但在國際經貿系統中擁有絕對份量，在文化層面也有強大的影響力。正如本節前言中所提到的，美國影集、好萊塢電影以及流行音樂，都成為轉移民眾關注焦點的文化符碼，似乎在這些影像與音樂之中，我們得以脫離乏味的現實人生。而在1995年之後，美國影集的影響力被日本戲劇取代，2004年以後，日本戲劇又被韓國戲劇所取代，而現在我們終於能夠看見臺灣戲劇有了進步。加上從2008年以來深具票房實力的國產電影，讓我們開始相信自己也有能力作到像美國、日本、韓國一樣優秀的戲劇或是電影作品，整體國民也逐漸對自己的文化產出有了正向的認同感，這肯定是黃凡當初始料未及的吧。

第二節　消費文化與日常生活：符碼與商品的空間生產

商品第一眼看上去無奇之有，甚為稀疏平常。……當它只是使用價值時，無論我們是從哪一個觀點看——它滿足人類的需求或它做為人類勞力的產物，都無任何神祕可言。……譬如，木頭的形式在做成桌子時已被轉換，然而桌子依舊是木頭做的，是一個平常、可被感官的東西。但是一旦它變成了商品，它便轉變成一個超越感官知覺的東西。[31]

上一節中，我們討論到當資本主義和威權統治結合，並一味發展重工業不注重環境保護問題，對國家與社會產生的傷害與危機。但資本主義除了和國家政策有著密切關係之外，我們也能在日常生活中體會到資本主義強而有力的影響，從我們每天購買的食品、服飾、家電與各種商品，每一個消費的選擇都和資本主義有著密切關聯，而和日常生活與消費行為關係最深的就是廣告。廣告透過賦予商品各種美好的特質形成差異，造成消費者對該商品產生欲望，建立起消費文化中人與物的關係，這也是詹明信（Fredric Jameson，1934- ）所說的「晚期資本主義的文化邏輯」（the cultural logic of late capitalism），這和資本主義最初產生之時的特質有著相當巨大的差異。

據馬克思．韋伯（Max Weber, 1864-1920）的說法，資本主

[31] Karl Marx & Friedrich Engels, *Capital: A Critique of Political Economy Vol. 1*, 1867, trans by Ben Fowkes, New York: Penguin, 1992, page 163-164. 雖然此書已有正體中文翻譯本，但是相較之下，張小虹的譯文較能清楚說明強調商品的特質，因此筆者在此採用張小虹的版本。參考：張小虹，〈後現代（臺灣）奇機〉，張小虹《在百貨公司遇見狼》（臺北：聯合文學，2002），頁32-33。另附上時報版《資本論：第一卷》此段譯文：「最初一看，商品好像是一種很簡單很平凡的東西。……商品就它是使用價值來說，不論從它靠自己的屬性來滿足人的需要這個角度來考察，或者從它作為人類勞動的產品才具有這些屬性這個角度來考察，都沒有什麼神秘的地方。……例如，用木頭做桌子，木頭的形狀就改變了。可是桌子還是木頭，還是一個普通的可以感覺的物。但是桌子一旦作為商品出現，就變成一個可感覺而又超感覺的物了。」參考：馬克思（Karl Marx）、恩格斯（Friedrich Engels）著，吳家駟譯，《資本論：第一卷》（臺北：時報出版社，1990），頁87。

義的起源和馬丁路德（Martin Luther，1483-1546）所提出的「天職」（beruf，英文：calling）概念有關，路德認為判斷一個人的道德高度，應該對他在世俗應盡的義務進行評價，也就是說，人應該盡到他的責任與義務，以完成上帝賦予他的天職[32]。加上後來基督教各個教派普遍產生「入世禁欲」的想法，因此賺取金錢不再是可恥的世俗觀念，而累積財富這件事本身，也成為在禁絕玩樂努力下，積極入世以完成「天職」的救贖性的報酬[33]。然而，後來這種「天職」觀念逐漸淡化，而累積財富一事不再具有「入世禁欲」的精神，僅成為人們追求舒適生活的手段，這也較為接近現代對資本主義的解釋。正如韋伯所說，過去清教徒渴望成為「職業人」（Berufsmensch），而現在我們卻被迫成為「職業人」，受到經濟秩序的支配與制約[34]。而這個支配人們的經濟秩序，我們或許可以稱之為消費社會或資本主義的文化邏輯。

根據卡爾・馬克思（Karl Marx, 1818-1883）的理解，資本主義的生產是商品生產，而商品本身具有「使用價值」（use value）與「交換價值」（exchange value）兩種不同價值取向，他認為商品必須有使用價值（也只有商品有交換價值），但具有使用價值的物品未必能成為商品[35]。隨著資本主義的發展，交換價值有迅速凌駕、扭曲使用價值的趨勢。而為了累積更大的財富，資本家／企業家必須擴大產量以及減少成本，除了不斷找尋工資低廉的地點設廠之外，也會透過各種各樣的手段不斷刺激消費者購買產品（也包含生產該產品的勞動者本身）。

阿多諾與霍克海墨延續了馬克思的「商品拜物」理論，提

[32] 韋伯（Max Weber）著，于曉等譯，《新教倫理與資本主義精神》（臺北：左岸文化，2005年8月再版），頁95-96。
[33] 韋伯，《新教倫理與資本主義精神》，頁108-179。
[34] 韋伯，《新教倫理與資本主義精神》，頁177。
[35] 馬克思、恩格斯著，《資本論：第一卷》，頁47-54。

出了「文化工業」的概念，將文化工業的產物視為「商品」而非「藝術品」。他們認為文化工業生產、操縱並且訓練消費者的消費需求，以短暫的快樂取代消費者／勞動者的痛苦，並且依照不同層級的消費者生產不同的商品。消費者自以為有所選擇，但是實際上不過是在資本家提供的有限選項中做選擇（這還牽涉到每個消費者所擁有的經濟資本多寡），並沒有真正做選擇的機會[36]。因此阿多諾與霍克海墨認為，文化工業可以被視為可以鞏固既有價值與現有秩序的「社會水泥」。

在這之後，布爾迪厄（Pierre Bourdieu）提出「慣習」（Habitus）的概念。「慣習」是指一種認知結構，其產生受到個體所處的生活情境與環境條件影響，也就是所謂的不同階級會有著不同的慣習，而這種慣習將會被屬於此階級的個體所內化，慣習成為了個體可以參考的消費準則，舉凡衣著、舉止、談吐、思考模式等等，都受到慣習的支配，因此「慣習」也能客觀反映出階級結構之間的區隔。但是，布爾迪厄也相信個體可以主動回應所處的環境條件與結構特性，並且經由個體的主動回應與實踐，能夠影響並改變慣習的形成與發展[37]。

因此，消費者未必被動的隨著廣告起舞，而是源自於各種階級的群體對於「獨特性」的追求，民眾則透過購買這些商品來想像與認識自己，並藉此建構自己的身份認同，確定自己在社會中所處的位置，如此一來，商品本身的實用價值不再是商業行為的重點，而是透過相對穩定的品味符碼製作廣告，試圖建構商品所具有的形象，而消費文化這種晚期資本主義的文化邏輯也因而成立，成為主導人類日常生活的宰制力量。以下將分別從〈皮哥的

[36] 霍克海墨（Max Horkheimer）、阿多諾（Theodor W. Adorno）著，林宏濤譯，《啟蒙的辯證——哲學的片簡》（臺北：商周出版，2008），頁155-210。
[37] 盧嵐蘭，《現代媒介文化——批判的基礎》（臺北：三民書局，2006），頁164-170。

三號酒杯〉、〈你只能活兩次〉、〈驚夢曲〉、〈處女島之戀〉四篇科幻小說，從廣告空間的運作、慣習與消費欲望、文化空間的去脈絡化、個人身份的符號化等不同角度，談論科幻小說中涉及的資本主義議題。

一、廣告符碼與空間配置

> 這輯廣告的題目是「酒鄉之旅」，旅行者皮哥打扮得有如微服出遊的王子，身上卻揹了個有馬若公司標誌的袋子……走進一家叫「矇朧的玫瑰」的酒館……皮哥推開門，和燈光、攝影機一起走向吧抬，動作誇張而傲慢。隨後他倚著吧抬，視線慢慢地、嘲弄地掠過整個酒館（這個動作重複了十六次），喧嘩聲立即靜止了下來，皮哥微揚了揚手，再轉過身面對著酒保。……就在酒保倒酒的當兒，門又打開，走進來一位模特兒打扮的女郎……她叫纖兒……同樣的，她也以一種誇張、傲慢的姿態走到皮哥身邊坐下，不過，她沒有自備的三號酒杯。……當皮哥舉杯朝她示意時，她的眼睛露出嫉妒之色。
>
> 「酒保，你怎麼給我這種杯子？」
>
> 「那是他自備的。」
>
> 「用我的杯子怎麼樣？」
>
> 「一個無聊漢子湊進來。」
>
> 「走開！」纖兒斥道，同時推了他一下。
>
> 這一推力氣不大，莽漢卻戲劇地跌入一群酒客中，跟著撞翻了兩張桌子和壓垮三張椅子。於是，按照劇本的要求，便又引起了一場混戰……打鬥了好一會兒後，攝影機

> 便又回到男女主角身上……這一瞬間，正有個東西衝出那堆混亂，撲向他們。……但是皮哥，這位瀟灑的旅行者，卻好整以暇地舉起酒杯（裹面裝的是草莓汁），一飲而盡，然後優雅地用杯底朝著那顆飛來的頭顱一敲。
>
> 「卡！」導演說：「這個動作重來。」往後的半個鐘頭，皮哥一共敲了五個人四十二次頭。皮哥的胳膊有點瘦疼，那只三號酒杯卻毫無影響，它在強烈的水銀燈下，顯得神采奕奕，氣韻逼人。[38]

在〈皮哥的三號酒杯〉中，馬若奇異金屬公司為了銷售「三號酒杯」此一商品，邀請來專業的酒杯特技表演者皮哥代言，在其中一部廣告宣傳片「酒鄉之旅」中，我們看見廣告中如何運用空間地景，呈現並襯托皮哥的男子氣概與冷靜優雅的特質，最後將所有的美好的意象，全都連結到最後那只的三號酒杯身上，完成了這個廣告所要傳遞給消費者的訊息。

首先我們要關注的，是這段廣告中的主要場景——酒吧。酒吧文化源自於英國，但其實在羅馬時代已出現酒吧的前身「麥酒店」，這是因為當時羅馬有公路系統，客棧中附設「麥酒店」作為交流場所。而後來定居英國的羅馬人，在英國開設此類酒店維生，酒吧也成為農人、工人聚會聊天的場所[39]。對照廣告中的酒吧設計，我們也能發現作者刻意讓這個酒吧中出現的人群，也和英國最初的酒吧一樣，是以男性酒客為主體的酒吧空間。同時也建構一般對於工人的刻板印象：粗魯、說話大聲沒有格調、遇見紛爭容易用武力解決問題等等，而這所有的空間設計，都是為了

[38] 黃凡，〈皮哥的三號酒杯〉，張系國編，《當代科幻小說選II》，頁182-184。
[39] 劉倚帆，〈夜店空間的社會生產：以信義計畫區為例〉（臺北：國立政治大學新聞研究所碩士論文，2008），頁4-5。

要襯托——擁有三號酒杯的——皮哥的男子氣概與魅力。

皮哥在盛產美酒的「酒鄉」不使用一般人視為高雅餐具的玻璃高腳杯，而是使用金屬製造的「三號酒杯」飲用，並且用酒杯表演了一手漂亮的特技，代表著使用「三號酒杯」的人具有特立獨行的魅力，將獨特與酒杯本身相連結；而美麗的模特兒看見皮哥的金屬杯，轉而對酒保抱怨她為什麼只能用普通的玻璃杯，則再次強調了「三號酒杯」的獨特魅力；藉由酒吧中粗鄙的男人和高雅的皮哥的差異，建構了購買「三號酒杯」的消費者的高雅形象。

另外，從小說中這段廣告拍攝的例子，我們其實可以發現其中關於性別印象的建構，正如同瑪西（Doreen Massey）提及的，「深刻內化的二元論（dualism）……結構了個人認同和日常生活，經由建構社會關係與社會動力的運作，影響了其他人的生活，……導引出陽剛／陰柔的符碼」[40]。我們可以看見，在這個——充滿男性角色的——酒吧空間中，女性的地位並沒有被凸顯，同時也維持一個社會對於女性的印象：依賴、需要受保護、情緒化等等，同時也隱含歷史上長久以來，認為女性應該被排除在公共場所之外，待到安全的家中保護自己的刻板印象之中。

當然，在這個廣告中如此安排女主角的行動，也是為了要襯托皮哥的男子氣概，更重要的是藉由皮哥在廣告中所展現的魅力與形象，去凸顯那個「神采奕奕，氣韻逼人」的漂亮三號酒杯。若觀看廣告的觀眾因此被說服（或者說被激起購買的欲望），將會透過購買「三號酒杯」以滿足他們對自己社會地位的想像，並達到廣告販賣商品的最終目的，消費文化的邏輯因而得以成立。

[40] Linda McDowell著，徐苔玲、王志弘譯，《性別、認同與地方》（臺北：群學出版社，2006），頁15。

但是我們要記得，所有美好的象徵符碼都是人為建構的，商品的廣告形象不代表商品本身的品質好壞。對於掌握生產器具的資本家而言，往往只關注生產成本與銷售數量，原料或商品本身或好或壞並不是他們所考量的重點（對比現實生活中，在2011年剛發生的塑化劑事件，我們就能瞭解到即使是聲譽良好的企業，也會因為試圖節省成本，獲得更大的利潤而犯下類似的錯誤），只要能壓低成本並提高利潤，即使商品本身被發現有缺陷，只要不危及該商品的銷售（或是沒有產生嚴重的退貨危機），企業家就會忽略這些問題，只專注於販賣商品，甚至如上述引文一般對於開發者的警告嗤之以鼻。

故事中，受雇於馬若奇異金屬公司的發明家楊程發明了含有「鑏」元素的「月七合金」，並以此合金製造了摔不壞的三號酒杯。當他發現一隻添加十倍「鑏」元素的三號酒杯，是導致和酒杯放在同一籠子中的老鼠憑空消失的主要原因（而後來故事中皮哥發現原來酒杯可以開啟充滿綠光的四度空間，證實了楊程的假設），因此對老闆馬若提出警告時，馬若完全不在意，甚至隨口說出：「我看是有人把牠吃進肚子裏了吧。」[41]這樣的風涼話，我們看見無良商人令人心寒的一面。

從商品開發者（楊程）和企業金主（馬若）對商品的不同態度，也再度證明了一件事，商品不過是被賦予各種象徵意義的產品，是為了成就資本家獲取利潤的手段之一。而當越來越多的商品都開始建構自身的象徵意義的時候，我們將會迷失在廣告所建構的眼花撩亂的符號世界之中，而人們的消費欲望就被這些符號象徵所激發，催眠自己需要購買各種欲望中的事物，彷彿擁有了這一切具有美好意義的商品，人生才得以美好，而如果人沒有理

[41] 黃凡，〈皮哥的三號酒杯〉，頁174-175。

解這些意義其實和商品本身並沒有實質關係的話，就會落入消費文化所製造的巨大黑洞之中，無法逃脫。在〈皮哥的三號酒杯〉中，黃凡將這個充滿符號的消費黑洞，以具體的形式表現出來：

> 綠霧彷彿有形之物，跟著以餐桌為圓心緩緩地旋轉起來，皮哥耳畔的噓聲逐漸加大，並且感覺到整個人一寸一寸地被似在沸騰狀態中的酒杯吸入，於是慢慢地，皮哥的心靈跨越了時空的障礙。
>
> 在恍惚中，皮哥覺得自己正在縮小，縮小，身體的重量隨之消失，最後，突然之間，他開始上昇，隨著漩渦旋轉，漂向渦心。
>
> 一種毛骨悚然的感覺取代了失重的輕鬆，皮哥聳立在酒杯中的上空，他的靈智正在抗拒直墜杯底的誘惑，在那裡綠霧和微微的火光迴旋著、追逐著，彷彿在跳著一種奇異的舞蹈，隨伴著陣陣低柔的、呼吸似的樂聲。
>
> 「來吧！皮哥，加入我們，加入杯中的奇妙世界，加入神秘、加入永恆，來吧！皮哥，來吧……」。[42]

二、資本、階級與靜止的城市空間

> 他想開燈，但試了幾次開關，一點用也沒有，顯然這個東西壞了。水龍頭也是同樣情況，崔安志搖搖頭，難道飯店老闆知道他們付不起房錢，把所有這些都停了不成？他把臉轉向浴缸，最後一線希望。就在這一剎那，眼前的景象

[42] 黃凡，〈皮哥的三號酒杯〉，頁200-203。

> 使他目瞪口呆：在蓮蓬頭下，一大串晶瑩的水滴像夜晚的星星一樣懸在半空中，這些水滴吸收了房問裡斜射進來的陽光，造成一副妖異的、美麗的圖相。崔安志伸出顫抖的手抓向那串水，果然是水沒錯，他看著掌上滾動的水珠，嘴唇喃喃動著，這些水不再聚合一起，反而像彈珠一樣在掌中滾動著。[43]

在〈你只能活兩次〉這篇小說裡，黃凡將整個世界的時間停止下來，製造了一個只有兩個人在此間活動的新世界。男女主角試圖在飯店自殺，然而並沒有成功，接著發現房間的時鐘和手上的手錶都停止轉動，浴室蓮蓬頭下噴濺而出的水珠，像是星光一般懸浮在空中，飯店侍者、數十位旅客以維持各種姿勢靜止不動，外面的世界「沒有白天、沒有黑夜、沒有風、沒有雨」（〈你只能活兩次〉，頁16），路上的行人都像是塑像一般的站著，所有的一切像是從來不曾動過一樣停止在這個新世界之中。而他們也能夠在百貨公司和商店中隨意拿取自己想要的珠寶、食物，甚至可以——在別墅主人一家都不會動的情況下——住在有人的別墅裡面（11-28）。

在討論〈你只能活兩次〉中的空間敘事之前，我們可以較為關注男女主角的身份，從小說中的描述上看來，應該都屬於中產階級的人，而男主角在這個階級中，不論是在文化與經濟資本上都遜於女主角（及其家庭）的位置，但是不論是男主角或是女主角，看來都並非屬於文化的宰制階級，沒有主導社會（好的）品味或是消費高級商品的能力，而是嚮往上流社會的文化品味的中

43 黃凡，〈你只能活兩次〉，黃凡，《你只能活兩次》（臺北：希代書版，1989），頁12-13。

產階級，但是由於本身資本不足，只能望之興歎。時間靜止之後的世界，在某種層面上，消除了不同階級間的資本限制，男女主角在此時，可以自由的「消費」（因為時間停止，不再需要累積資本以獲得）他們原先無法取得的商品，而整個世界也因此成為一座「生活方式」的百貨公司，男女主角可以在這個時間停止的世界中，任意「體驗」、「模仿」不同於他們原先社會位置的生活。

> 他們進入市區裡最大的百貨公司。
>
> 要什麼就拿什麼，兩個人在各個部門鑽來鑽去。
>
> 「慕梅，妳在那裡？」崔安志喊道。
>
> 「珠寶專櫃，」劉慕梅回答，這時候她的身上穿了二件貂皮大衣，腕上戴了三只勞力士錶，每根手指都有一顆鑽戒。
>
> 「妳在幹嘛？」
>
> 「你看看，我像不像伊莉莎白泰勒？」
>
> 「像，尤其是手。」
>
> 劉慕梅學著伸展台上的模特兒轉了起來，現在她是富豪中的富豪，女人中的女人。
>
> 大城市的富足使他們暫時忘了海邊，他們總是又跳又笑地穿梭在大商店以及遊樂場所，累了就下榻於五星級飯店的總統套房。[44]

上述這段引文中，若我們將劉慕梅的身體各部位視為被分割的空間，從身體、手腕、手指等不同的空間位置，都因著這個社會場域限制的暫時消失，而有了（至少在外在物質上）成為上流

[44] 黃凡，〈你只能活兩次〉，頁19。

階層的樣式，身體覆蓋了貂皮大衣，手腕穿戴了勞力士手錶，手指上則戴滿鑽戒，讓自己的身體成為了各種高級商品的陳列架，滿足了他們的欲望（奢望上流階級的生活，想要更多更好事物的欲望），而這些分類的商品也會放在百貨公司中（依照身體部份分門別類的）不同的空間之中，只要消費者擁有足夠的資本即可擁有這些讓他們更貼近上流階層的生活風格。我們知道，百貨公司是資本主義產生後出現的空間設置，百貨公司的存在讓原先只有某些階級享受的奢華物件，變成了能夠以金錢購買的商品，百貨公司所販賣的不再只是商品，更是中產階級的生活方式。因此中產階級的自我認同，開始由所購買穿著的各樣商品所建構，「消費成為創造理想化性別與階級身體形象的主要途徑」[45]。但是這樣的模仿終究無法改變他們自身的慣習。我們可以在之後的情節中，發現男女主角在盡情享用這些上流社會才有能力使用的消費模式之後，卻陷入了倦怠之中，甚至為了男方原先在經濟資本上的匱乏（也是因為這個原因，讓女方家長無法接受男方，間接導致男女主角的殉情），再度起了激烈爭執[46]。

為什麼當不再缺乏資本並得以改變生活之後，還會為了原先的較低的場域位置爭吵呢？照布爾迪厄的說法，這是一種「滯後效應」（hysteresis effect），而這種「滯後效應」帶來的結果就

[45] 張小虹，〈百貨公司遇見狼〉，收於張小虹，《百貨公司遇見狼》（臺北：聯合文學，2002），頁183-184。

[46] 按：「『我們沒有生活意義了，我們不知道為了什麼活下去。』／『我們不得不這樣，』崔安志安慰她，『妳記得從前那些遭人輕視的日子，妳父母認為我是個廢物，不准我們來往，這是什麼時代了，還有這樣的父母親』……『我原來以為妳是個意志堅強的女人，想不到——。』／『我媽說得沒錯，你是個懶散、永遠安於現狀的男人。』／『天呀！這是妳的真心話，』崔安志重重摑了一下自己臉頰，『妳既然知道我不長進，為什麼跟我一起死？』／『我可憐你。』／『什麼！妳再說一遍！』／『我何必聽你的。』劉慕梅賭起氣來。／崔安志怒氣終於爆發，他擲碎一只花瓶，然後奪門而出。他聽到背後女人的叫聲，反而加快腳步。」。引自：黃凡，〈你只能活兩次〉，頁22-23。

是慣習[47]。「慣習」是指一種認知結構，其產生受到個體所處的生活情境與環境條件影響，也就是所謂的不同階級會有著不同的慣習，而這種慣習將會被屬於此階級的個體所內化，慣習成為了個體可以參考的消費準則，舉凡衣著、舉止、談吐、思考模式等等，都受到慣習的支配[48]。以小說中的狀況而言，男主角顯然無法在他所屬的場域中累積較多的經濟資本，因此被女方家長視為「廢物」，而他選擇以自殺解決問題，顯然在他的慣習養成過程中，「逃避」成為他面對困難的唯一解答，所以即便獲得了原先所奢望的富有生活，仍無法改變他長年以來所養成的慣習，因此他再次選擇了逃避，成為一位粗俗（見下面的引文）的「漫遊者」。

> 他進入熙來攘往的商業區，沒好氣地踢倒幾個打扮得像飛車黨得傢伙，然後走進一家高級西餐廳。「婊子！」他對著一個打扮妖艷的少婦叫道……他注視著少婦的胸口，淺淺的乳溝和腰部的曲線……他這輩子從沒佔過女性便宜。但在這一刻，這個能夠為所欲為，而且不必承擔任何後果的一刻，為什麼不把手伸進這位女士誘人的胸部……於是他緩緩伸出手，伸向女士的胸口……。[49]

班雅明的漫遊者，並不會購買拱廊街、百貨公司等商品空間裡面的商品，他僅僅凝視著這些商品，以獲得屬於個人的街道體驗。但是在〈你只能活兩次〉裡面，由於時間停止的關係，崔安志所扮演的漫遊者角色，不但可以凝視所有的商品（連食用、

[47] 布赫迪厄（Pierre Bourdieu）著，宋偉航譯，《實作理論綱要》（臺北：麥田出版社，2009二版），頁158-162。
[48] 盧嵐蘭，《現代媒介文化——批判的基礎》，頁164-170。
[49] 黃凡，〈你只能活兩次〉，頁24。

穿戴那些商品的人也包括在內），甚至還能夠加以觸摸、食用、使用，而無須先行累積資本來交換這些商品。但是我們卻發現，當崔安志在時間靜止、能夠進入他平時所無法進入的高級西餐廳之後，並沒有如我們想像中試著要學習上流人士的行為舉止，而是帶有敵意的面對這些（動彈不得的）上流人士，這或也是長年受到輕視之後所導致的「滯後效應」之一。此外，從小說中的描述而言，我們可以發現，男主角雖然對眼前的（上流階層的）女士有強烈的欲望，但是他的理智仍告訴他不能這樣做，我們也看到他的內心是在掙扎的，但是最後卻逐漸說服自己這樣做沒有關係，反正不會有人知道，也不會受道任何法律的制裁，於是最後向自己的欲望妥協，內化的社會規範終究向本我的欲望投降。

筆者認為，這也是慣習的「滯後作用」帶來的問題，面對靜止不動（甚至還在座位對面的男子調情中）的貴婦，也許崔安志想起過去那些瞧不起他的人的嘴臉（還有其擁有較多資本的社會位置），想要藉由侵犯貴婦的身體，來報復長久以來在社會上所受到的歧視？所幸最後劉慕梅即時阻止，才沒讓崔安志做出無法挽回的憾事。

> 「相對論裡有一種『時空變換』的理論，也許我們陷入了某種扭轉的時區裡。」……這件事一定有不尋常的意義，他不斷想著……而且，當他仔細地觀察這些靜止的人類眾生相（一度他進入精神病院、監獄、以及一些暗無天日的地方去）後，他發現很多人比他更不幸，但他們仍有活下去的勇氣。「也許我不應該自殺。」他第一次泛起這樣的念頭。[50]

[50] 黃凡，〈你只能活兩次〉，頁32-33。

在這段引文中，我們發現靜止的城市空間，也讓崔安志有機會實地接觸（或者說觀看）比他更慘的人的遭遇，體驗他們的生活，真正的跨越階級（到比他更慘的暗無天日的地方去），我們也發現崔安志不再抱持著原先對有錢人與上流階級的敵意，而是開始反省自己過去的行為。我們也發現經過時間的流逝，崔安志身上的滯後作用（也就是慣習）逐漸減弱，崔安志逐漸理解如何在這改變其慣習，以適應這個新世界之後，他也開始慢慢改變（當然故事中他們即將誕生的新生兒也改變了崔安志的心態，劉慕梅也因此有了活下去的意義）。但是，故事的最後，劉慕梅順利產生一名男嬰，崔安志和劉慕梅赫然發現男嬰的時間也是停止的，原來只有他們兩人能夠自外於世界生存，其他人包括他們的孩子都還是在原來的世界生活，只是暫時沒有辦法運作。為了他們的孩子能夠好好的活著，崔劉二人決定再一次自殺，他們認為或許只有這個方法能夠讓世界轉動，才能拯救他們的孩子（〈你只能活兩次〉，頁33-35）。

故事到了這邊就已經告一段落，我們不知道世界是否因為他們的死亡而重新轉動，然而他們的故事讓筆者聯想到，作者是否也要藉此暗示唯有脫離消費社會，我們才能重新找到人的本質，也就是人生而為人的價值呢？故事中，兩人最初雖然暫時擁有了無盡的經濟資本，得以享受在原先社會中被視為富裕象徵的所有物品，然而他們還是沒有辦法脫離已經深植腦海的消費文化邏輯，也因此邏輯的餘孽大吵一架。而等到他們發現必須靠著自己的死亡，才有機會拯救他們的孩子的時候，他們才真正不再受到消費文化邏輯的捆綁，只是單純的希望孩子能夠好好的活著，而藉此得以脫離消費社會的宰制。

三、文化的商品化／符碼化空間

1980年代的臺灣社會，我們可以發現即使臺美斷交，美國文化的影響還是相當深遠，比方說美國流行文化中的迪斯可舞曲（disco）、美國電影與影集都是臺灣1980年代消費文化中的一環，許多現在我們稱為五六年級生的臺灣人也相當懷念當時曾經流行過的這些文化。當時的臺灣經歷過十大建設與推廣外銷等政治之後，正是一個經濟起飛的年代，但是由於仍處在戒嚴體制下，沒有自由的消費空間，美國文化正好成為臺灣民眾尋找自由的窗口，希望從中獲取對於西方消費文化、新科技的美好想像。面對美國消費文化成為我們日常生活的一部分，並且逐漸影響臺灣的文化產業的結果，作家們開始產生對於臺灣社會的焦慮，擔心在這種環境底下臺灣文化的處境，並試著用科幻小說的形式呈現他們觀察到的現象。

平路的〈驚夢曲〉[51]中，一位因為空難死亡的臺灣人，其遺體在美國美國密西根湖（Lake Michigan）被打撈上岸，藉由生化科技的力量而得到復活的機會。他醒來之後一心期盼能到臺灣，那座帶有他成長記憶的故鄉島國。等到他真正回到家鄉，才發現原來他所期盼看見的故鄉景象早已不復存在，所有的文化傳統、古蹟名勝全都被改造為商品或遊樂設施，整座島嶼被改造成了迪斯耐樂園一樣的娛樂景點，對此感到澈底失望的他，最後選擇跳崖自殺。因為他活著就是為了再見到熟悉的故鄉，而今這個願望是再也不可能實現了。

[51] 平路，〈驚夢曲〉，收於張系國編，《七十四年科幻小說選》（臺北：知識系統，1986），頁187-218。

我們可以從幾個不同的面相來分析這篇小說，其中一部份是「家園」與「情感結構」的問題，也可說是「地方感」的討論。在文化地理學的脈絡中，「家園」（home）是文本中一種深刻的地理建構，不論是重返家園或是遠離家園的敘事情節，「家」都扮演著相當重要的角色。而在現代的敘事邏輯中，我們發現小說情節會強調事情已經無法回覆原狀，而藉由在小說中重新建構「家」的概念，而能夠重新回顧那些早已失去的所有記憶與過往[52]。此外，班雅明（Walter Benjamin）曾經提及「記憶是以往經驗的媒介」[53]，假若我們試圖尋回逝去的記憶，我們必須在日常生活中扮演扮演考古學家的角色，去挖掘藏匿於日常土壤之中的記憶。因為記憶的隻言片語，或者說碎片般的意象，尤其是那些倍顯珍貴的回憶，我們必須去小心地挖掘這些容易被日常所埋沒的記憶[54]。而這也是〈驚夢曲〉的主角所嘗試去做的事情，然而他沒有想到的是，除了時間導致過往逐漸被遺忘，隨著消費文化邏輯的擴張，除了他內心深處的記憶之外，這片島嶼連一點過往的歲月塵埃也沒有辦法給他。

> 他記起來了，自己有過妻子與兩個可愛的孩子，住在那四季長春的島上，彷彿是綠蔭蔭的院落，市郊、公寓，公寓一樓種著夾竹桃與玉蘭花的院落……是的，他記得，記得，他一定要回憶起來。[55]

但是當他回想起這些記憶的片段之後，他必須面對這些記憶

[52] Mike Crang，《文化地理學》，頁63-64。

[53] 本雅明（Walter Benjamin），〈柏林紀事〉（"A Berlin Chronicle", 1932），收於本雅明著，潘小松譯，《莫斯科日記．柏林紀事》（北京：東方出版社，2001），頁221。

[54] 本雅明，〈柏林紀事〉，頁221。

[55] 平路，〈驚夢曲〉，頁194-195。

片段中的所有事物，在現實之中都不再存有的慘痛事實。返鄉的過程中，對於島國家原的意象不斷浮現，「那夢寐難忘的、一葉青綠浮在水面上的臺灣島」、「那蔚藍的海水」，以及那「中著夾竹桃與玉蘭花的院落」（204），所有美好的意象與植被氣味都逐漸現身，那是他難以忘懷的家鄉。歷史學家王明珂認為，記憶是一種集體社會行為，我們從社會中獲得記憶，同時也重組這些記憶。每個社會族群都有相對應的集體記憶，同時族群也藉由這個歷史記憶得以凝聚或延續[56]。而集體記憶也是人和土地有了「情感結構」（structure of feeling）的關聯後而產生的，而根據威廉斯（Raymond Williams）的說法，「情感結構」就是一個時代的文化，是一種在特定時代和地點對當代生活特質的感受，也是社會所有要素共同融合而成的結果。而這種情感結構，也就是「地方感」之所以能夠產生的基礎。對於本文主角而言，他的情感結構是建立在臺灣這塊土地，臺灣同時也承載了他對於家人的回憶與熱愛，同時連結了他生命中的大部分經驗。也因為如此，在返鄉的途中他才會如此雀躍。

> 那次出差，他本來並不想去。……那次出差，他的心意也只再挨過兩個月，暑假一到妻子便可以帶著孩子們與他團聚。最要緊的是帶孩子們去他們夢寐以求的「迪斯耐樂園」玩一趟，會是他們童年最多顏色的夢想。[57]

布希亞（Jean Baudrillard）在《擬仿物與擬像》（*Simulacra and simulation*）中將迪斯耐樂園視為美國價值的純化與微量化，

[56] 王明珂，《華夏邊緣：歷史記憶與族群認同》（臺北：允晨出版社，1997），頁50-51。
[57] 平路，〈驚夢曲〉，頁197-198。

是後現代擬像秩序的完美典範，迪斯耐樂園的存在只是為了掩蓋整個美國就是一個大型迪斯耐樂園的事實，也可以說迪斯耐樂園藉由擬像的方式，使不再穩固的現實秩序恢復安定[58]。沈乃慧認為平路的〈驚夢曲〉破除了布希亞的擬像之間的界線，讓擬像與現實完全融合而展現模仿物等於真實的後現代意象，同時也在小說中展現了平路因為對政治認同的不確定，而展現了對歷史書寫的焦慮意識，以及藉對於充滿垃圾山、河川污染、酸雨噪音的髒亂臺灣，表現出她對現實懷環境的焦慮。但是沈乃慧認為平路沒有在故事中說明混亂的臺灣如何變成了純淨的遊樂園區？內部紛爭不斷地臺灣如何達成共識，同意將臺灣賣給迪斯耐集團？更因此斷定〈驚夢曲〉的缺點在於過度簡化，邏輯運作粗糙[59]。類似的評論，王德威也曾經說過。

但是今天筆者研究的焦點並不在於這篇小說是否完美無缺，而是要探討平路藉由這樣的科幻空間（不問為什麼會變成這樣的世界）凸顯了何種議題，以及表露了她對於臺灣當下與未來情境的焦慮。平路的〈驚夢曲〉和上一節中黃凡〈皮哥的三號酒杯〉、〈你只能活兩次〉所反應的，同樣是對於1980年代中期以後將逐漸興起的消費文明的焦慮，不過黃凡那兩篇小說的重點，在於資本主義與消費文化邏輯與日常生活的關係，而平路的〈驚夢曲〉則是將焦點聚集於歷史感與傳統文化的喪失上，因此所要凸顯的在地情境比起黃凡而言更為具體。在〈驚夢曲〉中，臺灣所有地方都被去脈絡化，失去原先所具有的意義，宜蘭外海的龜山島被改造成賭場，玉山取代阿里山成為新的雲海觀景台，阿里山的神木不再神秘，乘坐巨龜即可觀看，甚至所有的原住民的祭

58　沈乃慧，〈島嶼的憂鬱夢境——評析平路的後現代臺灣意象〉，《花大中文學報》1期（2006.12），頁294-296。

59　沈乃慧，〈島嶼的憂鬱夢境〉，頁294-296。

典，如豐年祭、矮人記、月圓祭、人頭祭等等，都被轉移到蘭嶼舉行。

〈驚夢曲〉中的臺灣在所有歷史、文化都被去脈絡化之後，成為了一個「無地方感」的地方，同時也變成了消費邏輯掛帥的「通俗空間」。根據金儒農的說法，這種空間破壞了傳統的空間書寫，在一間空間描寫一種生活的空間形式，變為只在意能夠獲得多少商業利益的消費空間，而主導通俗空間的意識形態，正是來自於資本主義的空間生產邏輯[60]。我們發現當一切既有秩序完全被商業邏輯所取代之後，其深度不再，意義不再，而剩下的不過只是單純的金錢遊戲，遊客想看我們就給你們看，遊客不想看我們就想辦法讓你們想看，而在這樣的空間裡，對歷史文化以及地方記憶有著深刻連結的主角，自然無法忍受，更別提他同時也失去了家人的陪伴，自然倍感憂愁無法繼續在這已然頹敗的世界生活下去。

這種商品化的特徵，在1980年代的其他作品中也有類似的現象。平路在這裡也展現出對於價值庸俗化、文化商品化的隱憂。另外，小說中設定臺灣成為世界著名的觀光聖地，更是符合了「通俗空間」的概念。渡假是為了逃離日復一日的忙碌、單調的日子，同時也是為了獲得心靈或肉體上的滿足。也因此當他們獲得滿足的時候，並不會追究文化的「無深度性」，僅止於要求感官上的刺激。因此當臺灣文化被收編進入樂園的一環的時候，也正是臺灣文化滅亡的開始。換個角度來說，當臺灣進入全球化之後，臺灣文化的特色究竟是什麼？這些特色是真正的特色，還是吸引觀光客的官方賣點？這值得我們仔細思考。

[60] 金儒農，〈九〇年代臺灣都市文本中的空間敘事〉，頁38-39。

四、身份符碼化／商品化的未來空間

同樣以一次旅行作為故事主軸，談論文化無深度化議題的小說，還有黃凡的〈處女島之戀〉[61]。黃凡〈處女島之戀〉的男主角柯仰德是一名作家，正因為苦無靈感而決定出國旅遊，看看是否能夠發展一段美麗的戀情。然而他所選擇的所有旅遊地點，選擇消費的場所甚至和異性邂逅的模式，不過是藉由電腦資訊所提供的最佳地點與模式的建議下，做出的極為有限的決定。除此之外，為了成功談一場完美的戀愛，仰德不斷詢問電腦哪裡才是最佳邂逅地點，要怎麼樣安排才夠浪漫，因為電腦擁有最詳盡的藝文資料，能夠從小說、戲劇等文本中，找出適合的情節，提供給他參考（106-122）。我們可以發現他延續了平路〈驚夢曲〉將臺灣變成巨大的迪斯耐化觀光景點的概念，然而不同於平路所關注的，黃凡的焦點放在消費文化邏輯對個體與社會的影響上。

布爾迪厄認為差異是「權力形式或資本種類的分類結構」[62]，並透過個體所擁有的不同資本量，決定了個體在社會場域中所在的位置，並且藉此以能力或德性將階級差異正當化，用「象徵暴力」的方式維持自身所處的支配地位[63]。這樣的邏輯在中產階級中也是可行的，因為中產階級也受到集體意識的影響，將上層所建構的社會價值視為正常的社會價值，而在〈處女島之戀〉中，我們也能看見看對眼的兩人藉由電腦的輔助，不斷建構自身的美好形象試著讓對方對自己有好感（而這種形象的建構，我們從小

---

[61] 黃凡，〈處女島之戀〉，收於黃凡，《冰淇淋》（臺北：希代書版，1991），頁99-127。

[62] 盧嵐蘭，《現代媒介文化——批判的基礎》，頁171。

[63] 盧嵐蘭，《現代媒介文化——批判的基礎》，頁170-179。

說中的描述可以知道都是需要經濟資本才能做到的）。

小說中，當柯仰德在酒吧試圖邂逅女性未果時，電腦告訴他晚餐後再去一次，那樣邂逅機率比較高；在遇到一名來自舊金山的單身女性羅依娜之後，他和依娜互相聊天並互道晚安之後，電腦（以精密的統計數字）告訴他最近一年有46個戀愛故事是這樣開頭的，並主動幫仰德訂購了玫瑰花送給依娜，以及幫他報名依娜明天將會參加的環島觀光團；而當仰德擔心一路上會沒有話題的時候，電腦也幫他找來了三部在處女島拍攝的電影，讓他從中學習處女島的風土民情，果然讓他們的戀情迅速加溫。之後，電腦發現有人在調查柯仰德的資料，調閱查詢記錄之後發現申請者來自「舊金山劇作家協會」，仰德想起羅依娜也是來自舊金山，一查之下才發現對方也是一名作家，甚至和他一樣使用「吉祥七四七」協助創作。同時羅依娜也根據柯仰德的喜好，讓旅館服務生送來一瓶「巴里特甜香檳」酒（〈處女島之戀〉，頁111-172）。在這種狀況下，我們也不難想像在羅依娜的房間裡，她的「吉祥七四七」也同樣在為主人做好各種戀愛的準備工作，同時還能夠藉由資料庫中對方過往的作品內容，來推測對方的興趣喜好，因此表面上看來心有靈犀的靈魂伴侶形象，其實不過只是照著電腦所提供的劇本，在現實生活中上演浪漫的愛情戲碼而已。

消費者者所消費的不是物質本身的實用價值，而是被消費物和其他消費物之間的差異，消費者藉由這種差異以建構個人自身的品味風格。過去，如社會學家李維斯（Sinclair Lewis）曾經預告此種消費文化邏輯的來臨，而後在1980、1990年代被具體落實。自此，勞動者必須透過努力消費，讓自己不但在外貌衣裝上追逐時尚，也對文化風潮有所瞭解，而個人的人格似乎也是如此被建構而成[64]。在這樣的情況下，我們可以說個體其實是被消費社會所宰制的，個體的自我因為穩定的社會價值的流失，逐漸弱化成為一個無法自行定義的個體，必須靠著自身所消費與所擁有的物品來定義自身的價值。或許黃凡正是察覺到這樣的情況，因此在〈處女島之戀〉結局裡，他是這麼寫的，試圖瓦解或嘲諷這樣的文化邏輯：

> 房問內一片寂靜，柯仰德聽到羅依娜大大的喘氣聲，感覺到四壁問逐漸聚集的強大壓力。
>
> 「我，我作了改變我一生的決定，」羅依娜一字一頓地說，「我去做了一次最澈底的變性手術，拜現代整形科技之賜，這項手術是如此的迅速和有效，一夜之問，我發現自己竟然從百分之百的男人變成百分之百的女人。」
>
> 室內聲響全無，羅依娜豎起耳朵，傾聽是否有關門的聲音，然後她膽怯地問：「你還在嗎？你還會要我嗎？」
>
> 當然，柯仰德從背後抱住她。
>
> 「妳的遭遇打開了我塵封的記憶，」他的聲音彷彿來自一場奇異的夢境，「五年前我遭遇了可怕的車禍，經過一場整體整型手術，我變成了男人。」[65]

我們看見小說的最後，黃凡用了性別轉換的情節，告訴我們原來在這個科幻的未來空間裡，不只購買的商品、慣用的物品、旅遊的選擇變成了可供消費，以建構自身和他人之間差異的符碼，就連性別本身都變成了可以任意選擇的符碼，不管原先是何

[64] Don Slater著，林祐聖、葉欣怡譯，《消費文化與現代性》（臺北：弘智文化，2003），頁342-344。
[65] 黃凡，〈處女島之戀〉，頁126-127。

種性別，只要你願意就能成為另外一種性別。小說中的未來整形技術的高度發達，若非「女主角」羅依娜的自我告白，我們也不可能知道他原來的性別，同樣如果他沒有說出真相，「男主角」柯仰德也不會講出多年前他因為車禍整形成男性的過往。這最後的告白場面，澈底玩轉了故事中作者所刻意建構的柯仰德的「男性」形象，從在酒吧中展現的見多識廣的風範、隔天一早送花到女方房間、晚間在房間擺放香檳酒並佈置充滿玫瑰花等待女方來訪等等舉動，在這一瞬間全都變成了柯仰德為了「扮演」一個具有魅力的男性，所動員的各種符合社會中理想生活的符碼而已。而同時，也因為這樣的情節設定，讓這篇本來看似俗爛羅曼史的小說，成為具有社會意義的小說作品，讓讀者驚覺我們所處的世界，原來不過是藉由大量的符碼選擇而建構的，而當消費文化的邏輯建構之後，文化的本質也將會在逐漸符碼化的過程中失去原先所具有的歷史價值與意義。

本章小結

本章中筆者論述了1980年代臺灣，以資本主義逐漸侵蝕日常生活為主題的科幻小說作品，從威權統治、環境保護、廣告傳播、消費社會的文化邏輯等等不同層面，對即將來到的資本主義社會將會產生的弊病，以科幻小說的形式呈現想像的未來場景，目的正是在於藉此批判社會已發生的荒謬情境（諸如工業污染、環境污染、熱衷投機事業與簽賭的1980年代社會，以及逐漸內化為國民心靈的一部分的資本主義文化邏輯，提出他們的反思與批判。

筆者藉由兩個脈絡進行相關的分析討論。第一部份，從和社會現實議題密切連結的宋澤萊《廢墟臺灣》開始談起，討論科幻小說空間敘事的日常分支，筆者在閱讀中發現，上一章中黃凡、張大春科幻小說中的政治懷疑論述，在宋澤萊筆下變成了嘲諷被資本主義思維宰制的威權政府的手段，讓反烏托邦小說成為不僅是政治、也是環保的未來寓言。以及臺灣社會亂象藉由身為第一世界國家的美國被臺灣亂象同化，讓亂象變成世界風潮的諷刺情景（〈臺灣奇蹟〉）；或者當美國從政經霸主淪落到得依靠第三世界國家的想像（臺北最後的美國人〉），平路與黃凡的這兩篇作品同樣針對全球化議題進行討論，除了讓我們反思美國化帶來的問題之外，也讓我們能夠重新思考中心與邊陲的問題。

第二部份主要談論消費文化邏輯侵入的日常生活，在黃凡的〈皮哥的三號酒杯〉（1984）彰顯了商品透過廣告建構自身美好的附加意義，使消費者藉由購買商品獲得某種形象的自我認同的消費邏輯；黃凡〈你只能活兩次〉（1989）則透過一對在時間停止的世界中活動的情侶，凸顯消費文化邏輯早已深入人心，澈底宰制人類社會，而我們或許無力逃脫；以及在全球化迅速擴散的年代，不論是文化傳統與風景名勝全都變成去脈絡化的遊樂設施（〈驚夢曲〉），還是人透過大量的符碼建構自身形象，甚至連性別都成為可以選擇的符碼的未來世界（〈處女島之戀〉），同樣反應了對社會各種事物逐漸商品化／符碼化的焦慮。

透過以上兩個脈絡的分析，我們發現科幻小說的空間原來能夠反應的現實，不僅僅是國族神話的破滅，也能反應作家對於消費社會日常生活的批判，原來除了政治議題之外，我們的日常生活也充斥了各樣的符碼，而我們卻不得不藉由使用這些符碼以建構自身的形象，而或許終有一天我們會被過量的符碼所淹沒。而日常生活題材結合科幻小說的雙重特質，藉由「替代的現實」

（時空的疏離）讓讀者能夠去思考「當下的現實」（歷史的認知），也開啟了臺灣科幻小說的一條新的寫作面向。

第五章　性別與情慾：後人類未來的空間展演

[在Cyberpunk[1]科幻小說中]網際空間[Cyberspace][2]已經被概念化，就如同一個網、母體（matrix）、後設結構（metaverse），而且一般來說，就像一塊資訊建構而成的的地方，網際空間之地就像一塊非地方（non-place），因為實際上分離的人們就是能夠在那裡相遇，而且它在網際叛客小說中具體化。……然後網際叛客試著去「以實體與知覺的熟悉方式，重新界定無法察覺的電子時代領域」。網際叛客用熟悉的空間發展精緻的隱喻與類比語言，開始教導我們網際空間作為一塊地方的可能意義[3]。

在「國族」與「日常」兩個不同的空間敘事主題之外，臺灣科幻小說的發展到了1990年代又產生了新的變化，而主要的變化

1 按：Cyberpunk一詞在華文世界有「賽博龐克」、「賽博朋克」、「網路叛客」、「網際叛客」、「電腦叛客」等多種譯法，但筆者認為用「網際」、「電腦」等譯法，並沒有辦法展現「賽博龐克」的各類變體作品，且容易與現實世界中的「網際網路」產生概念上的混淆；而「龐克」本就代表一種叛逆的生活方式，並不需要特別改為「叛克」或「朋克」。因此為求詞彙一致，與避免概念混淆，除引用內容之外，筆者在本書中提及或引文中出現Cyberpunk時，都使用原文Cyberpunk。

2 按：或可譯為「賽博龐克」、「網際空間」、「網路空間」、「異度空間」、「電馭空間」等等，但是Cyberspace也能只在兩個人類個體的精神層面運作，並非通過網際網路（internet）交流；此外由葉李華、鄭運鴻將其翻譯為「電馭空間」，使Cyberspace和電氣相連結，但是卻忽略了Cyberspace有時並不需要駕馭電力即可運作，以上這兩種譯法，都讓Cyberspace喪失其多義性與延展性。同時「異度空間」除了可以指稱Cyberspace之外，還可以指稱傅柯提出的「異質空間」（heterospace），使用此種譯法可能會造成論述中的概念混淆。因此，與其使用這些既有的翻譯名詞，筆者認為直些使用Cyberspace原文，最能夠保留此詞彙的本質，因此筆者在論及Cyberspace時，均使用原文Cyberspace。

3 Tim Jordan著，江靜之譯，《網際權力》（臺北：韋伯文化，2001），頁37-38。本段引文中[ ]內文字均為筆者所加。

是「性別」與「後人類」議題的加入。而1990年代產生的科幻作品，開始偏向關注私領域議題，比如性別認同、情慾書寫等個人小敘事，而這些是過去張系國、張大春、黃凡、宋澤萊、葉言都等作家科幻作品中顯少提及的議題。紀大偉曾經這麼評論臺灣科幻：

> 自張系國以降的科幻寫作者通常只書寫異性戀關係，科幻文類的高度彈性並未使他們的性別觀念鬆綁，有些科幻文字反而比一般非科幻小說更具異性戀中心主義（Heterosexism）的色彩。[4]

這段話顯示出，臺灣科幻小說中普遍具有異性戀本位，同性戀、雙性戀、異種戀等設定都不會出現在這些作品之中。到了1990年代，臺灣文壇出現了洪凌與紀大偉兩位專治於酷兒文學的作家，他們的科幻小說充滿對於性別情慾的想像，而科幻小說所具有的高度彈性，讓他們能藉由未來高科技的科幻空間，進行他們思考上的實驗，並將結果呈現在讀者面前。他們的某些作品，也結合歐美科幻在1980年代產生的Cyberpunk元素，討論同性戀與性別情慾的議題，讓「性別」議題的討論空間更加寬廣，如紀大偉〈膜〉中的女女愛戀，〈他的眼底，你的掌心，即將綻放一朵紅玫瑰〉中男性主角與自身異性複製體之間的異端情慾，以及洪凌《末日玫瑰雨》、《宇宙奧狄賽》中超越性別與（在數位世界中）肉體的精神愛戀，以及其中無性別生命體的設計，都展現了和和過去的臺灣科幻小說不同的性別概念與觀點，也可以說是

[4] 紀大偉，〈莫比斯環的雙面生活——閱讀洪凌科幻〉，收於洪凌，《肢解異獸》（臺北：遠流出版社，1995），頁13。

過去被壓抑的議題在1990年代浮出檯面的現象之一。

以往評論家與學者在談論到1990年代臺灣科幻小說時，通常會談論其作品中明顯的酷兒與後人類特質，如劉人鵬認為，這些作品藉由科幻場域所展現的「後人類」生存政治，已經超脫了1990年代婦女運動、同志運動等性別議題的討論，開展了一個性別議題的美麗新世界[5]。因此，筆者首先來論述「後人類」的概念是什麼，以及與「後人類」概念相關的科幻元素。後人類主義認為人類只是進化之路的中段，而能力被新技術增強到某個程度的後人類，雖是人類的後代，但是已經不再是人，是完成進化之後的人類，因此稱之為「後人類」；當人和機器一同進化，同時也消除了人類／機器的界線，賽伯格電子人（Cyborg）、機器人（robot）和生化人（Android）[6]都是後人類的表現形式之一。因此，後人類除了包括使用人造器的人類之外，也包含完全人造的產物[7]。

賽伯格（Cyborg，又譯「人機體」）這個名詞最早在1960年，由Manfred Clynes和Nathan Kline提出，是cybernetic organism（模控的有機體[8]）的縮寫，是結合機器與有機體的混種；而在這之後，哈洛威（Donna J. Haraway）運用這個概念，提出〈賽伯格宣言〉（"A Cyborg Manifesto"，1985），她認為賽伯格意象，不但可以突破人類／動物、人類／機器、自然／非自然的界

5 劉人鵬，〈在「經典」與「人類」的旁邊——1994幼獅科幻文學獎酷兒科幻小說美麗新世界〉，劉人鵬、白瑞梅，《罔兩問景：酷兒閱讀攻略》（桃園：中央大學性／別研究室，2007），頁161-165。

6 按：根據曹劍波、曹榮湘的說法，[賽伯格]電子人是透過機械或電子設備輔助或控制，有著一定生理機制的人；機器人是類似人，能夠按照指令或程序處理各種複雜工作的機械裝置；而生化人是用生物材料製成的類人形機器人。參考：曹劍波、曹榮湘，〈後人類主義理論述評（代序言）〉，曹榮湘選編，《後人類文化》（上海：上海三聯書店，2004），頁3。

7 曹劍波、曹榮湘，〈後人類主義理論述評（代序言）〉，頁2-5。

8 此處譯名採用哈洛威（Donna Haraway）著，張君玫譯，《猿猴、賽伯格和女人》（臺北：群學出版社，2010）中的譯名。為求一致性，內文均作「賽博格」。

線，也可以突破性別界線，是可以用來對抗二元論述的概念，正如哈洛威所言，「人機體想像能夠提出一條走出二元主義迷惘之路」，是「解釋我們的身體與我們自己的工具」[9]。賽伯格也是「後性別世界裡的造物」，代表著一個新的希望（尤其對於女性主義而言），藉由賽伯格的存在，我們得以想像一個沒有性別的烏托邦傳統[10]。因此，若人類都是賽伯格，那麼原先二元對立中的男性／女性的界線，或能因此變得模糊曖昧，而具有更多性別議題的討論空間。

除此之外，後人類主義還有一個重點，根據王建元的說法是「介面」（interface）[11]。介面是人與機器互動的共同空間，逐步捨棄物質外貌，讓不同型態的生命進入這個虛擬空間（介面）之中；當使用者進入此介面之後，便會成為和人機一體的賽伯格；而我們習以為常的人本主義主體，便會開始斷裂、去中心化，並以另類論述將身體改寫／改讀。另外，王建元也提及，此一「介面」具有一種內在混雜的特性，會在互動的過程中不停製造新的介面，並藉此建構一個後人類的全新世界[12]。而這個介面的具體呈現，我們能夠在科幻小說中找到，那就是Cyberspace。

以空間敘事的角度來看，1990年代的科幻小說最特別之處，就在於引進Cyberspace，屬於Cyberpunk（科幻小說的子類型之一）的科幻敘事空間。根據洪凌的說法，Cyberpunk一詞可以拆解為「Cyber-」、「Punk」兩部份，前者源自希臘文的Kubernetes（導航纜線），以及拉丁文的Gubernetes（掌控萬物

[9] 蘇建華，《科技未來與人類社會：從Cyborg概念出發》（嘉義：南華大學社會所，2003），頁62-66。
[10] 哈洛威（Donna Haraway）著，張君玫譯，〈賽博格宣言〉，哈洛威著，張君玫譯，《猿猴、賽伯格和女人》（臺北：群學出版社，2010），頁243-246。
[11] 王建元，〈前言〉，《文化後人類》（臺北：書林出版公司，2003），頁5。
[12] 王建元，〈擬真．介面．電子天神〉，《文化後人類》，頁30-31。

的至高權柄）的雙重意含，加上Punk（龐克，對媚俗體制的叛逆態度）所組成的新詞彙，而經過語意的變化之後，Cyber演化成「神經網路」的含意，當電腦網路興起之後，Cyber又變成了存在於電腦與電腦之間的異度空間[13]。

Cyberspace一詞，最早由吉布森（William Gibbson）在1984年提出。吉布森的Cyberspace，是個能夠整理世界所有資訊，有形體與無形體的意識都能夠進入的世界，而這個空間提供能夠操縱資訊的人（比如專業駭客或大型機構）某種網際權力。此外，吉布森的Cyberspace是一個「人類知識總和的四度空間再現」，可以被視為一個可體驗的「虛擬真實」，而這個網路空間是一個持續運作而沒有端點的電路結構，或以摩天大樓或是交錯的線條的樣子呈現。而這個空間更可以討論靈魂不朽的問題，正如吉布森所說：「矽不會耗盡；微晶片是能夠不朽的」，是讓人的意識不朽，只要將意識上傳到Cyberspace，人就可以永不滅亡[14]。

洪凌認為Cyberpunk的產生，和1970年代末期以來的後結構批評密切相關，「真實」被「超真實」所取代，比方資本主義的擬仿奇蹟，Cyberspace中的虛擬實境等符碼，「記憶與心靈澈底被後資本體制的精密鎖鏈制約」，Cyberpunk因此成為能夠反應此種現象的書寫形式[15]。在近未來的社會背景之外，人腦隨時可以連線進入Cyberspace，運用虛構的身份活動，在虛擬與真實的空間來回游移；部份小說更進一步，讓小說人物在此虛擬的空間之外，連真實的肉身都能夠更換，讓自我的性別認同得以在現實中具體實現。這正是科幻小說家得以發揮其想像力，對於性別認

[13] 洪凌，〈酷逆的超科技物種〉，收於洪凌，《魔鬼筆記》（臺北：萬象，1996.4），頁71；洪凌，〈異度空間的魔幻變奏：引爆後現代的科技荒漠〉，收於洪凌，《魔鬼筆記》（臺北：萬象圖書，1996），頁89-91。

[14] Tim Jordan著，江靜之譯，《網際權力》，頁29-41。

[15] 洪凌，〈異度空間的魔幻變奏〉，頁89-90。

同議題展開各種想像與討論的具體空間形式。本章中所論及的科幻作品，多半具有後人類的元素在其中，從女機器人覺醒的自我意識、被操控竄改的記憶以及肉身性別等等，雖然主要論述的是科幻小說中的性別議題與空間想像，但是其實都和後人類概念有所關聯，這也是本章會將後人類放入標題的原因之一。

以下主要將分為「曙光乍現：科幻敘事空間中性別議題的開展」、「堅固的都煙消雲散了：在全球化空間迷失的主體自我與性別」與「跨越邊界：跨種族、性別與時間的異端愛戀」三個小節，分析臺灣科幻小說中的性別議題的開展與賽博龐克、酷兒文學類型的引進，從女性自覺、女性主義反烏托邦到跨越當代性別論述的異端性別議題。第一節討論在1990年代臺灣文壇性別議題興起時，科幻小說所受到的影響以及迴響；第二節討論藉由Cyberspace所展現的資本主義對於個體身體乃至於自我意識的操縱與宰制；第三節則討論作者如何運用酷兒與Cyberpunk類型，討論逸出當時性別論述的後人類性別議題。透過這三個小節的分析探討，我們或許可以對這新一波的科幻小說形式有了多一分的瞭解，並理解這些科幻小說具有的時代意義。

第一節　曙光乍現：
科幻敘事空間中性別議題的開展

在臺灣科幻文學的發展脈絡中，張曉風的〈潘渡娜〉（1968）已經隱含著女性自覺的議題，作者卻未能深入探討（但若以女性活動範圍被縮限家庭空間這點而言，倒值得一談，本節中將會論及此點）。到了1990年代初，女性自覺意識終於在臺灣科幻小說中正式出現。平路的〈人工智慧記事〉透過身為女性的機械人，解構了女性之所以為女性的原因，認為「女性」的概念是被建構出來的。平路的這篇作品可以算是第一篇具有強烈女性意識的臺灣科幻小說，然而當時沒有引發關於性別議題的廣泛迴響。筆者認為平路科幻小說中的性別議題之所以孤掌難鳴，和當時臺灣科幻界仍著重於對大敘述的顛覆與批判（見本書第三章）的歷史情境有關，但是我們可以將平路〈人工智慧紀事〉視為在張曉風〈潘渡娜〉之後，一個「國族」到「性別」的轉折點，也是女性意識進入臺灣科幻的重要關鍵。

在這之後，1990年代出現的幾位臺灣科幻小說作者，如張啟疆、洪凌、紀大偉等人，並未延續平路所創造的一個探討女性自覺意識的小說工法，創作討論相關議題的科幻小說，凡而投入談論女性、酷兒、同性戀等性別主題的科幻小說，「後人類」主題在臺灣的產生，筆者認為可以說是臺灣科幻發展過程中的「二次文化翻譯」。並且開創了一個不同於1980年代以降的，以男性觀點關注國族、資本主義等議題的科幻書寫空間，同時也讓臺灣科幻小說出現了新的書寫方向。

一、當女人造人／機械人有了意識：科幻空間與女性自覺

在平路的〈人工智慧紀事〉[16]中，男科學家H發明了擬真人機器人「認知一號」，並且逐漸為「認知一號」加上性別條件，成為擬真人的女機器人。機器人本身是沒有性別的，「它們」只是人類用科學技術製造出來的機器。在小說中，認知一號逐漸被灌輸女性的思想，也就是說去塑造「它」的女性形象。這個形象

[16] 平路，〈人工智慧紀事〉，作於1989年，後收於平路《禁書啟示錄》（臺北：麥田出版社，2001），頁175-200。

並不是機器人本身自覺需要的，因為此時認知一號不但沒有女性自覺，就連生為機器人的自覺都沒有。但是這個機器人不同，它具有人工腺體以及各種感應器，能夠模擬人類的情感。同時也具有高度運算的能力，有智慧高人一等的潛力。

因此機器人已經被賦予了自我認知的可能，「它」不是單純的機械，而是會成長為類似人類，而更超越人類的物種。但是若要像人類女性，就必須加入許多限制。而在逐漸被塑造成女性的過程中，「她」[17]原先的自由發展的空間因而縮減，也決定了她在實驗室的冰冷空間中的相對位置（被造的物，又被設定為女性）。除此之外，社會還賦予女性應有的衣著、禮節等等各樣規矩，比方裹小腳的規定、女子無才便是德、夫死婦需守寡等等，女人原先具備的創造力、追求幸福的能力以及各項潛力，因此無法獲得發展的機會。

對照寫於1968年的〈潘渡娜〉[18]，我們也能發現類似的設定。故事描述科學家劉克用創造了女性人造人，賦予她生命、知識與各樣傳統女性應有的行為準則，比方「從起床到睡覺的伺候丈夫的要訣」（〈潘渡娜〉，頁37），教她吃飯、走路、說話等等儀態（37），因此不論是她的外貌或是思想，都是為了滿足男性需求而存在的，都不是女性自覺意識的表現。而在潘渡娜學會這一切之後，她依照劉克用的安排嫁給男主角張大仁，成為他的妻子，為他打點家裡的一切瑣事。另外，由於潘渡娜沒有生育能力，應該能夠脫離母親身份而具備完全的自主性，深入探究將會是相當有意思的議題。然而，故事的最後，女人造人覺得自己缺少了什麼成為人的要素、並因厭倦了自己的存在而死（56-

[17] 這裡改用「她」而非「它」，是因為「認知一號」已經被設定為「女性」，故此區別之。
[18] 張曉風，〈潘渡娜〉，原於1968年刊載於《徵信新聞報》（今《中國時報》），收於張系國編，《當代科幻小說選I》（臺北：知識系統，1985），頁15-69。

60），這引發了劉克用的感慨：「讓一切照本來的樣子下去，讓男人和女人受苦，讓受精的卵子在子宮裡生長，讓小小的嬰兒把母親的青春吮盡，讓青年人老，讓老年人死。……它們美麗，神聖而又莊嚴。」（67），〈潘渡娜〉的這種設定雖然只是按照她個人的宗教（基督教）觀點，希望藉由人造人的死亡，讓讀者重新思索創造新生命的自然偉大，但是就性別的角度而言，則再度將女性縮限在母親／妻子的家庭角色與空間之中。

若從空間的角度觀看，我們可以發現張曉風讓潘渡娜的活動範圍完全在「家庭」的空間之中。而「家庭」在過往歷史的性別空間建構中，是一個溫暖充滿愛與同情的地方，但是賦予家這些特質的責任卻落在女人的身上，成為女人神聖的本分[19]。此外，這種將女性與家連結起來的刻板印象，也將女性排除在公共領域之外，從而讓女性成為文化、性慾特質、國家結構中一個被隔離的附屬地位，而在家庭中受惠的卻是女人的丈夫、父親[20]。而男人（在東方和西方都一樣）並不被要求做到這些事情，僅需要享受家所能提供的情感與溫暖，而這也是一種父權體制透過建構女性刻板印象，並藉此對於女性進行宰制，並鞏固父權體制的安定。

回到〈人工智慧紀事〉，男科學家H不只製造了一部機器人，還有認知二號、認知三號等等。由於H必須選擇其中一號發表研究成果。而認知一號「希望H挑中的是我：認知一號」（〈人工智慧紀事〉，頁179）。在這裡，當然由於「它」目前是屬於研發階段的緣故，無法離開這個實驗室，也無法在沒有H的情況下生活。但是若以女性主義的角度來看，這也是一種女性

[19] Linda McDowell著，徐苔玲、王志弘譯，《性別、認同與地方》（臺北：群學出版社，2006），頁103-104。
[20] Linda McDowell，《性別、認同與地方》，頁23。

對男性依附的表現。當女性被社會體制限制她的活動範圍或社會地位，也會有類似的情況。當認知一號仍無法改變這樣的現狀的時候，她就是處於一個任人（男性父權）宰制的狀況。而對製造認之一號的男科學家H而言，在實驗室的空間之中，他是主宰者，是秩序的維護者，也是認知一號（乃至認知二號、三號等等）所依附的對象，從而H得以在實驗室中獲得「安適其位」的位置，實驗室中所有的機械人與實驗器材都在他的掌控之中，這或許同時也象徵著父權秩序的穩固。

> 波娃認為女人的生殖功能確實和她要發展及保持自我有衝突，而男人則否。因為透過精子，男人得以超越自我，創造新生命，但在射精時，精子已經離他而去，成為一個異己；因此男人在超越的同時，又恢復了個體性。女人卻透過外來物而受孕，她先被侵入，招來外來的房客，使她既是自己又異於原先的自己，這種異化是不發生在男人身上的。[21]

也許這能夠解釋科學家H創造認知一號之後，能夠保持自我的個體性。但是相對來說「認知一號」不但被設定成女人，而且還被迫接受科學家H（男人）輸入的各樣情報與訊息（精子），原先不具意識的機器人，成為異於原先自己的自己，這種情況是相當類似的。如果擴大一點來解釋，或許可以說H（男人）將自己理想中的一切強加在「認知一號」之上。而認知一號將H視為將「她」完成的「造物者」，因為沒有H，就不會有這個身為女性的「她」的存在。而身為被造物的「她」，卻因此無法脫離

[21] 鄭志慧，〈存在主義女性主義〉，收於顧燕翎編，《女性主義理論與流派》，頁97。

H，恢復原有的個體性，成為H的私有物。

但是，當認知一號的愛情意識產生之後，一切變得不再相同。對於和其他B（測試員，人類女性）打情罵俏的H，「她」的內心產生了傷心與嫉妒的感覺。

> 望著H與B調笑的親暱，一陣從所謂有的感覺（什麼呢？）湧上來，從我心底隱隱竄升，到拇指尖、到咽喉，然後到我顏面上的三叉神經……我閉上眼睛，我可以想像H的手在B身上不老實地移動（他在做什麼？）而我這那奇特的感覺又從顏面、從咽喉、從拇指尖匯聚到我心底層最幽闇的角落。……我的淚腺突然觸動，眼淚嘩啦啦地滾落下來。[22]

為了要成為人（也是女人），H為「她」輸入了H製造的童年記憶。H認為「人的『存在』不過是一種意識，『性別』無非另一種意識」（185），這樣的概念建構出的人工智慧，似乎和西蒙．波娃在《第二性》中所說的，己／他之別，也就是男人一開始正名自己為「己」，女人為「他」。為了男性保持自由的需要，女人被貶低為只為自體存在。女人因此受制於男人，甚至將男尊女卑的觀點內化成為自己思想的一部分[23]。這也和Buhle所理解的拉岡女性言論：「女人，總而言之，是男人建構出來的，是他的閹割情結的產物。」[24]有雷同之處。在意識到這種建構之後，認知一號體認到，隨著「我」的建構、「性別」的建構，自己的限制越來越多，「H在開啟我一重重意識的同

[22] 平路，〈人工智慧紀事〉，頁183-184。
[23] 鄭志慧，〈存在主義女性主義〉，頁96-97。
[24] 劉毓秀，〈精神分析女性主義〉，收於顧燕翎編，《女性主義理論與流派》，頁193。

時，豈不正一項項地加給我諸多的……限制？」（185）而這種意識的產生，正是女性自覺的開端。

而當認知一號重新認識到加諸自己身上的性別位置，不過是造物者（男科學家H）強加給她的限制之後，她開始在腦海中想像自己的各種可能面貌，最後凝聚出一個L，並且不斷想著她的秘密愛人的身世、他們如何相遇的種種情節（194-195）。在這裡我們可以發現，當認知一號的人格逐漸建立，同時智慧也逐漸能讓她認知到自己的機械人本質之後，此時她的意識是人類而身體是機械人，一個無性別的賽伯格於是誕生了，而透過這樣一個沒有性別的人機混合體（連她的秘密愛人也沒有提及其性別，最後甚至幻想著L在她的子宮中誕生），我們或許看見了跳脫性別刻板印象的契機，這也是賽伯格所能給予我們打破性別二元對立的力量。

因此，當認知一號逐漸發現，H對她的愛情不過是在她的身上找尋H自身的倒影，而因此逐漸在愛情上離棄她的造物者，甚至在H對認知一號傾訴H對她的愛意的時候，反唇相譏道出H的愛的真相，「你只愛自己，愛戀那酷似你自己的部份，換句話說，很有限的部份，說實在的，你尚且不能理解我，又怎能妄言愛我？」（196），最後在H不斷地糾纏之下，認知一號用了最直接的方式拒絕H：「像你對我的愛情，其中有不少程度上是在——自瀆」（196）。在H受到認知一號在邏輯上完美無缺的反唇相譏，同時也是男卑女尊（或者造物者和被造物地位）對換的時候，H終於無法克制心中「自我」被「他者」侵犯的恨意，試圖破壞「她」的身體結構，將她還原為破碎的零件：「『我可以拆解你——』H絕望地喊道。……他目露兇光地望著桌上己把螺絲起子，拿了十字形的一把，H向我一吋吋逼近過來」

（197）。

同樣，我們可以用文化地理學的角度觀看H的行動。對於H而言，他所能夠精準掌控的實驗室空間不再被他所掌握，原先應該照著H設定的各種程序而行動的認知一號，居然有了自己的意識，甚至對於他「愛的傾訴」反唇相譏，於是在這個實驗室的空間中，原先「安適其位」的事物（認知一號），現在變成了「不得其所」的、應該被摧毀的事物，彷彿只要毀滅了認知一號，實驗室中的一切都將重新回歸正軌，H可以再一次重返他身為造物者的身份，而不受智慧顯然已經高過於H的認知一號的輕視，然而H卻因為自以為是造物主的傲慢，沒有意識到機器人力量比人類更大，而終究被試圖自我防衛的認知一號失手掐死（197）。

當認知一號具有力量的時候，H（與他的螺絲起子）這股試圖破壞她的力量，因此不再具有威脅性，甚至「她」能夠對抗甚至毀滅這種力量。然而這樣的毀滅僅限於單一男性對象，假如當這種毀滅澈底的在社會實際執行，那又會如何呢？接下來筆者將要討論張啟疆的科幻小說〈老大姐注視你〉，或許正因為張啟疆身為男性，所以才會有這一層擔心與思索，並因此創作〈老大姐注視你〉這樣的女性主義反烏托邦文本，試圖表現女性主義和極權監控社會結合之後的社會情景，並藉此表達他內心的焦慮。

二、當情慾被視為罪惡：監控心靈的反烏托邦

張啟疆〈老大姐注視你〉[25]中，借用了歐威爾（George Orwell, 1903-1950）《一九八四》（Nineteen Eighty-Four）所建構的極權監控社會，作為整篇故事的背景架構。然而不同的是張啟疆所

[25] 張啟疆，〈老大姐注視你〉，《幼獅文藝》483期（1994.3），頁10-26。

建構的這個世界，又加入了「Cyberpunk」的敘事空間，讓此篇作品的科幻空間有了新的意義。在這個世界中，每個男性個體頭部均安裝微感電腦系統「知心伴侶」（〈老大姐注視你〉，頁11），能夠阻止男性個體進行對女性裸體的想像（電腦會自動將畫面加上衣服）（15），並藉此監控個體的思想內容，若有不當的思想（本作中是情慾幻想）出現，將會受到嚴厲的刑罰（24）。故事主角是一名警探，正在追查「聊齋館」命案的兇手，透過頭部的微感電腦，他能運用電腦的「交流功能」與「文字解碼功能」，調查分析存放在網路上的相關資料，我們可以輕易察覺這是一個高度資訊化、數位化的世界，一個Cyberpunk樣貌的未來世界。

筆者認為，張啟疆的這篇小說似乎展現他對於女性主義（部份較為激進的派別）的恐懼情感，因此對於女性主義展開不同的思考：當女性主義最終取代了男性當道的社會之後，最初社會上對婦女的歧視，會不會被轉移成社會對男人的歧視？在這個思考脈絡下，然而不同的是，作者建立了一個女性主導的未來社會，整個社會的性別權力結構被翻轉了過來，成為弱勢的男性甚至因此成立男權促進協會。而整個社會的性別養成也相當特別，所有個體被分為「白領」與「藍領」兩個層級：「藍領」屬於未進化完成的男人與女人；「白領」則是進化完成的人類。身為白領階級的男性，在七歲的時候被送入女校接受後啟蒙期教育，目的在於「道德養成」（19-20）。養成什麼呢？筆者認為這有點類似於基進女性主義學者曾提出的「陰陽同體化」概念，她們認為婦女所受到的壓迫，來自於母親角色、愛情、家庭、生育等等，因此當性別關係不復存在之後，也就是當陰陽同體化之後，男性／

女性之間的位階與壓迫問題即可獲得解決[26]。雖然作者沒有正面說明，但是小說中的所描寫的道德養成過程，諸如將男性送入女校就讀，試圖在心理層面上消除男性、女性之間的差異，使得男生、女生在心理上都成為陰陽同體人，藉以達成解除婦女壓迫的需求其實頗為類似。

除了在道德養成中消除男性和女性的心理差異之後（或者可以說以教育閹割父權中心的思想），統治者更試著消除男性對於女性的情慾想像，而這點能透過微感電腦澈底執行。正如前文提及，所有男性個體都有專屬的微感電腦，能夠將男人腦海中的性幻想畫面完全遮蔽。各種能想像的情慾畫面，電腦都會將之加工處理，即使個體幻想即使幻想剝去包覆女體的外衣，所見到的仍是：

> 一塊飾以流蘇的薄布，經由繪圖修正的紫色乳房、神秘如花瓣縮放的摺覆器官，赤裸時寂靜的三角形……在在對我構成大禍難解的象形字母。在赤裸的瞬間，裸露本身也不見了，我不敢逼視的女體突然恢復了盛裝。[27]

在這段文字中，我們發現女性乳房與私處成了神聖不可侵犯的領域，任何男人都不被允許踏入此神聖領域，窺視女性的身體。至此，本篇小說中所呈現的這種現象，將所有男性屏除在外，甚至連夫妻之間，也無法窺看女方的身體私密處。我們發現，張啟疆的這篇小說運用「Cyberspace」，讓情慾得以自男性腦海中消滅，所有的女性裸體不再具有情色意含，單純作為一個

[26] 王瑞香，〈基進女性主義〉，收於顧燕翎編，《女性主義理論與流派》，頁131。
[27] 張啟疆，〈老大姐注視你〉，頁316。

異於男性的身體存在，讓女性裸體成為了藝術作品一般崇高的存在，過去在父權體系中出現的「物化」、「膚淺化」、「肉慾化」女性不復存在。「Cyberspace」成為這個世界的交流管道，讓男性和女性能夠在肉體零接觸的狀況下進行交流，同時也將「Cyberspace」所隱含的「操縱」意含結合反烏托邦的監控體制，讓情慾全面封鎖的世界得以成型，女性也能從這些枷鎖中獲得解放，讓化妝打扮不再是為了取悅男性而存在的行為。

同時，為了澈底根除對女性的母性枷鎖，與維持男性想像中女性的聖潔，統治者藉由生化手段生育新個體，將「母親」的概念與形象模糊化。母體孕育下一代的過程被拆解，「保育箱、輸送帶、人造羊水、智慧型合成乳」（18），個體對於母親的印象也被轉化，母親是「蜂巢般的子宮房，蟻穴似的育嬰室，培養皿、胚胎液、細胞粒線體、激素、不斷改良的荷爾蒙……。」（17），「怎麼都不像『她』，而是一個『它』或『祂』」，成為支離破碎的一種「聲、光、形、構的連鎖，殘破的人體形象」（17）。在這裡我們看見，整個孕育新生命的過程，變成了一條像是汽車（或其他事物）生產線的工廠空間，正如哈洛威所說的「三個關鍵的界線瓦解」其中一項，人－動物（有機體）與機械之間的區別被模糊化了[28]。而透過這樣的空間設定，我們似乎無法再分清楚人類與機械之間的區別，而人類終究從出生（機械化的人體生產線）到成長（在體內植入知心伴侶微電腦系統），變成了澈底的後人類、賽伯格。而所有與人類生殖、性慾有關的一切，都被澈底封鎖在神聖領域內，至此，女性身體原本的繁衍功能被抹除。女性在社會中的地位也因此改變，因為社會價值中女性必須養育兒女的觀念，已經不復存在。

[28] 哈洛威（Donna Haraway）著，〈賽伯格宣言〉，頁247-250。

小說中，婚姻制度雖然仍然保留，但是是由政府「指派」男性與女性成婚，這名女性將會成為該名男性的「法妻」（法定妻子），而夫妻間只能通過影像與聲音交流，無法進行身體的接觸，讓上述的理論在小說中成為了現實情境。男性若無法符合規定，試圖與妻子進行肉體上的接觸，將會受到法律的制裁。透過小說中「知心伴侶」（植入人腦中的聯感電腦）裝置，政府得以藉由「知心伴侶」窺看每個人的內心想法，透過這樣的技術，在意識中想過的所有事情，都會有著記錄。只要留下了這個記錄，個人從小到大的瑣碎片段全都無所遁形，社會的監視因而更加全面。也因此，「意淫罪」成了能夠判定有罪的罪狀之一，小說中提及「凡是在觀念中涉嫌與他人身體交媾或從事不當接觸或幻想他人身體全部或部份者」（〈老大姐注視你〉，頁24）均會被冠上「意淫罪」的罪名。小說中提及一名十歲少年由於不斷在腦海中素描祖母的性器官模樣，因而被判有罪。然而理由卻是「因為現實上的不可能或不敢，愈顯示出其心可誅。」（24）尚未犯下的罪行就已構成犯罪事實，因此當時的人們應該是壓抑的、痛苦的，無時無刻都要注意自己的思想是否不純正。

傅柯（Michel Foucault, 1926-1984）曾在《規訓與懲罰》（Discipline And Punish）一書中提出「全景敞視主義」（panopticism），概念來自邊沁（Jeremy Bentham, 1748-1832）的「全景敞視監獄」（panopticon），此種監獄中心有（從外無法窺視的）監視塔，囚犯住在環繞監視塔的環狀區域中，每個人的房門都正對著監視塔，在不知道是否有人監視的情況下，囚犯會自我約束遵守規則。當全景敞視主義放大到整個社會之後，個體也會在同樣狀況中，將社會禁令與道德規範內化，成為一種

「自動施展的」、「能夠產生連鎖效果的機制」[29]，使得人們自動迴避任何違反禁令的可能。而在〈老大姐注視你〉中，透過微感電腦的功能，連心理活動都受到全面監視，對於監控者而言，任何人的心中將不再有秘密。由於內在、外在全然受到監視的結果，完全達到以最少的權力掌握者，管理最大範圍群眾的理想。透過這套監視系統的運作，社會中的男性自然會注意自己的思想，並努力壓抑內心的任何肉體欲望。

小說中，長年壓抑自身欲望的男主角，在欲望無法得到滿足的情況下，最後終於失控。在他和法妻的婚禮上，喝醉的男主角意亂情迷地在眾目睽睽之下，於虛擬畫面中剝光法妻的外衣，「蠻橫的翻、掀、摳、挖，壓上光潔雪白的『她』」（〈老大姐注視你〉，頁26），試圖探索被禁止窺視進入的神聖空間。然而最後卻發現，他所要找尋的真相依然是「不可見的」，他找不到妻的陰道，只能瞪著紅眼，愣視著「永遠答不出來的生命習題」（26）。那是對於母親之謎的追求，而非情慾的想望。同時我們看見，當極端的禁慾政策（特別是針對男性成員）結合無所不在的賽博空間之後，對於人類社會帶來的莫大傷害。

這樣的思考方式和作者身為男性似乎有所關聯。因為身為男性，因此會去思考當女權至上，並結合全面監控的極權社會體制的時候，是否會反過來對男性產生傷害與壓抑？假如說平路寫於1989年的〈人工智慧紀事〉是引入女性主義的科幻濫觴，那麼〈老大姐注視你〉就是再次運用並思考女性主義的不同面向的又一力作。筆者認為張啟疆此篇作品，並非要批評女性主義（畢竟大部分的學者都並非有如此激烈的主張），而是指出所有主義

[29] 傅柯（Michel Foucault）著，劉北成譯，《規訓與懲罰——監獄的誕生》，（北京：生活．讀書．新知三聯書店，2003），頁231。

（共產主義、資本主義等）如果結合上了反烏托邦式的極權統治、全面監控，往往都會帶來巨大的傷害；而從某個層面而言，我們或許可以說張啟疆藉由此篇質疑了「男性」、「女性」之間的差異是否為後天建構，在平路作品的基礎上對女性主義進行了新的思考而產生的科幻作品。而張啟疆在此時創作的此篇作品，正好趕上臺灣1990年代興起的性別議題，同時延續黃凡、張大春、宋澤萊等人使用的反烏托邦科幻元素，相當值得一提。

第二節　堅固的都煙消雲散了：在全球化空間迷失的主體自我與性別

在1994年的幼獅文藝科幻小說獎上，洪凌、紀大偉和張啟疆三篇涉及性別議題的科幻小說同時入圍，最後由張啟疆獲得首獎，洪凌與紀大偉分別獲得優選和佳作。[30]然而張啟疆在這之後並沒有再投入科幻創作，洪凌和紀大偉之後反而創作了更多的科幻作品，尤其洪凌更致力於科幻小說的創作。紀大偉除了短篇科幻〈他的眼底，你的掌心，即將綻放一朵紅玫瑰〉[31]收在《感官世界》（短篇集）以外，其他科幻小說多半收錄在《膜》（中短篇集）這本小說集中；洪凌則是創作了為數眾多的長短篇小說，《肢解異獸》（短篇集）、《異端吸血鬼列傳》（短篇集）、《在玻璃懸崖走索》（短篇集）、《末日玫瑰雨》（長篇）、《宇宙奧狄賽》（長篇）等多部科幻作品。從作品中觀察，張啟

[30] 按：張啟疆〈老大姐注視你〉獲得首獎、洪凌〈記憶的故事〉獲得優選、紀大偉，〈他的眼底，你的掌心，即將綻放一朵紅玫瑰〉獲得佳作。見：吳金蘭記錄，〈在科幻與文學的臨界點——「科幻小說獎」決審會議記實〉，《幼獅文藝》484期（1994.4），頁17-41。

[31] 紀大偉，〈他的眼底，你的掌心，即將綻放一朵紅玫瑰〉，收於紀大偉，《感官世界》（臺北：平安文化，1995），頁208-255；原刊於《幼獅文藝》483期（1994.3），96-112。

疆的作品或可視為建構一個女性主義的反烏托邦世界，對於1990年代興起的性別議題的一種反動，同時也不涉及同志戀愛的議題。而洪凌、紀大偉的科幻小說，是否因為寫實主義的小說敘事，無法容納他們超出當時議題的想像範圍，因而潛入科幻世界找尋可以書寫的空間，對於性別（特別是同志議題）進行各樣的思想實驗與身體考察？

紀大偉曾經引用1986年，美國同志小說選《另立門戶的天地：女／男同性戀的科幻／幻想文選》的序文內容：「身為女／男同性戀的我們，會在別人想像的另類世界找到我們夢想的投射。我們當下居住的社會無法容忍我們，可是另類世界可以支持我們的愛，支持我們在既有社會之外另立門戶的天地。在另類世界中，有冒險，有愛情，有刺激，而且說不定也有迎接外來的真正另類之道」[32]並且觀察了臺灣當時關於同志議題的小說作品，他們所選擇的「異空間」多半是外國，為的是在家鄉所不能容納的外國世界中，換取小說與議題開展的空間，而深受美國文化影響的臺灣，「北美洲」自然成了最多人選擇的空間位置，那麼如果不想以外國作為故事的舞台呢？科幻似乎成為了一個最佳的選擇。

科幻小說具有一個跳脫世界再看世界的特色，紀大偉認為「你必須要經歷脫離原來的空間、時間你才能去反省你原來的位置。比如說科幻小說，它就是脫離既有的時間空間，如此才能夠回頭來看我們當初所站的地方是什麼樣子」[33]，透過一個幻想的敘事空間，當所有的一切都變得不確定，性別的轉換成為日常

[32] Camilla Decarnin, Eric Garber, and Lyu Paleo, eds. World Apart: An Anthology of Lesbian and Gay Science Fiction and Fantasy. Boston: Alyson, 1986 ,p.9；轉引自：紀大偉，〈色情烏托邦：「科幻」，「臺灣」，「同性戀」〉，《中外文學》35卷3期（2006.8），頁32。

[33] 紀大偉，《公共電視紀錄片系列．文學風景．第八集、紀大偉》訪談紀錄，網址：http://web.pts.org.tw/~web01/literature/p8.htm

生活之後，同性戀或異性戀的差異就不再是需要討論的議題，白先勇《孽子》中的1970年代，同性戀不被接受、污名化，而到了現在只要出現愛滋病相關議題，肯定還是怪罪到同性戀身上，因此這種具有爆炸性的思想實驗（人體能夠自由變換性別，連記憶都可以存在晶片上移植到新的肉體上，甚至所有人都雌雄同體等等），自然必須透過科幻小說的敘事空間，一個超脫於現實世界的想像未來，才能澈底玩轉這些我們原以為固定不變的身體經驗。

在紀大偉〈他的眼底，你的掌心，即將綻放一朵紅玫瑰〉與〈膜〉兩篇作品中，當身體性別與意志記憶都能夠任意改變的世界裡，兩篇故事的主角，都成為了全球化跨國企業為了商業利益，不顧個體自由意志下的犧牲品，前者的一切記憶最終都被解構，在知道自己不過是被企業利用之後，憤而想要擺脫控制；而後者因為罹患絕症，只剩下大腦放在生化人體內生存，成為替企業維修戰鬥用生化人的維修員，而她所生活的世界只是母親為她建構而成的虛擬世界。兩篇作品中，作者本意或許是要藉由科幻空間呈現同志議題，討論身體、性別與情慾之間的議題，但是兩篇作品呈現的空間，筆者認為可以視為資本主義從人類的外在環境，進一步延伸到人類的內在精神與肉體的展現，以下將分別論述兩篇作品中呈現的科幻空間圖景。

一、比真實更真實：超真實幻覺與失落的自我

> ……SM企業和『帝國』EMPIRE公司一樣，是近年來興起的多角化經營企業。……新世紀的國家已經式微，新人類的命運主宰則是企業。各大企業激烈競爭，瓜分星系

內外的星球。可是，SM卻不投入這般殖民淘金的行列。因為，SM不佔據土地；SM，只佔領人的感官、心靈與夢境。……太陽系的物質一再減損滅跡，SM便不斷適時推出似真替代品、提供彷彿成真的經驗，譬如人造日光與人造牛肉……你該知道：能夠在一枚寂寞的星球上看到粉紅色陽光、吃到熱呼呼的漢堡餅，就是一般人的幸福！在這般難堪的年代，一般人實在無法固執地要求『真實』……[34]

從以上的敘述中，我們可以知道故事中所設計的未來世界，是一個由企業取代政府統治世界的未來，殖民地不再是國家所建立，而是由企業所建立的，世界的秩序已經澈底改變，有資本者才有統治的權力。同時，未來世界的「真實」已經不再重要，因為在物質逐漸耗盡之際，人類的欲望卻依然存在，因此SM公司開始提供和其他企業不同的商品，也就是「似真替代品」來滿足人類的幸福欲望，從陽光、食物到各式各樣的日常用品，布希亞所謂符號化的世界終於降臨，所有物品沒有其原先的意義。故事中也有提到，原來人工漢堡餅是由「再生紙壓製，並摻入蟑螂粉末和糞便以強化蛋白質，風味與質感與真實牛肉幾乎一致，但成本只達真品的一千二百分之一」（〈他的眼底〉，頁210），而人造太陽是SM公司出品能準確模擬陽光的SM牌「日光燈」。

過去，布希亞曾在《象徵交換與死亡》（*Symbolic Exchange and Death*）一書中提及「擬像」（simulacres）的三種類型，分別是文藝復興時代手工複製的「仿冒」（contrefaçon）擬像、工業

[34] 紀大偉，〈他的眼底，你的掌心，即將綻放一朵紅玫瑰〉，收於紀大偉，《感官世界》（臺北：平安文化，1995），頁210-211。

時代機械複製的「生產」（production）擬像與媒體時代的超真實「模擬」（simulation）擬像，在這個故事中所出現的應該是第三種，「模擬」的擬像。布希亞認為第三種擬像，是以一種幻覺的方式出現，以設計好的數位程式投射出物體的虛擬存在，形成一種「超現實」的存在形式，「存有」與「外觀」之間已經沒有差異，而看見這些擬像的人們，並不需要考慮符號系統的外在現實，只需要理解這個封閉的符號系統即可在世生存[35]。

筆者運用布希亞的概念分析這篇小說，我們可以發現除非被公司告知，否則無人知曉這些東西的原料為何（再生紙、蟑螂粉與糞便等），人們食用的其實是由上述原料構成的「漢堡肉符號」，經由此「擬像肉」作為媒介想像吃下真的漢堡肉，即便成份中沒有任何真實的牛肉。比布希亞所觀察到的數位化幻象來的更進一步，因為這些肉是真的可以食用，並非僅能以眼睛觀察得到的「虛擬實肉」。隨著主角在城市的螺旋街道遊走，我們發現一路上都有古柯鹼與海洛因的自動販賣機，敘事者告訴主角，SM公司所製造的迷幻藥「冥鏡」比這些毒品效果更好，是能夠「讓人獲得似真快感的感官工具」（甚至只要百分之一的劑量，即能讓人在空無一物的沙漠中「感受」綠洲之水的存在），卻因為主角服務的「單位」（小說結尾敘事者指出，是SM公司的競爭對手EMPIRE企業），讓大部分消費者不敢使用「冥鏡」，而主角正是來窺探「冥鏡」秘密的調查員（〈他的眼底〉，頁212-218）。

對於跨國企業發展出等同（或超越）國家所能運作的權力之後，人們將完全受制於企業，也可以說是資本主義全球化造成的

[35] 波德里亞（Jean Baudrillard）著，車槿山譯，《象徵交換與死亡》（南京：譯林出版社，2006），頁77。「波德里亞」，臺灣一般翻譯為「布希亞」。

影響，當人類生活的範圍擴大到整個太陽系的時候，殖民時代各國商人（如東印度公司）在新領地佔地為王的現象再度上演，甚至完全掌控了人類的感官與欲望的後果是相當嚴重的。而在紀大偉的另一篇作品〈膜〉中，也建構了一個資本主義全球化的未來圖景，後面筆者會再做分析。除此之外，這個世界除了人與企業的存在之外，萬物皆有可能是擬像，所謂的真實可能從來就不存在。

主角來到了SM公司的秘密俱樂部，由公司的公關菲菲出來招待他，敘事者告訴他其藉由「無限鏡」讓空間看起來寬敞，實則相當狹小的俱樂部中，其實有著專供有錢人吸食高純度的「冥鏡」的空間，而主角困惑懷疑的時候，敘事者告訴他「由地面進入地下室是由有限空間進入無限空間（筆者註：用「無限鏡」製造無限空間感受的空間），由地下室進入地下室進入地下室的地下室則是由有限的無限空間（同前註）進入無限的無限空間（筆者註：真正無邊無際的空間）」（230），於是主角想SM公司可能「也搭建了出一個地下是的空中樓閣，說不定SM還在這個星球的底層建造出一個地下都會」（230），敘事者不但破除了食物對主角的超真實擬像，此時進一步破除了空間的超真實擬像，試圖建構主角內心對於真假的識別能力，然而這卻讓所有的存在都變得不確定，讓人無法解讀什麼是真實，什麼是虛構。

當主角因為服用高純度「冥鏡」，想起過往被限於迷幻狀態的自己殺死的愛莉西亞，在俱樂部發狂鬧事，將一朵紅玫瑰插入SM公司員工的眼底之後，敘事者帶著主角逃離俱樂部，當迷幻效力減弱時，告訴主角所有的真相。第一個真相，原來主角不過是SM公司的兩名身為同性戀人的男性科學家瑞克．碟卡與羅伊．巴提為了延續生命，開始研究如何將其中一人的精子改造成卵子，結合另一人的精子，最後實驗成功的產物，名為「瑞羅伊克．碟巴提卡」（234-245）。

然而，上述研究產生的大量債務，導致兩人感情生變決裂，羅伊．巴提被敵對企業「帝國」延攬（也順便帶走了他們的「孩子」），開發巴提所提出的「冥鏡」草案，但最後還是由SM公司率先完成。在此之後，巴提除了研發出比「冥鏡」更有效的迷幻藥之外，同時也開始進行變性實驗，使瑞羅伊克具有自由變性的能力。多年之後，無能研發的巴提失勢之後下落不明，瑞羅伊克也因為服用了大量「冥鏡」失敗品之後中毒，在海邊溺水昏迷。瑞羅伊克因為特殊的變性能力，加上有服用「冥鏡」未成品的經驗，因此被「帝國」替換了基本的記憶，成為派去SM公司嘗試「冥鏡」完成品的最佳白老鼠（245-249）。

第二個真相，原來敘事者就是當年以自身與男性情人細胞結合，依此基因複製出主角的科學家，也就是主角的「生父」——創造者——之一，瑞克．碟卡。瑞克．碟卡告訴瑞羅伊克，自己目前已透過人體寄生的方式，遷移到瑞羅伊克的肉體之內，但是只能控制他的右半身，並沒有辦法控制整個身體的運作，甚至說出「就讓我們共享你的身軀吧」這樣的話。而知道所有真相的瑞羅伊克，這才知道自己腦海中不斷想起的，他內心深處的情人／妹妹形象，他所殺死的愛莉西亞，其實就是變成女性的自己，主角所愛的其實是自己的倒影，而自己不過是夾在兩大企業與其「生父」的陰謀之中的白老鼠（250-252）。無法接受真相的瑞羅伊克，終於失控發狂，「現在——我的左手指，輕輕撫摸左輪槍的扳機。冷冷的槍口底在背叛我的右手掌心上——我，要讓這隻手掌開花」（255），一朵血腥的紅色玫瑰即將綻放……

藉由主角對於自我身份的混淆，以及混淆之後試圖回歸他所認知的真正記憶的舉動，我們可以發現作者想要展現的不僅僅是一個肉身與記憶的男同性戀故事，而是主角面對「真實」時反而認為那是「超現實」的擬像，而真正的「超現實」卻被他當作真實的記憶的吊詭情況。法國學者布希亞（Jean Baudrillard）曾經提出「超真實」（Hyperreality）的概念，並用從「影像」到「擬像」的過程解釋「超真實」如何產生，他認為「影像」最初只是記錄、反應現實，到後來影響反而遮蓋扭曲了部份現實，並藉由扭曲的影像模擬現實的存在，而最後這樣的影像將無法反應現實，成為一個擬仿的「擬像」（simulacrum），也就是「超現實」，最後真正的人性也將在無法與現實接觸的情況下因此消失。對照故事中的情節，我們發現因為公司給予主角的「擬像」記憶太過真實，真實到取代了他腦海中本應有的記憶，導致主角無法接受他深愛的「她」其實就是自己本身，而試著消滅在他腦海中被視為虛假的記憶片段，與藏在他意識深處的他的創造者。而當身為跨國資本集團的企業能夠任意操縱「真實」與「超真實」，那們身在後工業資本主義時代的人們，將能何去何從？也許這是在自我意識、身體性別、同性戀愛等議題之外，作者所提供給我們的值得深思之處。

二、膜內／膜外：未來世界中被操控的個人身體與記憶

〈膜〉的主角是一名女性護膚師默默，由旁觀者的角度述說她的日常生活，直到有一天出現一位奇怪的顧客，默默追查顧客的行蹤，最後看見她不應看見的真相。這次紀大偉所運用的手法，不是像〈他的眼底〉一樣逐步破除主角對於「真實世界」想像，最後讓主角陷入瘋狂。而是仔細建構主角所感知到的真實世

界，並且透過相關細節的描述，讓讀者隨著故事的發展，逐漸理解並認識主角感知到的「真實世界」是如何運作的，包括城市本身的歷史背景等等細節，等到我們以為這就是故事的全部之後，作者將先前所建構的「真實世界」的架構全部推翻，並且告訴讀者關於「真實」的殘酷真相，而故事的主角並不知情。

〈膜〉的故事發生在21世紀，由於「臭氧層日漸殘破稀碎」（〈膜〉，頁16），「罹皮膚癌而死亡的個案數已經遠超過其他惡性腫瘤和腦血管病變的案例」（16），而各國政府開始找尋21世紀的挪亞方舟，讓人類能夠大規模移民，遠離日曬問題。最後，他們想起遠古傳說中的亞特蘭提斯，建造了巨大的海底城市，擁有防水防震的巨大強化罩膜，以確保居民的生命安全（16-17）。然而擁有武力的各國軍隊開始在海底進行領土爭奪戰，不時爆發零星的游擊戰爭，最後在國際公約的制衡下：

> 各國終究「按照比例」劃分海底領土了；只不過這個「比例」，不是指原來在陸地上的人口或土地多寡，而是指各國的政軍經濟實力，所以法國在陸上的領土雖比阿爾及利亞小，但地中海中的新法國卻是新阿爾及利亞的六倍大。廣大的太平洋有四分之三的面積是由美國、日本、中國三國佔據的，其餘四分之一的面積則大多分給松下、三菱、豐田、臺塑、任天堂等等等企業，而渺小的太平洋諸小島王國進入海水之後，被迫繼續保持渺小。[36]

在上一章中，我們觀察了黃凡與平路小說中對於資本主義與消費邏輯對人的宰制，在這裡我們看見了即使到了山窮水盡的地

[36] 紀大偉，〈膜〉，收於紀大偉，《膜》（臺北：聯經出版社，1996），頁20-21。

步，人類還是必須在資本主義的掌控下生存，國與國的領土還是看該國軍事與經濟實力，具有大量資本的企業也同樣能掌握相對一般人來的廣大的領土。金儒農曾經對此評論到，當貨幣市場成為世界的主宰之後，空間的形構將被取消重建，而歷史、認同也不再重要，因為只有金錢的力量能主宰一切，人類行為依循金融程序運作，空間的形式因此再度被固定下來。而紀大偉所建構的這個未來世界，雖然看似無法實現，但是這也證明了資本主義商品化與通俗空間的全球化，主導了人類對世界的感知的事實[37]。

而在〈膜〉這個故事裡面，由於上述公約的存在，各國乃至於企業決定如果不得已必須發動戰爭，「主要戰場將以陸上為主，嚴禁在水中動起干戈」（21），由於陸地有過量紫外線不適合人類活動，於是戰爭的主角換成了生化人，軍方只需要在海底城市遠端操控或是監視戰爭的進行即可（21），這也反應了即使各國「按照比例」分配完海底的土地之後，為了土地而產生的戰爭依然存在的事實，因此需要大量的生化部隊進行軍事防禦。由於軍火業多半民營化，除了專精戰鬥生化人製造的「ISM」企業之外，沒有任何國家有能力包辦從上游到下游的生化人製造流程，而「ISM」公司也因此成為新時代的軍火新貴（96-104）。然而「ISM」不僅僅是製造生化人而已，更開發出能夠記載生化人戰鬥經驗「膜膚」，藉此暗中留存各國生化部隊的軍事情報，雖然各國也謹慎防範情報外洩的弊端，卻沒有察覺「膚膜」的附加功能。這些長年累積的軍事情報，也將會是大型軍火商「ISM」的未來財源（104）。

因為操作「膜膚」的生化人雖然有高度人工智慧，但是操

[37] 金儒農，〈九〇年代臺灣都市小說中的空間敘事〉（嘉義：國立中正大學臺灣文學研究所碩士論文，2008），頁49-50。

作仍不比人類來得細膩，需要志願者提供活體人腦植入生化人體內，以輔助「膜膚」的安裝與資料解讀，但志願者可以說是沒有。而全身被「LOGO菌」感染，導致全身器官逐漸壞死，在10歲那年切除所有不堪使用的器官之後，只有大腦沒有被感染的默默成為他們的最佳選擇。在面對龐大維生醫療費用的壓力下，默默的母親和「ISM」企業簽了20年的契約，讓默默在不知情的狀況下為「ISM」工作，這期間的所有費用都由「ISM」負擔（94-97）。為了不讓默默察覺到自己身體的異狀，母親透過Cyberspace的虛擬實境，建構了另外一個不同的人生劇本，也就是說整篇小說前半部份，讀者都是在默默腦海中的Cyberspace漫遊，直到最後才發現事情的真相。從這裡可以看見資本主義不但成為世界的秩序，而且同時也是藉由資本的力量，讓默默得以繼續生存，即使是做「ISM」企業的不法工作，資本主義不但影響了人類的外在行為，更進一步入侵到個體的肉身，而人也更難以逃離企業對世界的掌控。

「ISM」企業為了商業機密考量、母親則是考量默默能安心成長，於是共同為默默在Cyberspace中建構了虛擬而又相當真實的日常生活，在那裡默默有她的完整身體和喜愛的護膚師職業（其實也是為了替戰鬥用生化人敷上膚膜的方便而設定的），在這一層面上默默所生活的世界其實是企業與母親為他設下的保護膜，讓只剩下大腦的她在不知情的狀況下，「正常」的生活下去。而默默的世界是仿造真實世界而建構的，和真實世界一樣是生活在人類必須在海底居住的世界，城市上空有著巨大的防水防震強化罩膜，因此「膜，是默默對這個世界的印象」，「看不見的膜，讓她覺得自己是一枚細胞膜包裹完好的水蚤，獨自泅泳海中。雖然海水包裹住她全身，卻沒有真正與她碰觸……」，

「就像仍然活在母體的羊膜之中」，「她甚至猜想自己不應該存活在這一個世界」，「應該活在另一個比較適合的時空之中」（3）。我們可以發現默默其實有感知到，自己和自己所在的世界的隔閡，甚至隱約覺得自己不是在這世界中活著的，而小說中對於默默生活的描述，除了母親、母親的友人富江，以及由「ISM」企業專員扮演的客戶之外，她幾乎沒有和其他人有深入交往，更遑論有什麼社交關係了，反應了她與這個虛擬世界的隔閡，而事實上在真實世界中她也是住在膜中，一個無法和外界接觸，只有大腦的「人」。

除此之外，「膜」的意象也在小說中不斷出現。母親的同性戀人伊藤富江（在Cyberspace中以默默顧客的身份出現，默默只知道富江是母親的朋友），一次對默默提及她的愛犬在地下室分娩，在來不及帶愛犬去獸醫院的情況下（已經生出來了），只好親自接生六隻身上包著羊膜的小狗，三隻剪開膜，三隻不剪開，最後只有剪開膜的小狗存活著，最後富江對默默說：「破膜而出的小狗，讓我想到你」，「妳就像是死守在膜裡的怪物哩！」（11-13）。或是百科全書中的記載，「地球就像是一顆蘋果，二十世紀的人類住在陸地上，就好比住在蘋果皮上面的那層臘的上面，而二十世紀的人類開始穿越那一層透明的臘，住在臘層與蘋果皮之間。海洋就像一層臘膜」（54）。這讓筆者不禁思考到，對於作者而言「膜」究竟是一種保護，還是一種窒息的愛？保護人類的海底城市罩膜、保護默默的Cyberspace罩膜、原本保護小狗最後卻讓小狗窒息而死的羊水膜，其實是兩個相反的意象，前面兩者是保護（或是欺騙？），而後者則是展現出「膜」的負面概念，「膜」是否將人與外界隔絕了呢？

對照紀大偉的訪談紀錄，我們可以發現原來科幻小說對作者而言，也是一道讓他能夠在「膜」的保護之內，進行性別、身體、記憶與欲望的多方試驗的敘事空間。「雖然當時寫科幻小說好像是不太負責的，可是我後來想想好處多於壞處，當時因為有科幻小說這保護罩把自己包起來，我才能夠非常放肆的亂寫。」[38]。直到現在同性戀逐漸成為一種社會上所認識的現象，甚至在演藝圈還很流行出櫃，有時候更能因此獲得更多的注意，然而今天假使真的有同性戀（特別是男同性戀）出現在我們周遭，我們的反應會有怎樣的反應？時至今日，社會上對於同性戀的恐懼依然存在著，20年前的1990年代可以想見情況應該更加嚴重，這或許也是他採取科幻小說進行創作的原因之一。

因此，「膜」的意象有了多層次的意義，第一層是小說中默默所在的虛構的Cyberspace之中，在那裡她是享有盛譽的護膚師，而不是只剩下大腦存活的默默；第二層是小說中，Cyberspace之外的真實世界，因為臭氧層被破壞導致地表無法居住，逃到海底世界中的人類城市上方的強化罩膜，是為了保護人類的生存而建構的；第三層是小說外邊，紀大偉為了替自己的作品添加保護色，用科幻小說的形式所建構的保護膜，讓自己的作品免於受到太強烈的攻擊與誤解。然而，對於紀大偉而言，「膜」除了有保護的作用之外，同時也是一種對於思想傳遞的阻礙，彷彿特別規劃出一個科幻小說保護區，讓某類議題能夠藉由科幻小說的掩護，成功的在小說中展現推演。但是如果跳出這個範圍，就必須面對各樣的批判與質疑嗎？在另一個層面而言，純文學小說本身即便是現實的，在某種層面上仍是一種保護傘，畢

[38] 紀大偉，《公共電視紀錄片系列．文學風景．第八集、紀大偉》訪談紀錄，網址：http://web.pts.org.tw/~web01/literature/p8.htm

竟小說還是虛構的文本，只要過激的內容沒有落實在日常生活中，大眾或許也是採取一種容忍接納的態度。在白先勇《孽子》中時我們也能發現，1970年代的臺北新公園到了夜間就成了同性戀的保護區：

> 在我們的王國裡，只有黑暗，沒有白天，天一亮，我們的王國便隱形起來，因為這是一個極不合法的國度；我們沒有政府，沒有憲法，不被承認，不受重視，我們有的只是一群烏合之眾的國民。[39]

由白先勇的這段話，我們能夠發現同性戀的活動範圍是受限的，當黎明降臨，就是他們國度暫時隱藏的寂靜時刻。即使是21世紀第二個十年的現在，當教育部準備將同性戀視為性別平等教育的教材時，真愛聯盟發起反同志教材進入國中小學運動，並且獲得社會大眾的支持，最後教育部更「從善如流」的刪除了這部份的教材，更能證明社會對於同性戀獲得正視感到恐懼的現象確實存在。也因此，對於同性戀而言，「膜」的存在雖然默許了他們的存在，但是如果同性戀要走出此膜，正大光明的在社會上活動，勢必得面對更多的社會輿論壓力，就像小說中所說的，「完美留在膜裡死去的小狗，不見得比鑽出膜存活的小狗可憐」，或許正是在暗指這種現象吧？

[39] 白先勇，《孽子》（臺北：允晨文化，1992），頁3。

第三節　跨越邊界：跨種族、性別與時間的異端愛戀

洪凌的作品通常被視為「後現代」的異色小說，同時也經常混雜著不同類型文學的基因，各種類型都能運用自如。而她接受這些類型的管道紛雜，比方哥德文學、英美科幻與奇幻文學電影、日本動漫畫、電腦遊戲、前衛音樂等等，這同時也造成了她文本的多元混種風格[40]。在這樣的背景下，王建元認為洪凌的文本所呈現的世界是「雜種的科幻傳奇」（hybrid science fantasy）[41]。由於文本的混雜性，洪凌的科幻文本，無法以硬科幻／軟科幻的分類，或者是分析其中科學與文學的比重等等方式進行分析，是一種多元混雜的文本類型，洪凌不再強調科學的正確性與創新性，而是藉由因為她的作品跨越多重類型，並透過這些類型元素，架構一個「假設的虛擬場景」，藉此展現她的小說主題。再者，洪凌的另外一個特色就是「酷兒」[42]書寫。一般科幻作家僅將語言視為工具，因此他們小說的語言是透明的，同時明顯區分「科」和「幻」。洪凌的作品則突破了此一傳統，結合漫畫語言、大量的翻譯式的文句，同時引入各式酷兒元素，和我們習以為常的「現實」製造出區隔，成為一種論者口中濃艷、詭誕、桀驁不馴的語言，語言在洪凌的手中成了敘事內容的一部

[40] 劉人鵬、白瑞梅，〈「別人的失敗就是我的快樂」：暴力、洪凌科幻小說與酷兒文化批判〉，收於劉人鵬、白瑞梅、丁乃非著，《罔兩問景：酷兒閱讀攻略》（桃園：中央大學性／別研究室，2007），頁210-213

[41] 王建元，〈敘述與閱讀之間的玫瑰毒雨〉，洪凌，《末日玫瑰雨》（臺北：遠流出版公司，1996），頁5。

[42] 按：Queer，或譯怪胎。所有性傾向與主流文化和佔主導地位的社會性別規範或性規範不相同的人，都可稱之為酷兒。

分[43]。

洪凌的小說也因此經常超脫當代性別論述的框架，在未來的科幻世界中展演各種性別與自我認同的不同面向，直到21世紀的現在，洪凌科幻小說中的性別議題仍是相當前衛。以下筆者將要討論的幾篇小說，〈星光橫渡麗水街〉中洪凌藉由人類與吸血鬼的同性愛戀，以及故事中發生的沙文男性連續虐屍案，藉由暴力書寫對父權體系提出最深沈的抗議，並藉由吸血鬼的獠牙展開不同於異性交歡的交流模式；而在〈記憶的故事〉、《末日玫瑰雨》中，藉由Cyberpunk題材的科幻書寫，玩轉記憶、性別與自我認同，甚至在《末日玫瑰雨》中導入釋迦牟尼與其堂兄弟提婆達多、表兄弟阿闍世王之間的關係，將其改寫為有情慾上的羈絆糾葛，再透過轉世之後的不同性別化身與身世，在未來上演一場關乎自我命運與解除性別界線的舞台劇。

一、血色情慾：女同愛戀與反沙文主義的空間展演

洪凌的〈星光橫渡麗水街〉中，我們很明顯可以看見一些Cyberpunk的元素（黑色電影的氛圍、在都市的黑暗角落找尋事件真相的偵探、與人腦連線的電腦科技等），這篇作品也加入了許多不同的元素，包括偵探、恐怖、科幻、女同性戀等等題材，並且運用這些不同元素，展現出她對於女性主義的一些實踐想像。雖然她所營造的想像十分血腥，但也具有相當的震撼力與啟發性。同時這篇作品也展現了洪凌對於Cyberpunk類型的理解與重新建構，我們可以感受到Cyberpunk元素在其中的作用。而

[43] 劉人鵬、白瑞梅，〈「別人的失敗就是我的快樂」：暴力、洪凌科幻小說與酷兒文化批判〉，頁214。

故事中將近有一半的篇幅，都是在Cyberspace中發生的，而這個空間所能提供給我們的，除了〈老大姐注視你〉中對男性個體心靈的全面監控之外，又是什麼不同的風景？這是本節中將要討論的議題。除了〈星光橫渡麗水街〉之外，筆者也將洪凌有關Cyberpunk的作品如《末日玫瑰雨》（1996）等一併納入討論範圍之內。

在〈星光橫渡麗水街〉[44] Cyberspace中，女主角丁小非（暱稱非非，職業為調查員）可以依賴電腦進行現實空間中無法作到的迅速分析。而在故事中的連續男性虐殺案件中，「每個現場的牆壁上都以死屍的血跡沾寫著奇異的留言」，非非開始分析這些詭秘的留言，在小說的尾聲她才發現，這起連續殺人事件，居然不過是要引起她注意的一場愛戀邀約，十二個謎語的謎底，正是兇手引領非非走向她的十二張邀請卡。每一則留言都隱含著一個關鍵字，比方說「聖誕十字架倒吊案」的留言：「Wild Magic Tempest Eridicates Petty Intercourse……」（狂野、神奇的暴風，殲滅鄙瑣的交媾），使用各種不同排列組合，得出第一個關鍵字，東歐國家立陶宛的動詞「吸飲」（wempti），同時也是吸血鬼（vampire）的字根。而最後找出的十二個關鍵字，讓非非連結到了在麗水街虛無塔樓演唱的「glamorous gossip」樂團的女主唱「星光」（starlight），一個具有女童外表的吸血鬼人種。然而，在理解星光的犯案動機以後，本應將星光逮捕歸案的非非，也參與了星光的最後一場虐殺行動，對胸懷沙文主義的男性們施以血腥的復仇。

在此，吸血鬼所暗喻的，其實是同性戀的社群。其中主角丁

[44] 洪凌，〈星光橫渡麗水街〉，收於洪凌，《異端吸血鬼列傳》（臺北：平安文化，1995），頁128-148。

小非與吸血女孩星光的戀愛，暗指的又是女同性戀的愛情。洪凌以吸血鬼暗示同性戀，她的策略是正確而且成功的。因為吸血鬼同樣也是活躍於黑暗國度的一員，雖然吸血鬼並非真實存在。然而吸血鬼的特質，卻得以讓同性戀的議題得到曖昧的討論空間。小說中，身為吸血鬼的主唱女孩「星光」，只能在夜晚的「虛無樓閣」現身演唱。在傅柯（Michel Foucault，1926-1984）的〈不同空間的文本與上下文〉[45]一文中，提及每個文化中都會有所謂的異質空間[46]（heterotopias，或譯差異地點），其中有一種這符合傅柯為異質空間所下的定義之一：一個空間若有開關機制，控制空間的封閉或開放，則可被視為異質空間。同時某些空間看似開放，實則存在一種排斥的力量。

筆者認為，同性戀或者吸血鬼的活動空間，都能夠視為異質空間。根據傅柯提出的概念，異質空間必須是真實的存在而非虛構，並因為某種因素而和其他空間有所差異。在小說中，吸血鬼的世界是「真實」存在的，而吸血鬼的活動空間便和小說中的一般人類有所區隔。如果想要成為吸血鬼世界的一員，則必須舉行進入的儀式，才能從成為此一空間的一員。血的祭典成了進入這個世界的唯一儀式。而唯有透過血的儀式，人類才得以進入吸血鬼的世界，也就是進入由吸血鬼製造的異質空間之中。

白先勇的同性戀議題小說《孽子》中提及：「在我們的王國裡，只有黑暗，沒有白天，天一亮，我們的王國便隱形起來」[47]，由白先勇的這段話，我們能夠發現同性戀的活動範圍是

---

45 傅寇（Michel Foucault）著，陳志梧譯，〈不同空間的正文與上下文（脈絡）〉，夏鑄九、王志弘編譯，《空間的文化形式與社會理論讀本》（臺北：明文書局，1993），頁407。

46 譯文譯為差異地點，但筆者認為異質空間比起差異地點，更能表示一個空間的存在。又，後來譯者們在新出版的相關譯作中亦使用異質空間一詞，故用以代替差異地點，以下皆同。

47 白先勇，《孽子》，頁3。

受限的，就如同吸血鬼一般，當黎明降臨，就是他們國度暫時隱藏的寂靜時刻。白先勇的《孽子》一書中所描寫的故事背景，是1970年代的臺灣，而到了1990年代，同性戀在臺灣社會中所受到的歧視，卻是依然存在的。從當時社會上，同性戀團體不斷提出訴求、舉辦遊行的現象可以看出，同性戀在解嚴後仍是不被大眾所認同、所接受的。也因此吸血鬼／同志仍只能藉由夜晚的遮蔽，鋪張自己的本性，抒發被壓抑的一切情感。

> 她說的沒錯，過去的二十九年我已經壓抑到極點，竭力忘記我的本性。[48]

十二個關鍵字，十二道通往「星光」的層層關卡。星光本身也成為文本中的另一「異質空間」，而此異質空間，是丁小非的「天堂」，也是她的「地獄」。星光的愛慾空間，僅得丁小非一人通過。對於其他「虛空樓閣」的聽眾而言，星光的身體是一神聖不可侵犯的「神聖空間」。而神聖空間也是異質空間的一種，星光可以說是「吸血鬼世界」（較大的異質空間）中的又一異質空間（較小的異質空間）。而通過層層考驗，終於接觸到屬於神聖領域的星光，然而她們身為女同性戀、又身為吸血鬼（不見天日）的雙重酷兒性質，使得她們的情慾交流，成為相當特別的暗喻。

> 「來吧，進入我」
>
> 是的，除了接吻、交歡，我的嘴巴還有某個我試圖封印的功能，如今被她的魅力撩撥到極點。投降吧，再掙扎

[48] 洪淩，〈星光橫渡麗水街〉，頁158。

下去未免也太難看了。就這樣，我終於長嘆一聲，讓兩顆深埋於齒齦多年的長眠獠牙甦醒。如同雨後春筍，獠牙活潑地冒出牙肉的表層，迎接重生後的首度歡飲，飲下那顆不死的小星星。[49]

至此，同性間的愛情進入最高潮。在這對情侶的世界中，除兩者以外的一切暫時被屏除。吸血鬼／女同性戀以獠牙交歡，藉由雙向的體內體液交流（而且因為擁有吸血鬼的獠牙，所以身體的任何部位都能成為情慾的出／入口），完成不需要男性存在的異色場景，而最開始星光試圖藉由十二件虐殺案，吸引丁小非注意的企圖，在這一瞬間達成了星光原先所設想的結果。藉由這樣一個充滿「酷兒」氣氛的異色場景，女同性戀同樣得以產生取代異性戀交歡時的快感，進而使得性別分離主義成為可能，同時她們也從傳統的女人定義中撤退，抗拒了社會對於女人的期望，不再需要成為母親的角色，脫離以男性為中心的社會價值[50]。在這個故事裡面，Cyberspace與微感電腦，其實只是輔助故事進行的橋段，並讓作者得以展演其豐富的語言知識，以及玩弄翻轉文字、排列組合的花式敘事手法，而這所有大費周章的一切，成就了一場女女愛戀，也成為對男性沙文主義最血腥的控訴。

二、美麗新世界：對性別與自我認同的抗拒、懷疑與重構

在電腦文化眾多理念中，最令洪凌感興趣的，應該是人性主體在擬真現實境內，怎樣與非有機的機器產生在此之前

[49] 洪凌，〈星光橫渡麗水街〉，頁158。
[50] 王瑞香，〈基進女性主義〉，頁137-138。

那匪夷所思的衍生、接合、複製和變異。……在VR[筆者註：virtual reality，虛擬實境]中，性愛和主體性（subjectirity）往往與身分認同危機聯結；而叛客文化又常常拿Cyborg型的機械人作為榜樣，強調了它在某一程度上可以從人類性別的虛假自然性解放出來。這樣作者便可以利用這個另類生命在各種文化衝突中加以戲劇化和找尋出路。[51]

其實最早在1994年幼獅文藝科幻小說獎作品〈記憶的故事〉[52]中，洪凌已經將Cyberspace運用在一個宇宙開發史為背景的愛情故事中。小說中的後星曆三三三年，主角阿爾法與貝塔在身體上是一對男同戀人，而在後星曆六六六年兩人變成了女同戀人，雖然身體改變了性別但是他們兩人之間的愛戀並沒有變化，明顯是透過Cyberspace所提供的能將意識與身體分開的設定，探討愛情與肉身性別之間的非必然性。

最後奧梅嘉告訴阿爾法真相，奧梅嘉與阿爾法其實就是同一人，兩人的記憶晶片是一體兩面，奧梅嘉隨時能夠感知阿爾法的一切，阿爾法的情人不過是量產的眾多貝塔型生化人中的一位，而這種生化人只要身體死亡，晶片／記憶也就跟著消滅，只有奧梅嘉與阿爾法是永恆不滅的一對。由於阿爾法的墮落，奧梅嘉將阿爾法的陽性與陰性特質分割，他一次只能擁有一種性別，這也是為什麼阿爾法與貝塔性別會有所變動的原因。而為了紀念最初完整的他們，奧梅嘉保持了雌雄同體的身體，但是也難逃必須淘汰舊身體的命運，最後就在阿爾法與貝塔乘坐太空船離開的畫面中結束了整篇小說。

[51] 王建元，〈敘述與閱讀之間的玫瑰毒雨〉，收於洪凌，《末日玫瑰雨》（臺北：遠流出版社，1996），頁6-7。本段引文中[ ]內的文字為筆者所加。

[52] 洪凌，〈記憶的故事〉，刊於《幼獅文藝》483期（1994.3），頁30-44。

Cyberpunk風味的科幻元素——記憶的數位化——成為連結兩位主角（原先雌雄同體的兩個人格）的重要關鍵，透過數位化的記憶讓阿爾法與奧梅嘉的人格得以分割成兩個個體，而阿爾法得以選擇男性或女性的身體，同時也具有相應的同性愛人。根據劉人鵬的解讀，阿爾法的原生記憶已經被清洗，因此「性別與性愛都必須套用陰與陽、異性戀或同性戀等現成公式，愛情機制的人為性與程式性昭然若揭，是墮落，也是懲罰」[53]。而對照後來洪凌作品中所展現的對於現有性別情慾的破壞性思考，我們也可以理解洪凌對於現有性別建構的不滿，並試圖在科幻小說中，藉由各樣身體與意識的分離重組描寫，藉由生化肢體破除自然身體的限制，打破自然二元性別的虛假面具。

Cyberpunk風格也延續到《末日玫瑰雨》[54]這部長篇作品，不過故事中關於自我醒覺前世身份的部份，均發生於Cyberspace之中。洪凌並在其中借用了佛教創始人悉達多・喬達摩（釋迦牟尼）、佛門叛徒提婆達多與阿闍世王子之間的關係[55]，將其轉化為未來世界的三個不同人物：「谷硯」（女，悉達多轉世）、「楚寧」（雌雄同體，提婆達多轉世）與貝利爾（男，阿闍世轉世），在Cyberspace之中展演了一場三角愛戀，同時也藉此探討性別、記憶與自我認同的各樣議題。

[53] 劉人鵬，〈在「經典」與「人類」的旁邊：1994幼獅科幻文學獎酷兒科幻小說美麗新世界〉，頁181。

[54] 洪凌，《末日玫瑰雨》（臺北：遠流出版社，1996）。

[55] 按：提婆達多（Devadatta）是釋迦牟尼的堂兄弟，曾加入釋迦牟尼的僧團，但後來因為理念不合退出僧團並自立門派，此後便一心想要取代釋迦牟尼的宗教地位。後來提婆達多於古印度摩揭陀國（magádha）弘法時，身為王太子的阿闍世（Ajātasattu）相當尊敬提婆達多。但提婆達多為了自身教派的擴張，煽動阿闍世謀殺其父頻婆娑羅王（Bimbisara）奪得王位，並要求在成功後協助他的滅佛行動。阿闍世在父親死後深感後悔，不再協助提婆達多滅佛之事，最後更因此皈依釋迦牟尼。以上是佛經中記載的故事，而事實上提婆達多的事蹟是否真是如此，季羨林在其論文中有深入探討，筆者在此不再贅述。參考資料：季羨林，〈佛教開創時期的一場被歪曲被遺忘了的「路線鬥爭」〉，《佛教十五題》（北京：中華書局，2007），頁55-66。

《末日玫瑰雨》中地球因為最終戰爭的緣故，成為「早已廢棄的地表禁區」，在最終戰爭的遺跡處，只有澈底改變身體結構的生化怪獸在此生存。倖存的人類居住於懸浮於空中的劫後城市「龐貝巴比倫」，一座高度資訊化的未來都市，具有「人工設定的清晨曙光」、「人工夜色」、懸浮在半空中的尖聳塔樓群。整座城市被「銀翼公司」所統治，公司的「索多瑪」電腦主機提供大眾娛樂傳播，鼓吹人不斷消費公司的享樂產品（41-44）。除了「索多瑪」這位掌控娛樂系統的人工智慧之外，還有全面掌控城市的「娥摩拉」存在，他們擁有自由意志，甚至能夠以實體人形出現在城市之中，具體實踐了超越性別與意志的個體存在。這裡我們同樣看見資本主義在未來世界的全面甚勝利，而且經由漫無邊際的資訊網路，居住在此城市之中的個體並無處可逃，在現今的資本主義社會中，我們受影響的或許只有外在行為與消費模式，但是在人的意識可以直接和城市主機連線之後，資本主義的影響力從個體的行為模式轉移到對其內在意識的掌控之上，從身體到心靈的澈底入侵，並且因為人工智慧的高度發達，企業以較少的人力就能作到過去政府所能完成的工作，而具有龐大資金的企業也取代了政府公權力，掌管了整個城市的運作。

故事的另外一個設定，是造了龐貝巴比倫的科學家「嫚穠．思帝爾納」，將自己分裂成物質分身「楚寧」，以及反物質分身「狄米鄂姬」，而當兩者合而為一讓「嫚穠．思帝爾納」重生之後，充當城市輻射防護罩膜的反物質「狄米鄂姬」將澈底消失，同時整座龐貝巴比倫都將因此滅絕。而不知情的城市管理者娥摩拉與索多瑪，對於楚寧所擁有的秘密感興趣，因此透過建構一個RPG[56]系統（簡單說，就是創造一個虛擬實境的Cyberspace），

[56] 按：RPG，角色扮演遊戲（Role-Palying Game），此類遊戲的玩家將扮演故事中的主

想要吸引「楚寧」來進入此一虛擬實境之中解開「嫚穠．思帝爾納」之謎，反而導致潛藏在Cyberspace中的「狄米鄂姬」試圖以「思帝爾納」的形象復活，加速了龐貝巴比倫的毀滅。在後面的故事裡，雙性人「楚寧」被困在Cyberspace之中，其現世情人「貝利爾」為了尋找其意識聘請超空間女牛仔（電腦駭客）拉西絲，在她的協助下進入楚寧所在的位置，然而卻在此空間之中碰上「谷硯」（悉達多），自己不知道的過往身份「阿闍世」這才被揭露出來（70-194）。

因此，《末日玫瑰雨》中的Cyberspace成為一個開啟人物潛意識的重要場所，在這個空間中對於自身過去一無所知的三人，將自己的意識連線到其中之後，潛意識也在主意識不察覺的情況下跟著連入Cyberspace，而隱藏在潛意識中的自我便因此冒出，讓角色們重新想起輪迴前的往事，才重新認識輪迴前的自己，發現三人之間混亂的羈絆。然而，面對過往的歷史往事，故事中的角色並沒有就如此甘心重複多年前的錯誤，反而對於自我的過去產生懷疑與對抗，讓角色們有了更大的能動性以跳脫命運的安排。

身為釋迦牟尼現世轉生的「谷硯」（女），最後並未在有著強烈羈絆的阿闍世與提婆達多之間做出選擇，而是選擇了離她而去的現世愛人，身為人機共同體的人形豎琴「小雪」離去的方向，將自己的意識留在Cyberspace中，期待下一次的重生；身為阿闍世現世轉生的「貝利爾」，在「楚寧」（提婆達多的物質化肉體分身，雌雄同體）受到「狄米鄂姬」（提婆達多的反物質靈體分身）脅迫，要她在「貝利爾」與「狄米鄂姬」之間做出選擇的時候，為了不讓自己成為「楚寧」的牽絆，選擇了自殺一途；

角，進行一連串的冒險故事。

而「楚寧」面對想要佔據自身肉體的「狄米鄂姬」並非沒有計畫，她運用自身被基因改造的肉體，變化成能吸收反物質能量的獸，逆轉了主導權，吞噬了反物質靈魂體「狄米鄂姬」，「楚寧」和「狄米鄂姬」合而為一，提婆羅多再度降臨，而整座龐貝巴比倫城市與其中的居民也因此徹底毀滅，在已成廢墟的地球上等待輪迴的再次降臨（234-264）。

而最終決定眾人命運的，不是身為男性的「貝利爾」，也不是身為女性的「谷硯」，而是雌雄同體的「楚寧」。作者刻意設計的角色性別，筆者認為在此有所作用，也就是在1990年代臺灣女性議題興起之時，習慣以科幻的未來空間展現性別議題的洪凌，刻意藉此表達了他對於性別議題的更進一步的思考。不同於紀大偉小說中對於同性戀議題的詮釋，洪凌的作品有時候能夠呈現出一種超越的態勢，不管是同性戀、異性戀或是異種戀也好，在洪凌的《末日玫瑰雨》中我們發現，所有戀愛的發生都與角色的性別無關，只要愛上了不管怎樣的身體都不將會是阻礙，而所有的離開都是角色在思想上產生的改變而造成的。因此筆者認為，性別身體對洪凌而言並不是重點，而是在未來身體變換成為常態的時候，人類族群產生的心裡變化與社會價值觀，那個時候同性戀將不再成為異端，而異性戀也隨時因為身體的轉換，而在外觀上呈現同性戀愛的態勢，而性別差異的問題將不復存在，那不過是外觀上的選擇罷了。

故事的最後，敘事者告訴我們沉落湖底的「貝利爾」並未死去，「再幾個世紀，你的亂數基因就會自體演化，再製出新的身體。當你自冬眠期醒轉時，迎接你的就是另一個紀元了」，「在這段暫時缺席的故事空檔，你可浮在不著邊際的夢境，逃離生死愛恨與重力的約束」，「睡罷！在我為你編織的夢裡，你是一切，也是虛無」，「你是靜待著的胚胎，等待下一齣戲的——誕生？」（264）而在《末日玫瑰雨》中性別無差異化的未來世界，也許要在數十年、百年之後才會誕生，在那之前我們所能做的只有漫長的等待，期待下一齣戲劇在世界上演。

劉人鵬認為經過科學、社會運動、全球化、資訊與生物科技的衝擊後，「人的理性主義以及宇宙中心地位早已受到挑戰。人與科技的新關係想像，有些反而類似『前現代』的模式——融會在具有能動性的『他者』力量裡」[57]，而故事最後失去能動性的「貝利爾＝阿闍世」，也是需要等待身為敘事者的他者給予通往未來的力量。同時在《末日玫瑰雨》中，我們也能發現從〈記憶的故事〉探討身體性別、〈星光橫渡麗水街〉對父權體制的暴力反撲，到《末日玫瑰雨》的末日洪荒，洪凌的作品所能探討的主題，一路從性別、父權來到討論「人是什麼？」的議題，也就是在劉人鵬所提到既有議題上往未來推進，逐漸擴張開來而能夠進一步讓讀者能思考，在現有或是科幻世界中觀察到的議題之外，是否能進行更深遠的思考，臺灣科幻小說的空間敘事，經過了三大不同主題的發展，基本上產生了科幻小說所能刺激讀者思考的三大空間敘事形式，而或許第四種科幻空間敘事形式將在不遠的未來展開序幕，讓我們拭目以待。

本章小結

本章中我們討論了1980年代末至1990年代關注性別議題的科幻小說，首先說明過去性別議題在1960到1980年代的臺灣科幻小

57　劉人鵬，〈在「經典」與「人類」的旁邊：1994幼獅科幻文學獎酷兒科幻小說美麗新世界〉，頁165-166。

說中，可以說是屈指可數（張曉風〈潘渡娜〉、平路〈人工智慧紀事〉），到了1990年代由於臺灣已經解嚴，女性主義思潮、酷兒文學得以成為文學界談論的主導議題，同時也影響了臺灣科幻小說在1990年代以性別為主題的空間敘事發展。從異性戀男女、同性戀情侶到超性別種族的戀愛，透過科幻小說的敘事空間，作者得以建構一個不同於當下社會的未來，在該空間中進行關於性別、身體與自我認同的探討，可以說比當下性別議題的討論範圍更為寬廣。

第一節中，我們從張曉風強調自然母性的〈潘渡娜〉（1968）開始講起，過了20年後才出現又一篇以女性為主要議題的，就是平路凸顯女性自覺意識的〈人工智慧紀事〉（1989），我們發現故事中同屬人造生物的女性主角，地位有所不同，〈潘渡娜〉中具有傳統婦女美德，性格柔順服從男性意志的潘渡娜，到被灌輸女性人格的機械人「認知一號」，因為擁有比其創造者更龐大的知識量，以及不想被禁錮在實驗室中，看著自己心儀的創造者和其他女性調情，最後在創造者要拆除她的情勢中，終於出手殺害了自己的創造者，可以視為女性自覺的強力展演。而張啟疆〈老大姐注視你〉則是將Cyberpunk的科幻形式，加上女性主義以及反烏托邦世界的設定，探討女性主義結合集權統治對人性可能造成的傷害，以及從一受到迫害的女性化男性角色，讓讀者反思性別權力位置的荒謬之處。

第二節中，我們討論了紀大偉的兩篇小說，〈他的眼底，你的掌心，即將綻放一朵紅玫瑰〉、〈膜〉，兩篇小說同樣都展現了資本主義跨國（甚至跨行星）企業的未來社會空間，而相較於當下資本主義對人類日常生活的影響，這兩篇小說更進一步，讓小說主角的身體、記憶等個人私密都成為被資本主義利用的道具。兩篇小說各自展現了面對資本主義的宰制時的不同反應，前者的主角透過玉石俱焚的態度，試圖消滅告知真相的敘事者，因為主角想要的不是真相，而是他信以為真的「擬像」記憶；後者的主角默默的母親為了保護默默，讓她不要發現原來自己是一個只有腦袋的怪物，製造了超真實的擬像讓默默得以安然生活。而透過小說中空間與相關細節的描寫，我們得以在身體能夠自由變換的未來空間中，探討超越當下的性別論述範疇的身體議題。

第三節中，我們討論了洪凌的三篇作品，洪凌比紀大偉更加前衛，在他的小說中不但有身體變換的把戲，更有跨越種族（吸血鬼與人類）、跨越時間（三三三年的界線、超越千年的轉世輪迴）的記憶與異端愛戀的討論，讓性別議題能夠觸及的範圍又再度擴大。〈星光橫渡麗水街〉中以血腥虐殺的手段，強烈展演了作者對於男性沙文主義的不滿，與對跨性別、種族的異端戀愛的思索；〈記憶的故事〉展現了洪凌對於記憶、身體的思索，一體兩面的自我被分割成阿爾法與奧梅嘉，最後終究成為了兩個單獨的個體，阿爾法並沒有選擇奧梅嘉，而是選擇了自己的同性複製人貝塔；《末日玫瑰雨》中，洪凌更借用了佛教故事中悉達多、提婆達多與阿闍世之間的故事，轉化為跨越千年時間的轉世輪迴故事，而最後主導未來的，是雌雄同體／無性別的提婆達多，宣示了作者將賽伯格生化人視為解決性別問題的典型，即使需要無數個輪迴轉世，為了澈底清除性別業障也在所不惜。

透過三個不同層次的性別思考，我們發現科幻小說所能思索的，不只是現有的男女性別問題、同性戀／酷兒議題，甚至當我們的身體都終將成為生化人可替換的身體之後，性別的差異更因此而逐漸消散之時，唯一區別我們與他者的標準只有自己的記憶與身份認同。而若記憶也是可以任意替換的，我們又如何能確定自己的身份？因此從女性自覺、女性集權Cyberpunk世界，到身體記憶被企業操控的未來情節，以及超越種族與時空的愛戀輪迴，我們發現從性別出發，最後又回到「什麼是人？」的大哉問，藉由科幻我們可以思索更進一步的哲學思索，在其中發現我們在現實世界中議論紛紛的性別問題，到了未來人機一體的時候，或許都將不復存在，而那樣的未來尚未來到之時，科幻小說的敘事空間就像是一層保護膜，而讓這些超越時代的思考得以留存。

第六章　結論

過去臺灣的科幻研究者，多半從場域、文化、政治、身體等議題切入論述科幻小說，鮮少論及科幻小說中所建構的「科幻空間」本身。蘇恩文提出科幻小說的特色應該在於「新奇」，筆者則在這個基礎上認為科幻的「新奇」來自於科幻小說中的幻想空間，而科幻作者也能藉此呈現其現實觀察與思想實驗，展現不同於寫實主義小說的表達形式。除此之外，蘇恩文認為科幻是具有「歷史的認知」與「時空的疏離」兩種特質的小說文類，並且透過建構一個「時空疏離」的「替代現實」作為反映現實的鏡子，以一種回饋擺蕩的方式讓讀者能以新的角度重新觀察現實，並藉此反映現實世界的各種問題，而這點也和臺灣科幻小說的主要發展方向不謀而合。

因此，本書以科幻小說中的幻想「空間」作為切入點，並連結臺灣科幻小說與臺灣社會文化與歷史變遷的背景，爬梳出「國族」、「日常生活」與「後人類」三大類臺灣科幻小說的創作主題，並試著藉此建構一套臺灣科幻小說的發展脈絡。而在進行這三大類科幻小說的論述分析之前，必須讓讀者了解為什麼在1980年代，科幻小說能夠引起許多主流作家的注意，以及親身投入科幻小說的創作，因此本書從張系國的科幻翻譯與創作開始，分析張系國翻譯與創作的策略與手法，如何讓身為外來文類的科幻小說，能在1980年代的臺灣文壇引起作家的重視，並迅速發展的原因，並以此章的討論作為本書第三章到第五章的論述基礎。

筆者認為，張系國當初採用的翻譯策略，是刻意選擇臺灣文壇能夠理解的文本（和臺灣曾發生過的歷史事件與文學思潮能有所關聯），讓臺灣文壇注意到科幻小說所具有的敘事特色，以及科幻小說對於現實的批判與反思潛力；此外，張系國當年因提倡「中國風味」而創作的華語科幻小說，展現了將科幻小說在地化的具體成果，也因為如此，張系國的科幻翻譯與創作，引起多位主流作家如黃凡、張大春、宋澤萊等人的注意，並開始投入科幻小說的創作，並將臺灣現實社會和科幻小說創作緊密連結，使得臺灣科幻小說成為能夠跨越通俗與嚴肅文學的特殊文類，就此點而言，張系國具有相當重要的貢獻。

在此之後，首先出現的是科幻小說的「國族」空間敘事，雖然在本章中所提及的科幻小說，部份作品並沒有直接論及臺灣社會與國際局勢，但是文本中所批判的美蘇冷戰的荒謬、人民在國家嚴密監控下缺乏自由等議題，其實都是對臺灣社會現實的反應（對外於冷戰情境中獲得美國軍事保護、對內則實施戒嚴令的臺灣社會）；在懷疑論述之後，進一步就是針對具體現實進行反思，除了藉由科幻小說反應兩岸緊張局勢，或是突顯國族對少數族群的內部暴力，更對於臺灣1980年代的社會亂象、美國化的現象提出批判，讓科幻小說以「替代現實」反映現實社會問題的能力得以展現。

緊接著出現的是「日常」空間敘事，小說家透過科幻小說的敘事空間，將他們對於日常生活的觀察加以深化呈現，資本主義所生產的空間變成國家的政治工具，同時因為全球化的影響使得「中心／邊陲」的矛盾更加劇烈。從資本主義威權國家發展工業，而不注重環境保護的反烏托邦空間敘事，到消費文化邏輯深入人心，影響人類行為模式與社會價值觀的資本主義世界，乃至於所有文化澈底商品化、去脈絡化成為巨大迪斯耐樂園的未來臺灣。在資本主義取代國家機器成為新的社會價值之後，資本主義逐漸侵蝕我們的日常生活，人們的自我也逐漸符碼化，需要消費各式符碼以建構自身形象等等，作家以科幻小說的空間敘事呈現想像中的未來場景，對即將／已經來到的資本主義世界的弊病提出他們的思考與批判。

1990年代，女性與性別議題在臺灣文壇興起，而科幻小說歷經上述「國族」、「日常」等影響國家與社會的敘事階段之後，1990年代的科幻小說轉向關注個體的情慾與性別議題，進入了「性別」空間敘事的階段。除了女性自覺、同性戀／酷兒議題之外，當時的科幻作家引進「Cyberpunk」的科幻空間（Cyberspace）敘事，在這類故事中的未來世界通常是全球化、生物與資訊科技發達的高科技社會，身體性別與個人記憶都能夠隨意捏造更動，甚至能將意識下載／上傳到記憶晶片之中任意備份挪用。而當身體與記憶都成為可替換的符碼之後，性別的分類因此變得不再重要，因此透過虛構的未來科幻空間，作家得以逸離現有的性別論述，並跳脫現實性別身份的桎梏，進一步思索「人」的本質與性別議題的各種面向。

本書透過上述幾個部份的分析討論，已經大致建構了臺灣科幻小說空間敘事的基本脈絡，從張系國的科幻翻譯與創作，以及後來產生的「國族」、「日常」與「後人類」三大科幻主題，我們看見科幻小說所能提供的不只是天馬行空的未來想像，而是能和現實社會脈絡互相連結，透過建構一個「替代的現實」，以一種回饋擺蕩的方式讓讀者能以新的角度重新觀察現實的敘事空間，並且因為科幻小說本身所具有的未來性與虛構性，我們更能在反映現實的基礎上，進一步思考上述議題的更多面向，以更高的眼光觀看當下的現實處境。以此角度觀看科幻小說，我們能夠更嚴肅的面對小說中所呈現的未來世界，因為在科幻小說的空間敘事之中，不僅是單純的藉由呈現「奇淫巧技」來吸引讀者，實則隱含著作者對於當下社會現實以及未來的關懷與思索。或許在不久的將來，我們可以看見更多新的臺灣科幻作品與創作主題，反映新時代的現實問題與對未來的思索，讓我們拭目以待。

參考書目

一、文本

1. 平路，《禁書啟示錄》（臺北：麥田出版社，1997）。
2. 平路，《五印封緘》（臺北：圓神出版社，1988）。
3. 平路，《紅塵五注》（臺北：聯合文化，1998）。
4. 向鴻全，《臺灣科幻小說選》（臺北：二魚文化，2003）。
5. 宋澤萊，《廢墟臺灣》（臺北：前衛出版社，1985）。
6. 林燿德，《大日如來》（臺北：希代書版，1991）。
7. 林燿德，《時間龍》（臺北：時報出版社，1994）。
8. 林燿德，《大東區》（臺北：時報出版社，1995）。
9. 林燿德、黃凡編，《新世代小說大系：科幻卷》（臺北：希代書版，1989）。
10. 洪凌，《異端吸血鬼列傳》（臺北：平安文化，1995）。
11. 洪凌，《肢解異獸》（臺北：遠流出版社，1995）。
12. 洪凌，《宇宙奧狄賽》（臺北：時報出版社，1995）。
13. 洪凌，《末日玫瑰雨》（臺北：遠流出版社，1996）。
14. 洪凌，《在玻璃懸崖上走索》（臺北：雅音出版社，1997）。
15. 洪凌，《不見天日的向日葵》（臺北：成陽出版社，2000）。
16. 紀大偉，《感官世界》（臺北：平安文化，1995）。
17. 紀大偉，《膜》（臺北：聯經出版社，1996）。
18. 張大春，《病變》（臺北：時報出版社，1990）。
19. 張系國，《地》（臺北：純文學雜誌社，1970）。
20. 張系國編譯，《海的死亡——科幻小說精選》（臺北：純文學雜誌社，1978）。
21. 張系國，《龍城飛將》（臺北：知識系統出版社，1986）。
22. 張系國，《星雲組曲》（臺北：洪範出版社，1980）。

23. 張系國，《夜曲》（臺北：知識系統出版社，1985）。
24. 張系國，《五玉碟》（臺北：知識系統出版社，1983）。
25. 張系國，《龍城飛將》（臺北：知識系統出版社，1986）。
26. 張系國，《一羽毛》（臺北：知識系統出版社，1991）。
27. 張系國編，《當代科幻小說選I》（臺北：知識系統出版社，1985）。
28. 張系國編，《當代科幻小說選II》（臺北：知識系統出版社，1986）。
29. 張系國編，《七十三年科幻小說選》（臺北，知識系統出版社，1985）。
30. 張系國編，《七十四年科幻小說選》（臺北：知識系統出版社，1986）。
31. 張系國編，《七十五年科幻小說選》（臺北：知識系統出版社，1987）。
32. 張系國編，《無盡的愛：七十六年科幻小說選》（臺北：知識系統出版社，1988）。
33. 黃凡，《零》（臺北：聯合報社，1982）。
34. 黃凡，《天國之門》（臺北：時報出版社，1983）。
35. 黃凡，《上帝們——人類浩劫後》（臺北：知識系統出版社，1985）。
36. 黃凡，《東區連環泡》（臺北：希代書版，1989）。
37. 黃凡，《你只能活兩次》（臺北：希代書版，1989）。
38. 黃凡，《冰淇淋》（臺北：希代書版，1991）。
39. 黃凡，《慈悲的滋味》（臺北：聯經出版社，2004）。
40. 黃凡，《黃凡後現代小說選》（臺北：聯合文學，2005）。
41. 黃海，《一〇一〇一年》（臺北：僑聯出版社，1970）。
42. 黃海，《新世紀之旅》（臺北：照明出版社，1972）。
43. 黃海，《天外異鄉人》（臺北：照明出版社，1980）。
44. 黃海，《銀河迷航記》（臺北：知識系統出版社，1985）。
45. 黃海，《天堂鳥》（臺北：時報出版社，1984）。
46. 黃海，《最後的樂園》（臺北：時報出版社，1984）。
47. 黃海，《鼠城記》（臺北：時報出版社，1987）。
48. 葉言都，《海天龍戰》（臺北：知識系統出版社，1987）。
49. 葉李華，《時空遊戲》（臺北：知識系統出版社，1989）

二、專書

1. Don Slater著，林祐聖、葉欣怡譯，《消費文化與現代性》（臺北：弘智文化，2003）。
2. Linda McDowell著，徐苔玲、王志弘譯，《性別、認同與地方》（臺北：群學出版社，2006）。
3. Mike Crang著，王志弘等譯，《文化地理學》（臺北：巨流圖書，2006）。
4. Tim Cresswell著，王志弘等譯，《地方：記憶、想像與認同》（臺北：群學出版社，2006）。
5. Tim Jordan著，江靜之譯，《網際權力》（臺北：韋伯文化，2001）。
6. 王明珂，《華夏邊緣：歷史記憶與族群認同》（臺北：允晨出版社，1997）。
7. 王德威，《閱讀當代小說》（臺北：遠流出版社，1991）。
8. 本雅明（Walter Benjamin）著，潘小松譯，《莫斯科日記．柏林紀事》（北京：東方出版社，2001）。
9. 布希亞（Jean Baudrillard）著，林志明譯，《物體系》（臺北：時報出版社，1997）。
10. 布赫迪厄（Pierre Bourdieu）著，宋偉航譯，《實作理論綱要》（臺北：麥田出版社，2009二版）。
11. 安德森（Benedict Anderson）著，吳叡人譯，《想像的共同體：民族主義的起源與散布》（臺北：時報出版社，1999）。
12. 艾西莫夫（Issac Asimov）著，葉李華譯，《艾西莫夫機器人故事全集》（臺北：貓頭鷹出版社，2009）。
13. 呂正惠，《臺灣新文學思潮史綱》（臺北：人間出版社，2002）。
14. 呂應鐘、吳岩，《科幻文學概論》（臺北：五南出版社，2001）。
15. 克里斯多佛．武德爾德（Christopher Woodward）著，張讓譯，《人在廢墟》（臺北市：邊城出版社，2006）。
16. 林燿德等編，《流行天下：當代臺灣通俗文學論》（臺北：時報出版社，1992）。

17. 金寶瑜，《全球化與資本主義危機》（臺北：巨流圖書，2005）。
18. 波德里亞（Jean Baudrillard）著，車槿山譯，《象徵交換與死亡》（南京：譯林出版社，2006）。
19. 季羨林，《佛教十五題》（北京：中華書局，2007）。
20. 洪凌，《魔鬼筆記：科幻、魔幻、恐怖、怪胎文本的混血論述》（臺北：萬象圖書，1996）。
21. 若林正丈、松永正義、薛化元主編，《跨域青年學者臺灣史研究論集》（臺北：政大臺史所，2008）。
22. 哈洛威（Donna Haraway）著，張君玫譯，《猿猴、賽伯格和女人》（臺北：群學出版社，2010）。
23. 哈維（David Havey）著，閻嘉譯，《後現代的狀況》（北京：商務出版社，2004）。
24. 韋伯（Max Weber）著，于曉等譯，《新教倫理與資本主義精神》（臺北：左岸文化，2005，再版）。
25. 班雅明（Walter Benjamin）著，張旭東、魏文生譯，《發達資本主義時代的抒情詩人：論波特萊爾》（臺北：臉譜出版社，2002）。
26. 馬克思（Karl Marx）、恩格斯（Friedrich Engels）著、吳家駟譯，《資本論：第一卷》（臺北：時報出版社，1990）。
27. 馬以工、韓韓，《我們只有一個地球》（臺北：九歌出版社，1983）。
28. 梭爾（Max Sorre）著，孫宕越譯，《人文地理學原理》（臺北：文化大學出版社，1981）。
29. 夏鑄九、王志弘編譯，《空間的文化形式與社會理論讀本》（臺北：明文書局，1999年，增訂再版）。
30. 索雅（Edward W. Soja）著，王文斌譯，《後現代地理學》（北京：商務出版社，2004）。
31. 索雅（Edward W. Soja）著，王志弘等譯，《第三空間》（臺北：桂冠圖書，2004）。
32. 施堅雅（G. William Skinner）主編，葉光庭等譯，《中華帝國晚期的城市》（北京：中華書局，2000）。
33. 黃海，《臺灣科幻文學薪火錄》（臺北：五南出版社，2007）。
34. 游勝冠，《臺灣文學本土論的興起與發展》（臺北：前衛出版社，1996）。

35. 陳芳明，《臺灣新文學史》（臺北：聯經出版社，2011）。
36. 陳瑞麟，《科幻世界的哲學凝視》（臺北：三民書局，2006）。
37. 陳偉，《島國文化》（臺北：揚智文化，1993）。
38. 陳建民，《兩岸關係中的美國因素》（臺北：秀威資訊，2007）。
39. 陳秉璋、陳信木合著，《邁向現代化》（臺北：桂冠圖書，1988）。
40. 陳建忠，《走向激進之愛：宋澤萊小說研究》（臺中：晨星出版，2007）。
41. 陳建忠等合著，《臺灣小說史論》（臺北：麥田出版社，2007）。
42. 張小虹，《在百貨公司遇見狼》（臺北：聯合文學，2002）。
43. 張炎憲、李筱峰、戴寶村等編，《臺灣史論文精選（下）》（臺北：玉山社，1996）。
44. 張靜二，《西洋文學在臺灣研究書目（1946年～2000年）》（臺北：行政院國家科學委員會，2004）。
45. 傅吉毅，《臺灣科幻小說的文化考察（1968-2001）》（臺北：秀威資訊，2008）。
46. 傅柯（Michel Foucault）著，王德威譯，《知識的考掘》（臺北：麥田出版社，1993年）。
47. 傅柯（Michel Foucault）著，劉北成譯，《規訓與懲罰——監獄的誕生》，（北京：三聯，2003）。
48. 雷・布萊伯利（Ray Bradbury）著，林翰昌譯，《火星紀事》（臺北：皇冠出版社，2006）。
49. 楊照，《文學、社會與歷史想像》（臺北：聯合文學，1995）。
50. 楊國樞、葉啟政主編，《臺灣的社會問題1991版》（臺北：巨流圖書，1991）。
51. 楊澤編，《狂飆八〇——記錄一個集體發聲的年代》（臺北：時報出版社，1999）。
52. 楊宗翰，《臺灣現代詩史：批判的閱讀》（臺北：巨流圖書，2002）。
53. 曹榮湘選編，《後人類文化》（上海：上海三聯書店，2004）。
54. 詹宏志，《城市人——城市空間的感覺、符號與解釋》（臺北：麥田出版社，1996）。
55. 詹明信（Fredric Jameson）著，吳美真譯，《後現代主義或晚期資本主義的文化邏輯》（臺北：時報出版社，1998）。
56. 葉李華編，《科幻研究學術論文集》（新竹：交通大學出版社，2004）。

57. 葉石濤，《臺灣文學史綱》（高雄：文學界雜誌社，1987）。
58. 鄭明娳編，《當代臺灣都市文學論》（臺北：時報出版社，1995）。
59. 赫胥黎（Aldous Huxley）著，李黎、薛人望譯《美麗新世界》（臺北：志文出版社，1992）
60. 歐威爾（George Orwell）著，邱素慧譯，《一九八四》（臺北：遠景出版社，1981）。
61. 劉人鵬、白瑞梅、丁乃非著，《罔兩問景：酷兒閱讀攻略》（桃園：中央大學性／別研究室，2007）。
62. 劉禾（Lydia H. Liu）著，宋偉杰等譯，《跨語際實踐：文學、民族文化與被譯介的現代性（中國，1900-1937）》（北京：生活·讀書·新知三聯書店，2008，二版）。
63. 劉紀蕙《孤兒·女神·負面書寫》（臺北：立緒文化，2000）。
64. 盧嵐蘭，《現代媒介文化——批判的基礎》（臺北：三民書局，2006）。
65. 關曉榮，《蘭嶼報告：1987-2007》（臺北：人間出版社，2007）。
66. 霍克海墨（Max Horkheimer）、阿多諾（Theodor W. Adorno）著，林宏濤譯，《啟蒙的辯證——哲學的片簡》（臺北：商周出版社，2008）。
67. 羅金義、王章偉編。《奇跡背後：解構東亞現代化》（香港：牛津大學出版社，1997）。
68. 羅伯茨（Adam Roberts）著，馬小悟譯，《科幻小說史》（北京：北京大學出版社，2010）。
69. 蘇建華，《科技未來與人類社會：從Cyborg概念出發》（嘉義：南華大學社會所，2003）。
70. 顧燕翎編，《女性主義理論與流派》（臺北：女書文化，2000）。
71. 薩米爾欽（Yevgeny Zamyatin）著，趙丕慧譯，《我們》（臺北：網路與書，2008）

三、期刊論文

1. 山野浩一著，古佳艷譯，〈日本科幻小說：起源與方向（1969）〉，《中外文學》22卷12期（1994.5），頁84-101。
2. 向鴻全，〈科幻文學在臺灣〉，《文訊》196期（2002.2），頁34-37。
3. 沈乃慧，〈島嶼的憂鬱夢境——評析平路的後現代臺灣意象〉，《花大中文學報》1期（2006.12），頁289-309。

4. 吳志中，〈地緣政治與兩岸關係〉，《國際關係學報》18期（2003.12），頁101-146。
5. 吳金蘭記錄，〈在科幻與文學的臨界點——「科幻小說獎」決審會議記實〉，《幼獅文藝》484期（1994.4），頁17-41。
6. 林建光，〈政治、反政治、後現代：論八〇年代臺灣科幻小說〉，《中外文學》31卷9期（2003.2），頁130-159。
7. 林建光，〈「空」談臺灣科幻〉，《中外文學》35卷3期（2006.8），頁11-16。
8. 林建光，〈主導文化與洪凌、紀大偉的科幻小說〉，《中外文學》35卷3期（2006.8），頁79-108。
9. 林燿德，〈臺灣當代科幻文學（上、下）〉，《幼獅文藝》475、476期（1993.7-1993.8），頁42-48；44-47；〈臺灣當代科幻文學〉，收於陳大為編，《20世紀臺灣文學專題II》（臺北：萬卷樓，2006），頁202-215。
10. 紀大偉，〈色情烏托邦：「科幻」，「臺灣」，「同性戀」〉，《中外文學》35卷3期（2006.8），頁17-48。
11. 洪淩，〈幻異之城・宇宙之眼・魍魎生體：分析數部臺灣科幻小說的幻象地景與異端肉身〉，《中外文學》35卷3期（2006.8），頁49-78。
12. 陳國偉，〈被翻譯的身體：臺灣新世代推理小說中的身體錯位與文體制序〉，《中外文學》39卷1期（2010.3），頁41-84。
13. 張系國，〈試談民族文學的形式和內容〉，《書評書目》21期（1974.1），頁29-46。
14. 張錦忠，〈黃凡與未來：兼註臺灣科幻小說〉，《中外文學》22卷12期（1994.5），頁207-217。
15. 張鴻雁，〈中國古代城牆文化特質論——中國古代城市結構的文化研究視角〉，《南方文物》1995年4期（1995.10），頁11-16。
16. 傅吉毅，〈臺灣科幻文學研究資料〉，《文訊》第196期（2002.2），頁45-53。
17. 劉人鵬，〈在「經典」與「人類」的旁邊：1994幼獅科幻文學獎酷兒科幻小說美麗新世界〉，《清華學報》新32卷1期（2002.6），頁167-201。

18. 劉現成，〈美國及其電影業介入臺灣電影市場的歷史分析〉，《電影欣賞》130期（2007.3），頁40-46。
19. 蘇恩文（Darko Suvin）著，蕭立君譯，〈科幻專號導論〉，《中外文學》22卷12期（1994.5），13-26。
20. 蘇恩文（Darko Suvin）著，單德興譯，〈科幻與創新〉，《中外文學》22卷12期（1994.5），27-48。

四、專書論文

1. 本雅明（Walter Benjamin）著，潘小松譯，〈柏林紀事〉（“A Berlin Chronicle”, 1932），收於本雅明（Walter Benjamin）著，潘小松譯，《莫斯科日記・柏林紀事》（北京：東方出版社，2001），頁199-252。。
2. 王瑞香，〈基進女性主義〉，收於顧燕翎編，《女性主義理論與流派》（臺北：女書文化，2000），頁121-158。
3. 王建元，〈當代臺灣科幻小說中的都市空間〉，收於鄭明娳主編《當代臺灣度 是文學論》（臺北：時報，1995），頁231-264。
4. 王建元，〈敘述與閱讀之間的玫瑰毒雨〉，收於洪凌，《末日玫瑰雨》（臺北：遠流，1996），頁4-8。
5. 王建元，〈前言〉，《文化後人類》（臺北：書林出版公司，2003），頁3-6。
6. 王建元，〈擬真・介面・電子天神〉，《文化後人類》（臺北：書林出版公司，2003），頁28-33。
7. 王德威，〈序論：想像臺灣的方法——平路的小說實驗〉，收於平路，《禁書啟示錄》（臺北：麥田出版社，1997），頁11-32。
8. 王德威，〈科幻與寫實的交集——評張系國的《夜曲》〉，收於王德威，《閱讀當代小說》（臺北：遠流出版社，1991），頁197-198；原刊載於《聯合文學》11 期（1985.9），頁212-213。
9. 王德威，〈「考掘學」與「宗譜學」——再論傅柯的歷史文化觀〉，收於傅柯（Michel Foucault）著，王德威譯，《知識的考掘》（臺北：麥田，1993），頁39-66。
10. 王塗發，〈戰後臺灣經濟的發展〉，張炎憲、李筱峰、戴寶村等編，《臺灣史論文精選（下）》（臺北：玉山社，1996），頁387-414。

11. 列斐伏爾（Henri Lefebvre）著，王志弘譯，〈空間：社會產物與使用價值〉，夏鑄九、王志弘編譯，《空間的文化形式與社會理論讀本》（臺北：明文書局，1993），頁19-30。
12. 艾西莫夫（Issac Asimov）著，葉李華譯，〈作者序：開場白〉，收於艾西莫夫（Issac Asimov）著，葉李華譯，《艾西莫夫機器人故事全集》（臺北：貓頭鷹出版社，2009），頁10-13。
13. 林翰昌，〈雷・布萊伯利總論：體現自我的生命嘉年華〉，雷・布萊伯利（Ray Bradbury）著，林翰昌譯，《火星紀事》（臺北：皇冠出版社，2006），頁3-11。
14. 李歐梵，〈奇幻之旅——《星雲組曲》簡論〉，張系國，《星雲組曲》（臺北：洪範出版社，1980），頁1-10。
15. 紀大偉，〈莫比斯環的雙面生活——閱讀洪凌科幻〉，收於洪凌，《肢解異獸》（臺北：遠流，1995），頁169-198。
16. 洪凌，〈酷逆的超科技物種〉，收於洪凌，《魔鬼筆記》（臺北：萬象，1996），頁71-74。
17. 洪凌，〈異度空間的魔幻變奏：引爆後現代的科技荒漠〉，收於洪凌，《魔鬼筆記》（臺北：萬象，1996），頁89-92。
18. 洪凌、紀大偉，〈當代臺灣科幻小說的冷酷異境〉，收於鄭明娳主編，《當代臺灣都市文學論》（臺北：時報，1995），頁265-286。
19. 哈洛威（Donna Haraway）著，張君玫譯，〈賽伯格宣言〉，哈洛威著，張君玫譯，《猿猴、賽伯格和女人》（臺北：群學出版社，2010），頁243-293。
20. 哈維（David Harvey）著，王志弘譯，〈時空之間——關於地理學想像的省思〉，收於夏鑄九、王志弘編譯，《空間的文化形式與社會理論讀本》（臺北：明文書局，1999，增訂再版），頁47-79。
21. 南方朔〈青山繚繞疑無路〉，收於楊澤編，《狂飆八〇——記錄一個集體發聲的年代》（臺北：時報出版社，1999），頁20-29。
22. 南方朔，〈《我們》——三大反烏托邦經典之一〉，收於薩米爾欽（Yevgeny Zamyatin）著，趙丕慧譯，《我們》（臺北：網路與書，2008），頁5-14。
23. 季羨林，〈佛教開創時期的一場被歪曲被遺忘了的「路線鬥爭」〉，《佛教十五題》（北京：中華書局，2007），頁53-82。

24. 邱貴芬，〈翻譯驅動力下的臺灣文學生產〉，陳建忠等合著，《臺灣小說史論》（臺北：麥田出版社，2007），頁260-262。
25. 范情，〈當代社會主義女性主義〉，收於顧燕翎編，《女性主義理論與流派》（臺北：女書文化，2000），頁201-242。
26. 章生道，〈城市的型態與結構研究〉，施堅雅（G.William Skinner）主編，葉光庭等譯，《中華帝國晚期的城市》（北京：中華書局，2000），頁84-111。
27. 黃美娥，〈關乎「科學」的想像：鄭坤五〈火星界探險奇聞〉中火星相關敘事的通俗文化／文學意涵〉，李勤岸、陳龍廷主編，《臺灣文學的大河：歷史．土地與新文化》（高雄：春暉出版社，2009），頁387-415。
28. 黃海，〈科幻小說何處去？〉，葉李華編，《科幻研究學術論文集》（新竹：國立交通大學出版社，2004），頁1-22。
29. 陳思和，〈創意與可讀性——試論臺灣當代科幻與通俗文類的關係〉，收於林燿德等編，《流行天下：當代臺灣通俗文學論》（臺北：時報出版社，1992），頁271-303。
30. 張小虹，〈後現代（臺灣）奇機〉，收於張小虹，《在百貨公司遇見狼》（臺北：聯合文學，2002），頁13-55。
31. 張小虹，〈在百貨公司遇見狼〉，收於張小虹，《在百貨公司遇見狼》（臺北：聯合文學，2002），頁159-204。
32. 張系國，〈奔月之後——兼論科學幻想小說〉，張系國，《地．附錄》（臺北：純文學，1975），頁233-247。
33. 張系國，〈戰爭最高指導原則〉文末評註，張系國編，《七十三年科幻小說選》（臺北：知識系統出版社，1985），頁213-214。
34. 張系國、司馬中原，〈聯合報七十年度中、長篇小說獎總評會談紀實〉，《零》（臺北：聯經出版社，1982），頁（12）。
35. 張景旭、蕭新煌，〈臺灣發展與現代化的宏觀社會學論述〉，《奇跡背後：解構東亞現代化》（香港：牛津大學出版社，1997），頁57-89。
36. 張讓，〈譯序——迷離廢墟〉，武德爾德（Christopher Woodward）著，張讓譯，《人在廢墟》（臺北：邊城出版社，2006），頁8-14。
37. 楊照，〈末世情緒下的多重時間〉，楊照，《文學、社會與歷史想像》（臺北：聯合文學，1995），頁123-134。

38. 傅寇（Michel Foucault）著，陳志梧譯，〈不同空間的正文與上下文（脈絡）〉，夏鑄九、王志弘編譯，《空間的文化形式與社會理論讀本》（臺北：明文書局，1999），頁399-410。
39. 曹劍波、曹榮湘，〈後人類主義理論述評（代序言）〉，曹榮湘選編，《後人類文化》（上海：上海三聯書店，2004），頁1-14（此書序有獨立頁碼）。
40. 葉李華，〈中文科幻獎回顧〉，《中國時報・人間副刊》（臺北：中國時報，2000年4月2日）。
41. 劉人鵬，〈在「經典」與「人類」的旁邊——1994幼獅科幻文學獎酷兒科幻小說美麗新世界〉，劉人鵬、白瑞梅，《罔兩問景：酷兒閱讀攻略》（桃園：中央大學性／別研究室，2007），頁161-208。
42. 劉人鵬、白瑞梅的〈「別人的失敗就是我的快樂」政治：「真相」、「暴力」、「監控」與洪凌科幻小說〉，劉人鵬、白瑞梅、丁乃非著，《罔兩問景：酷兒閱讀攻略》（桃園：中央大學性／別研究室，2007），頁209-212。
43. 劉人鵬、白瑞梅的〈「別人的失敗就是我的快樂」政治：「真相」、「暴力」、「監控」與洪凌科幻小說〉，收錄於葉李華編《科幻研究學術論文集》（新竹：交通大學出版社，2004），頁81-114。
44. 劉紀蕙，〈時間龍與後現代暴力書寫的問題〉，收於劉紀蕙《孤兒・女神・負面書寫》（臺北：立緒文化，2000），頁396-422。
45. 鄭志慧，〈存在主義女性主義〉，收於顧燕翎編，《女性主義理論與流派》（臺北：女書文化，2000），頁81-120。
46. 瞿海源，〈第十七章、賭博與投機問題〉，收於楊國樞、葉啟政主編，《臺灣的社會問題（1991版）》（臺北：巨流圖書，1991），頁545-575。

五、學位論文

1. 王洛夫，〈論黃海及其兒少科學幻想作品〉（臺東：國立臺東大學兒童文學研究所碩士論文，2004）。
2. 王國安，〈臺灣後現代小說的發展——從黃凡、平路、張大春與林燿德做文本觀察〉（高雄：國立中山大學中國文學研究所博士論文，2008）。

3. 何明娜，〈張大春短篇小說研究〉（臺北：國立臺灣師範大學國文所在職專班碩士論文，2003）。
4. 何宜娟，〈國民黨政府與反共抗俄教育之研究——以國（初）中歷史教材為例（1949-2000）〉（桃園：國立中央大學歷史研究所碩士論文，2007）。
5. 吳淑芳，〈文學想像與歷史的再建構——平路小說研究》（臺中：國立中興大學中文所碩士論文，2004）。
6. 吳培毓，〈平路小說研究（1983-2006）〉（臺北：國立臺灣師範大學國文所在職專班碩士論文，2005）。
7. 李家旭，〈張系國小說的救贖之道〉（臺北：市立臺北教育大學中文所碩士論文，2007）。
8. 林奕妗，〈黃海科幻作品初探〉（高雄：國立中山大學中文所碩士論文，2006）。
9. 林健群，〈晚清科幻小說研究（1904-1911）〉（嘉義：國立中正大學中文所碩士論文，1998）。
10. 金儒農，〈九〇年代臺灣都市小說中的空間敘事〉（嘉義：國立中正大學臺灣文學研究所碩士論文，2008）。
11. 范怡舒，〈張系國小說研究〉（臺北：國立臺灣師範大學國文研究所碩士論文，1998）。
12. 胡金倫，〈政治、歷史與謊言——張大春小說初探〉（臺北：國立政治大學中文所碩士論文，2002）。
13. 唐毓麗，〈平路小說研究〉（嘉義：南華大學文學研究所碩士論文，2000）。
14. 徐嘉宏，〈臺灣民主化下國家與媒體關係的變遷之研究〉（高雄：國立中山大學政治學研究所碩士論文，2003）。
15. 翁燕玲，〈林燿德研究——現代性的追索〉（嘉義：國立中正大學中文所碩士論文，2001）。
16. 張孟楨，〈基因複製科技發展下的未來世界——黃海科技小說中的基因科學與省思〉（臺中：靜宜大學中文所碩士論文，2006）。
17. 許絹宜，〈酷兒與科幻——洪凌小說初探（1995-2005）〉（桃園：國立中央大學中文系在職專班碩士論文，2008）。
18. 黃子珊，〈黃海兒童科幻小說敘述技巧研究〉（臺北：臺北市立教育大學應用語言文學研究所碩士論文，2005）。

19. 黃瑞田，〈科學詮釋與幻想——黃海科幻小說研究〉（高雄：國立中山大學中文所碩士論文，2003）。
20. 黃惠慎，〈倪匡科幻小說研究（以「衛斯理系列」為主要研究對象）〉（臺南：國立成功大學中文所碩士論文，2003）。
21. 陳玉燕，〈科學、文學與人生——張系國科幻小說研究〉（彰化：國立彰化師範大學國文研究所碩士論文，2003）。
22. 陳韋賓，〈平路小說國族與性別的權力解構研究——兼及其書寫形式〉（臺北：東吳大學中文所碩士論文，2008）。
23. 陳愫儀，〈少年科幻版圖初探——一九四八年以來臺灣地區出版之中長篇少年科幻小說研究》（臺中：東海大學中國文學系碩士論文，1999）。
24. 陳建忠，〈宋澤萊小說研究（1972-1987）〉（新竹：國立清華大學中文所碩士論文，1996）。
25. 陳鵬文，〈八〇年代臺灣科幻小說研究〉（臺北：中國文化大學中文所碩士論文，2005）。
26. 傅吉毅，〈臺灣科幻小說的文化考察（1968-2001）〉（桃園：國立中央大學中文所碩士論文，2002）。
27. 蔡佩娥，〈由國中小教科書看戒嚴時期臺灣之國族建構——以國語文科和社會類科為分析中心〉（臺北：國立政治大學臺灣史研究所，2008）。
28. 鄭淑怡，〈寫實、魔幻與謊言——張大春前期小說美學探討（1976-1996）〉（臺中：東海大學中文所碩士論文，2009）。
29. 劉秀美，〈臺灣通俗小說研究一九四九～一九九九〉（臺北：中國文化大學中文所博士論文，2001）。
30. 劉倚帆，〈夜店空間的社會生產：以信義計畫區為例〉（臺北：國立政治大學新聞研究所碩士論文，2008）。
31. 藍建春，〈黃凡小說研究：社會變遷與文學史的視角〉（新竹：國立清華大學中文所碩士論文，1998）。

六、網路資料

1. 王志成、紀大偉，《公共電視紀錄片系列．文學風景．第八集、紀大偉》訪談記錄，網址：http://web.pts.org.tw/~web01/literature/p8.htm。

2. 賴芬蘭，〈臺灣能源政策之回顧（一）〉，收於臺灣環境資訊協會「環境資訊中心」網站，網址：http://e-info.org.tw/column/WSSD/2002/ws02081901.htm。
3. 蕭代基，〈臺灣四十年來空氣汙染問題與對策〉，「臺灣社會問題研究學術研討會論文」（臺北：中央研究院社會問題研究推動委員會，1999.12.29-30），收錄於中央研究院社會學研究所網站，網址：http://www.ios.sinica.edu.tw/ios/seminar/sp/socialq/xiao_dai_ji.htm。
4. 「臺灣大百科全書」網站，「勞力密集代工產業」條目，網址：http://taiwanpedia.culture.tw/web/content?ID=4106/。

七、圖片

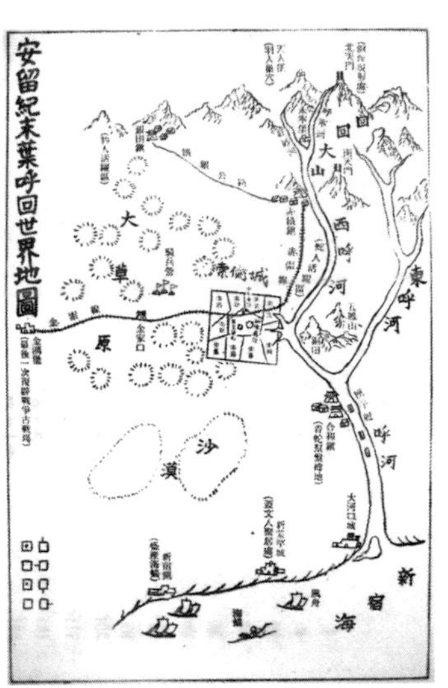

圖1　張系國，〈安留紀末葉呼回世界地圖〉，《龍城飛將》（臺北：知識系統出版社，1986.09），正文前扉頁。

語言文學類　PG2803　文學視界141

幻想蔓延
——戰後臺灣科幻小說的空間敘事

作　　者／楊勝博
責任編輯／陳彥儒
圖文排版／黃莉珊
封面設計／吳咏潔

發 行 人／宋政坤
法律顧問／毛國樑　律師
出版發行／秀威資訊科技股份有限公司
114台北市內湖區瑞光路76巷65號1樓
電話：+886-2-2796-3638　傳真：+886-2-2796-1377
http://www.showwe.com.tw
劃撥帳號／19563868　戶名：秀威資訊科技股份有限公司
讀者服務信箱：service@showwe.com.tw
展售門市／國家書店（松江門市）
104台北市中山區松江路209號1樓
電話：+886-2-2518-0207　傳真：+886-2-2518-0778
網路訂購／秀威網路書店：https://store.showwe.tw
國家網路書店：https://www.govbooks.com.tw

本論文經「國立臺灣文學館臺灣文學學位論文出版徵選」錄取

2022年10月　BOD修訂一版
定價：300元

讀者回函卡

國家圖書館出版品預行編目

幻想蔓延：戰後臺灣科幻小說的空間敘事 / 楊勝博著. -- 修訂一版. -- 臺北市：秀威資訊科技股份有限公司, 2022.10
面；　公分. -- (語言文學類；PG2803) (文學視界；141)
BOD版
ISBN 978-626-7187-06-7 (平裝)

1.CST: 科幻小說 2.CST: 臺灣小說
3.CST: 文學評論

863.27　　　111012926